T0279242

Narrativa del Acantilado, 372
GI

AFONSO REIS CABRAL

GI

TRADUCCIÓN DEL PORTUGUÉS
DE ISABEL SOLER

BARCELONA 2024   ACANTILADO

TÍTULO ORIGINAL *Pão de Açúcar*

Publicado por
ACANTILADO
Quaderns Crema, S. A.

Muntaner, 462 - 08006 Barcelona
Tel. 934 144 906
correo@acantilado.es
www.acantilado.es

© 2019 by Afonso Reis Cabral
Este libro ha sido negociado a través de The Ella Sher Literary Agency,
www.ellasher.com
© de la traducción, 2024 by Isabel Soler Quintana
© de esta edición, 2024 by Quaderns Crema, S. A.

Derechos exclusivos de edición en lengua castellana:
Quaderns Crema, S. A.

En la cubierta, ilustración de Leonard Beard

ISBN: 978-84-19036-99-5
DEPÓSITO LEGAL: B. 9642-2024

AIGUADEVIDRE *Gráfica*
QUADERNS CREMA *Composición*
ROMANYÀ-VALLS *Impresión y encuadernación*

PRIMERA EDICIÓN *junio de 2024*

CONTENIDO

18.º) Entonces hablaron con ella y, a partir de ese día, empezaron a visitarla con regularidad, normalmente a la hora de comer.

PROCESO TUTELAR EDUCATIVO
N.º 637/06.2TMPRT

Rafael Tiago, un tipo un poco más joven que yo, cambia neumáticos, arregla motores y endereza carrocerías. El líquido de frenos, el lubricante de los engranajes y los sistemas hidráulicos se le empapan en la piel como un tatuaje, una especie de *mehndi* en la mano izquierda. Le debe de dar vergüenza, porque se pasa la vida frotándose a ver si aquello se va. Está harto de ajustar sistemas de inyección y de cumplir las órdenes del jefe—aprieta aquí, conecta allí—, y quiere pasarse a la carpintería porque dice que Jesús era carpintero y él admira mucho a Jesús. Creo que piensa que Jesucristo es como una especie de Churchill.

Aparenta mucho más de veintipico años. La pubertad lo pilló de lleno al nacer y de ahí en adelante empezó a deteriorarse. Falta saber hasta qué punto es algo físico. Conozco a uno que a los doce años fumaba a escondidas para calmar los nervios y quería tener asistenta para que un día alguien le lavase la ropa: no me extrañaría que ya tuviese cara de viejo. Rafael también parece un viejo metido a la fuerza en un cuerpo de joven, lo cual es lógico, si tenemos en cuenta las circunstancias.

Lo conocí un día en el que el granito, el asfalto y el cemento se asentaban sobre la ciudad como la primera nieve. Sólo a Oporto le queda bien tanta fealdad y tanto hormigón, aunque sirve de poco, pues el hechizo desaparece cuando le da el sol. Por suerte, el sol no le da demasiado.

Yo participaba en un encuentro con lectores en la biblioteca de São Lázaro y estaba molesto porque tenía que atravesar la niebla que el río levantaba entre la Ribeira y el Cais de Gaia, cuando apareció con un sobre abierto. No era el primero. Llegan convocados por *e-mail*, unos con historia en la vida, otros sin historia en la vida, algunos con títulos como *Crónicas de un espermatozoide* o *De asistenta a doctora*, y a veces, en esas sesiones de escritor-vendedor ambulante, alguien abre un sobre y pide, como Rafael, si puedo leerlo.

En el título suelen poner: «Hacer un libro», después suelen explicar: «O sea, toda mi trayectoria, mis amores, mis proyectos de futuro y otros, porque cumplo años el día [tal] y creo que merezco que mi sueño se haga realidad desde hace mucho», y terminan con: «Se lo pido por favor». Y ese por favor es más una amenaza que una súplica, una soga alrededor del cuello: ¿quién eres tú para ignorar nuestra alegría o nuestro sufrimiento?

El texto de Rafael quedó olvidado sobre la mesa. Lo iba a tirar cuando me fijé en una dedada sucia encima del remitente. La carta empezaba con: «A veces, la vida es una cosa tan bella que lloro de ternura y no me entero de lo que me dicen», y seguían muchas líneas en blanco antes de una lista de cosas bonitas.

Parafraseando, porque él nunca la escribiría así:

La canción que el señor António silba por la mañana mientras Rafael se toma el café.

Júlia, que sirve las mesas, con ojos que tienen ganas de arrancar de amor. Aún son jóvenes y harían buena pareja.

El viento encauzado por las calles, agitando los espanta-espíritus colgados en los balcones.

Discusiones entre novios que acaban en nada o en beso.

Niños que reclaman atención.

Neumáticos que ruedan por la carretera.

Dueños de perros que recogen la mierda caliente con bolsas que apenas les cubren las manos.

Y hasta el arranque de un motor reparado por él.

La primera página terminaba con: «Esto son solamente las cosas que he visto hoy y me gusta apuntarlas porque es fácil olvidar lo que hay de bonito en la vida».

La lista me recordó a Eva Aurora Santos, mujer de por lo menos cien años que un día entró en mi coche y me exigió, a bastonazos, que la llevase a la Segurança Social.

—Arranca ya, que tengo prisa.

De camino me contó lo mucho que le gustaba el pan con mermelada y lo ácidas y dulces que eran las naranjas que se daban allá, en su tierra. Dejaban un rastro pegajoso en los dedos. Pero aquellos placeres preparaban el golpe, escondían la confesión.

Volvíamos de la Segurança Social cuando me dijo que su hija era pequeña, mujer, y él, mayor, hombre. No había escapatoria: así que él entró en casa y la pilló en el cuarto de baño, ya tenía decidido qué hacer con ella. Su hija era fuerte como una llama, pero él sacó un cuchillo y apagó la llama por la garganta.

En cuanto Eva entró en el coche, aunque primero sólo hablase de dulzuras, supe que traía consigo una historia. Respecto a Rafael, no tuve esa intuición hasta que vi la dedada de aceite en el sobre.

Nos encontramos en un café del Carvalhido que yo frecuentaba por espíritu de combate, porque la peste de los lavabos no desaparecía nunca. Pensé que estaría más cómodo en un sitio así.

Calculé que llegaría con retraso, que incluso podía desistir. «Quedamos el sábado por la tarde por culpa del taller de automóviles». Ni él ni yo sabíamos a lo que íbamos. Yo esperaba que la lista de cosas bonitas escondiese un gran horror; él esperaba que mi literatura realzase la belleza, lo de llorar de ternura y no enterarse de lo que le dicen.

Pero llegó puntual. Traía una carpeta de donde salían papeles en desorden, un montón de apuntes, recortes de periódicos, piezas procesales y fragmentos sueltos. «Aquí tienes esto. Es todo lo que recuerdo, más las notas que he ido juntando».

Tomamos café. En ningún momento se quitó la capucha, pero cada vez que se llevaba la taza a la boca yo veía el brillo de un pendiente. Apenas hablamos.

Al final, le di *Mi hermano*, cada vez más moneda de cambio que novela, y él me dijo que sólo leía deportes, pero que reconocía la importancia de los libros.

Durante los días siguientes intenté dar sentido a aquellos papeles, y era más o menos como intentar hablar con una expareja que exige justicia en la puerta de la Procuradoria-Geral da República.[1]

Con sorpresa, me di cuenta de adónde quería llegar Rafael y entendí que me había ofrecido todo lo que yo buscaba: la colisión de mundos en peligro; el conflicto en el centro de los implicados con él; el problema del cuerpo; las consecuencias de la miseria, esa palabra que ya no se usa pero que todavía se imputa; el equilibrio entre la desesperación y la esperanza. Es decir, nada del otro mundo.

A partir de ahí, investigué los sucesos a fondo.

Leí el proceso judicial de tirón, como si hablase de alguien próximo. Hechos probados, punto 10.º en adelante, el espacio «húmedo, oscuro e inhóspito, por el que casi nadie pasa»; puntos 23.º a 94.º, resumen de la semana del 15 al 22 de febrero; frases como «grave estado de enfermedad», o informaciones más íntimas como «quería un cigarro y paz» o «llegando incluso a prepararle comida en el edificio».

---

[1] Órgano superior del Ministério Público (Ministerio de Justicia, en portugués). (*Todas las notas son de la traductora*).

Estudié la prensa que estalló en la época. Doce años después, aún se publica algún artículo sobre aquello. Fragmentos como: «El parque contribuyó a la seguridad del edificio...», «Era frecuente que fueran vistos por la noche...», «Puede correr mucha tinta si los abogados lo complican...», «Va a ser transformado en centro logístico para empresas, en una clínica y en una aseguradora médica...».

Y lo más importante, me lancé al trabajo de campo sin el que un libro como éste no se escribe: forcé la entrada del escenario principal, entrevisté a amigos y conocidos de los implicados, consulté el boletín meteorológico del Instituto Português do Mar e da Atmosfera relativo al mes en cuestión, fui a los bares y abordé a gente en cafés a las siete y media de la mañana.

Después lo mezclé con la ficción, que es como se hace una novela.

Nos encontrábamos siempre que me convenía ir a Oporto. Para cualquier urgencia usábamos el teléfono móvil. Él respondía con pocas palabras, pero tan bien escogidas que encajaban perfectamente allí donde yo las quería poner.

El año pasado nos vimos en el Carvalhido por última vez. «Está terminado», le dije. «La historia es tuya, como si fueses tú quien la cuenta, pero yo la escribo por ti». Él bajó la cabeza, como ofreciendo el cuello, libre de halago o vanidad. Sólo quería que contase los acontecimientos tal cual, no le interesaba nada más. Quizá pensaba que al poner la historia en papel se la sacaría del pecho, de donde en realidad nadie se la iba a arrancar. Pero eso no se lo dije.

Al despedirnos, insistió en que quería liberarse del taller, y se frotaba más y con más fuerza. Le aseguré que un día sería carpintero, sin duda, pero está claro que nunca va a escapar de aquello y sólo la muerte le borrará los tatuajes de grasa. Y es más de lo que se merece.

Buscábamos las zonas sucias de la ciudad. Las llamábamos así. Nélson prefería llamarlas «sitios prohibidos», pero Samuel rechazaba el nombre porque ni eran sitios ni estaban prohibidos, y si Nélson y yo destruíamos, él destruía y creaba.

Teníamos casi la misma edad, y sin embargo se abría un hueco entre nosotros: Nélson y yo a un lado, Samuel al otro, unos meses mayor, dueño del lápiz de carbón y sobre todo dueño de cómo usarlo. Iba con ese lápiz gastado y con el bloc que le mendigó a la mujer de la papelería (ella cedió y le dijo: «Cógelo y no hagas tonterías», pero ¿cuántas tonterías podía hacer con un Canson 120 g?).

Yo fingía no darme cuenta de aquellos impulsos: le decía que era cosa de maricas, de gente rica, de memos, y me impresionaba que siempre respondiera, con la rabia del boxeador contra las cuerdas: «Eso te crees tú, joder». Más que los meses que nos separaban, se interponía entre nosotros el arte y el exceso de sensibilidad en el día a día, como si las zonas sucias de la ciudad no fuesen dignas de él, o sólo lo fueran para los dibujos.

Guardé éste:

Pero la zona sucia que reproduce sólo la di a conocer más tarde.

En aquel momento nos divertíamos en otros lugares, por ejemplo, en la Prelada. Las obras del nuevo barrio estaban paradas y las calles nos servían de escenario. Había algo hermoso y atrayente en las losas de cemento, en las calles abandonadas, en los restos que la construcción había abandonado a manos de chavales como nosotros.

Por la mañana temprano salíamos de la Oficina de São José[1] y cogíamos el autobús cerca del ponte do Infante. Yo me colaba por la puerta de atrás y ellos, por la de delante, escondidos entre la gente. El conductor casi nunca nos pillaba.

El autobús sudaba, nos picaba la piel del olor de la gente, los ojos, el fondo de la garganta. Pero a mí me gustaba el viaje porque me quedaba solo durante unos minutos. Es decir, solo con ellos allí, más adelante. Entre tanta gente, me arrimaba tranquilamente a cualquier chica. Sin que nadie se diera cuenta, les hacía señales de que la chavala estaba buena y de que a mí se me había puesto tiesa.

Cuando bajábamos en la Prelada, la sensación casi enfermiza del viaje se disipaba, yo volvía a ser el mismo tío que no sabía de dónde venía ni adónde iba, pero unos minutos después ya explorábamos el barrio abandonado, las zonas sucias, y la ansiedad daba un respiro por unas horas.

Con esfuerzo, casi entendía los estímulos de Samuel: cinco edificios en ruinas, cada uno a su manera, y alrededor, los escombros de las obras; tubos de PVC apilados, un solar entero para nosotros, bajos donde tantas veces encon-

---

[1] Institución religiosa de carácter humanitario que desde mediados del siglo XIX recogía a niños y jóvenes en riesgo de exclusión y criminalidad. El centro fue clausurado en 2010.

trábamos a gente que se cobijaba con hogueras y cartones para darse calor.

Cosas buenas para dibujar.

Los edificios, mal protegidos con tableros de contrachapado apoyados en las soleras, parecían tullidos con muletas. En los terrenos de alrededor, unos *pit bulls* ladraban sin motivo, piaras de cerdos husmeaban en las yerbas y por el suelo, y los gitanos montaban las barracas. Por aquella época, al menos en la periferia de Oporto, aún existía mucho de todo esto y a nadie le importaba.

El agua chorreaba por las estructuras varios días después de haber llovido. Subir era un reto. Más que el desafío, queríamos la paz que sólo encontrábamos en zonas concretas y de difícil acceso. Antes íbamos a la aventura, pero ahora, a los doce años, subíamos hasta la última planta para ver la ciudad a distancia, una marea que no nos arrastraba, o que no queríamos que nos arrastrase.

La calma de la última planta, una plataforma suspendida entre éste y el otro mundo, hacía que nos olvidásemos de las calles, de la EB 2/3[1] Pires de Lima y de la Oficina de São José. El tiempo se detenía en el jadeo de Nélson y Samuel, cansados como yo y, como yo, con el pulso de la sangre en los pies, distantes de la ciudad allí abajo y de la vida allí delante. También ellos detenidos, por qué, no lo sabíamos. Detenidos.

Nélson encendía un cigarrillo y decía, traduciendo lo que pensábamos: «Pero qué putada», y yo respondía, jadeante, que no era para tanto. Al fin y al cabo, podíamos ayudarnos entre nosotros. Pensándolo bien, no sé si era capaz de expresarme de ese modo, seguro que coincidía con

[1] Escola EB 2,3 Doutor Augusto César Pires Lima, centro público de educación secundaria.

él, reforzaba lo de «Qué putada», y escupía a la calle, ocho plantas de gargajo en caída libre, para demostrar que conocía a fondo la vida y era detestable.

Samuel no decía nada, se ponía a dibujar sentado en unos ladrillos. Dibujaba hechos: nunca dibujó a personas, salvo la del dibujo de antes (apenas se ve porque es muy pequeña, entre los pilares, a la izquierda), y eso también fue un problema. Hoy me gustaría verme en un dibujo. Intentaba pasar al papel cosas volubles y maleables como nosotros, pero Nélson le decía que no, que qué mierda era esa de yo en un dibujo con Rafa; Samuel buscaba mi apoyo, pero yo respondía que qué mierda era esa de yo en un dibujo con Nélson. Que usase el paisaje, Oporto o el quinto coño. Si aún existen, los dibujos deben de ser huecos, escenarios sin actores, y la culpa es mía y de Nélson. Pero supongo que se quemó todo.

En una de esas correrías, entramos en el edificio norte, que quedaba enfrente de las casas habitadas. No quisimos ir antes por miedo a que avisasen a la Policía.

Las rejas del garaje cedieron a la primera patada. Nélson iba delante, intentando ver algo con la luz del móvil. Avanzamos muy juntos porque, a pesar de la confianza, la verdad es que explorábamos un sótano desconocido. Podíamos encontrarnos a alguien, clavarnos un vidrio, rompernos un brazo o caer por algún agujero.

Yo me imaginaba en el fondo de un pozo.

Un paso en falso y caía, me hundía en el barro y en el agua estancada. Veía las sombras de Samuel y Nélson y oía: «Rafa, ¿cómo vas? ¿Estás bien?», pero no respondía, demasiado ocupado en morirme. Y entonces desaparecía, pero, no sé cómo, era consciente de los alrededores y del cuerpo, una cosa arrugada que seguía el proceso. Primero, el rigor de la muerte, después la putrefacción, las moscas, los huevos de las moscas y las larvas. Con los ojos abiertos pero ciego, sentía los movimientos de mi interior, observaba a Nélson y a Samuel, que ahí estaban, velando el cadáver nunca rescatado porque ellos callarían para evitar la bronca en la Oficina. Como última prueba de amistad, no me escandalizaba su cobardía y dejaba que la carne se me escapase sin más.

Claro que sólo era fantasía. No me desvié ni un paso de su lado, por miedo a caer o a perderme entre pilares oxidados, hormigoneras rajadas, sacos de cemento en polvo y ladrillos amontonados.

Llegamos al último piso, más alto que las casas de enfrente, y nos topamos con una nueva vista: la desembocadura del río. Yo dije: «Qué bonito», y Nélson hasta suspiró.

Samuel se mostró indiferente, no le interesaba el mar, o mejor dicho, dijo que desde allí no veíamos el mar. Sólo veíamos una mancha azul, un paisaje detenido como cualquier otro, y según él, el mar era lo opuesto a eso.

Quise pegarle, porque mi exclamación había sido para complacerlo, era más o menos como decir, en otras palabras, que lo admiraba. Ninguno de nosotros tenía lo que hoy sé llamar *un don*, arte en un sentido diferente al arte del taller. Por entonces, el don no tenía nombre, por eso, «Qué bonito» fue mi intento de expresar la realidad de la manera más perfecta posible, sacando imágenes de un sitio para meterlas en otro.

También me jodió darle la oportunidad de hacerse el mayor, de salir de aquella mierda de vida, de ser más que un interno de la Oficina, y de no querer enterarse y hasta de despreciar.

Miré de nuevo el mar y también me pareció detenido, un bloque azul, en todo igual—menos en el tamaño—a la mancha de la ciudad nublada y sin árboles. Su opinión destruía la mía, era más válida en talento.

Hice un gesto de desdén a Nélson, me encogí de hombros y dije: «Tú sabrás, Samuel».

Regresamos a la Oficina cuando terminaban las clases. Por norma, volvíamos más temprano para evitarnos problemas. Nos encontramos a Fábio en una esquina de Duque de Loulé, hablando con la empleada de los Bilhares Triunfo. Nos señaló con el dedo y gritó: «¡A la próxima, voy con vosotros!», y nosotros disimulamos porque no queríamos la compañía de un tío mayor que nosotros con tendencia a meter mano descaradamente en los asientos de atrás del autobús. Las mujeres gritaban y después había follón con el conductor.

2

Estaba atento a los ruidos y movimientos en el dormitorio, como guerras ocultas en cada litera. Después del toque de silencio, el prefecto inspeccionaba las camas, es decir, recorría las literas soltando mierdas como: «Rafa, ¿vas a contar ovejitas?» o repartiendo bofetadas cuando alguien dejaba la ropa tirada en el suelo. Nunca abrían las ventanas, por eso de la salud, por lo que había un ambiente como de agua estancada.

Samuel y Nélson estaban en el dormitorio del otro lado del pasillo, el de los meones, y yo dormía con los mayores, lo que en teoría facilitaba la noche. Bastaba con pasar de los conflictos de Fábio, que gritaba: «¡Todo esto son Amélias!», mientras soltaba insultos sin parar. Necesitaba evacuar la bilis acumulada durante el día. Al contrario del aire enrarecido, que sólo daba dolor de cabeza, la bilis sí nos afectaba la salud.

Aunque ya tuviese dieciséis años, el tío iba a mi clase en la Pires de Lima y todavía no se había enterado de que no hacía falta un gran esfuerzo para aprobar las asignaturas. Bastaba con dar cualquier excusa a los profesores.

Lo último que ellos querían era cargar con Fábio y, si hubieran podido aprobarlo por la vía administrativa, ya lo habrían hecho. Cuando hablaban por los pasillos, con aquel aire de quien ha estudiado algo y por eso tiene derecho a opinar, se referían a Fábio como el plasta, el imbécil incapaz de entender que tantos suspensos daban más trabajo que cumplir con los mínimos.

Lo que tenían era miedo. Sin confesarlo, decían que era una lástima que los asistentes sociales insistieran en que delincuentes como éstos tuvieran que salir de allí con el noveno curso aprobado. Una drogodependiente que no cerró las piernas ¿y somos nosotros los que lo pagamos? La llamaban así, *drogodependiente*, en vez de drogada.

Y esto asumiendo que no fuera él, Fábio, quien sufría en su piel las piernas de la madre. De hecho, no sufría, porque para eso tendría que haber sido consciente de sus propias circunstancias. Tendría que imaginarse en un cierto orden del mundo.

Por el contrario, vivía en el placer o en el dolor del momento, y poco más. Si se despertaba habiendo dormido bien, decía: «¡Buenos días, Amélias!», como si fuésemos sus hermanas pequeñas y no hubiese nada mejor que despertarse y llamarnos Amélias, sus Amélias. Y nos daba cigarrillos.

Pero cuando Ana Luísa, Cátia o cualquier otra de ésas no le hacía un servicio debajo del puente, llegaba a la Oficina como si nosotros fuéramos los culpables y tuviésemos que pagarlo. Reunía a los cómplices, generalmente, Grilo y Leandro, y nos ponía a uno de nosotros en el poste, cargado de ímpetu contrariado, con una embestida casi sexual, con gotilla de semen y todo.

Poner en el poste consistía en meternos un palo entre las piernas y tirar fuerte de ellas, a ver si se nos reventaban los huevos. Babeando, Fábio decía: «¡Más, más fuerte!», y se frustraba cuando el grupo perdía el interés en hacer daño.

La noche en el dormitorio era eso: siempre algún gemido, sueños que acababan en grito o en risotada (Zé, un poco deficiente, reía mientras dormía); siempre el rumor de las sábanas y los prefectos de puerta en puerta para imponer orden, o derivados, corriéndonos a insultos.

Antes de dormirme, en vez de contar ovejitas, hacía una síntesis, que era como rezar, pero sin consecuencias para la eternidad.

Primero revisaba los detalles del día como en una sesión fotográfica, bajo ángulos y luces diferentes, para recordarlos mejor. Después alineaba a los protagonistas de mi vida, mi madre, Norberto, aunque éstos menos, desde que me metieron en la Oficina.

Cuando era soltera, lo sé porque he visto fotografías, mi madre parecía una modelo: pelo rubio, *shorts*, medias de rombos, muchos collares y veinte kilos menos que ahora. Treinta kilos menos.

Salía con las compañeras para recibir órdenes cerca de Santa Catarina. Aún parecía una cría, porque sonreía con la mirada baja cuando los hombres la elegían. Se maquillaba como las niñas que se pintan demasiado para imitar a las mujeres.

En una de ésas, conoció a mi padre. Desde entonces se quedó en casa. A la hora de comer rascaba la sartén apenas para servir, sin apetito. Mi padre le decía: «Espera las órdenes, espera las órdenes», mientras la arrastraba a la habitación. Después oía un grito, un golpe de algo como de cajones (pero no había cajones en la habitación), y mi padre volvía a la sala para sentarse en el sillón. «Esperaba las órdenes, y se las he dado».

Yo respondía: «Sí, papá», y corría a sentarme sobre sus piernas. Lo abrazaba y le daba palmadas en las mejillas. La barba picaba. En la habitación, mi madre se recomponía.

Cuando ella me visitaba en la Oficina acababa llorando porque después de la muerte de mi padre nadie la protegía, ni siquiera Norberto. Ya le habían quitado tres o cuatro, ¿cómo era posible? ¿Cómo lo hacía? Es decir, tres o cuatro hijos robados a una madre necesitada. Para ella, la maternidad era una fuente de agua no potable de la que sólo manaba porquería.

Yo sobre todo pensaba en Nélson y en Samuel, en todo

lo que tenía que decirles, más a Samuel, aunque no supiese qué, aunque lo pensara en serio. Pero también pensaba en la Pires de Lima, que casi había abandonado últimamente, porque tenía otras cosas que hacer y, además, en las zonas sucias aprendía el doble.

En los primeros días de 2006 imaginaba dos ruedas que corrían y se embalaban al mismo tiempo. Intentaba detenerlas, pero continuaban rodando (siempre pasa con las cosas que ruedan en la imaginación), y cambiaban de color, los colores con los que yo las pintaría. Sobre ellas había una estructura de metal con un sillín.

Después me dormía, pero era como si siguiera pedaleando por las calles.

3

Levantarme al amanecer y salir antes que los demás era vivir de nuevo. En el tejado de la Oficina una gaviota posada en la cabeza de san José con el Niño graznaba a las demás. En segundos, la bandada sobrevolaba la estatua, los picos como espadas se batían unos con otros. Junto a la puerta, una placa de esmalte decía: HOGAR-INTERNADO, ESCUELA DE TIPOGRAFÍA Y ENCUADERNACIÓN. El brillo de aquel esmalte daba un aspecto limpio al edificio. Al otro lado de la calle, los neones de la LiderNor parpadeaban anunciando aire acondicionado, calefacción, aire acondicionado, calefacción.

Creo que era enero, sí, porque la fecha final de todo esto es el 22 de febrero a las ocho y media de la mañana y, aunque ahora parezcan meses, la verdad es que apenas pasaron siete semanas hasta que las cosas se acabaron.

Tomé el camino más rápido para llegar a la Pires de Lima, a la izquierda por António Carneiro, después de las lápidas del Bonfim. La escuela se imponía a lo bruto, parecía un centro de procesamiento de carne. Esto no es una frase tipo Pink Floyd—el profesor-martillo con los alumnos en fila hacia la escuela-picadora—, sino que la fachada era igual a la de un matadero donde descuartizaran cerdos.

La señora Palmira, a la que solamente conocí cosida a la bata (imposible imaginar qué había debajo), abría la puerta de la entrada. «Mira, el Rafa por aquí a estas horas», me saludó con la mano bien firme en el culo, y yo le dediqué el silbido de las mujeres guapas.

Era día de educación física. No necesitaba disculpa para

23

faltar, pero pasé del fútbol por culpa de Grilo. Además de ser del grupo de Fábio, Grilo había venido al mundo con un metro setenta. Imagínese qué altura tenía en sexto curso.

Por los pasillos, coincidíamos en que Grilo era demasiado alto, jugaba demasiado bien, era demasiado fuerte. Claro que nosotros queríamos ser altos como él, jugar tan bien como él y tener tanta fuerza como él.

A mí me tocaba la portería, porque no acertaba a darle a la pelota con los pies. Grilo era del equipo contrario y su presencia en el campo anulaba la de los demás. Bailaba él solo. Y yo no quería parecer un inútil. Un *cagao*, como decíamos nosotros.

Él, yo, el campo y la pelota. ¿Qué interés podía tener que el chupinazo se comiera la red, cuando era obvio que me iba a partir en dos? Y ahí venía, fintando y regateando jugadores, como críos esquivados en dos zancadas. Estiré los brazos hacia el larguero, a ver si ocupaba más espacio, y, hay que joderse, la pelota apareció como un rayo.

Los jugadores me rodearon con los ojos muy abiertos. Ahora ya tenía excusa para dejarlo: la muñeca doblada noventa grados y los dedos morados. Grilo dijo: «No está roto», y los demás estuvieron de acuerdo. Como mínimo se había dislocado, eso nadie lo negaba. Pero ni se inmutó al ver el hueso tirando de la piel.

El puño latía y el dolor crecía. Horas después, el médico lo puso en su sitio de un golpe seco, bastó con atar el brazo a la estructura de la cama y tirar: mucho peor que lo del poste. Después, un mes de yeso.

Ahora pienso que Grilo ni me pidió perdón ni me reconoció el mérito porque, a pesar de haberme destrozado el brazo, había fallado el gol. Así que, en estado de gloria, dejé el fútbol: lesionado, pero como el portero que había parado un cañonazo imposible.

La señora Palmira consideró que merecía el relevo, se arregló la bata y me dejó marchar. Más adelante miré hacia atrás. Se palpaba la silueta como quien moldea el barro que sobra.

A las nueve de la mañana, los viejos llegaban al Campo 24 de Agosto, un parque de pocos árboles y pocos pájaros, para jugar a la brisca y quejarse de las mujeres. Les consolaba saber que un día las dejarían viudas. Incluso los que las querían—yo me daba cuenta de que algunos acariciaban las fotos en las carteras—protestaban porque les faltaba el cariño. Porque las camisas quedaban por planchar.

Jugaban en serio. Los jubilados lanzaban las cartas en las mesas, estiraban el cuello, levantaban los brazos y discutían las jugadas. El que iba apuntando solía equivocarse y se pasaban media mañana mirando el cuaderno.

Aquellos días, la novedad fue una baraja Kem, «*America's Most Desired Playing Card*» ['Los naipes más deseados de América'], decía la caja. La baraja, motivo de muchas disputas, acabó quemada en la basura. «Aprende, chaval, aprende».

Crucé el Campo 24 de Agosto y entré en el bar de siempre; en realidad, un antro estrecho donde me sentía como en casa. Hay muchos misterios en la vida y el nombre de este bar es uno de ellos. Un día le pregunté al señor Xavier por qué le había puesto Piccolo y me contestó que le gustaba mucho Pinocho, «Piccolo como tú», y yo me quedé igual. No se habló más del tema.

Sentado junto a la ventana, me tomé un café con leche y me comí una *bola-de-berlim* con el relleno que me pringaba la barbilla.

Desde allí se veía bien el Pão de Açúcar.

En 1989, la manzana encajada entre la avenida de Fernão de Magalhães, la rua Abraços y la rua da Póvoa cobijaba a unos cuantos que se escondían en edificios del siglo XIX. Sobrevivían en las cocinas, en las habitaciones, en los salones, en los espacios que proporcionaban calor. Me gusta imaginarlos envueltos en mantas cerca del fuego.

Aquel invierno, las excavadoras ejecutaron la orden de derribo. Los gritos de los operarios—«¡Salgan, que la máquina es ciega!»—despertaron a los que vivían allí. Terminaron con las paredes destruidas, las camas rotas, los marcos de las fotografías partidos, se resignaron y se fueron por las calles; unos en pijama, otros con el abrigo puesto a toda prisa. En tres días nadie se acordaba de ellos.

El constructor quería edificar en tiempo récord por el miedo a que el Ayuntamiento se inventase más burocracias. Durante semanas, las excavadoras picaron piedra, doblaron metales y astillaron maderas. Después llegaron las retroexcavadoras, que soltaban paladas de escombros en los remolques de los camiones. Y así, fueron excavando cimientos de quince metros de profundidad, protegidos por vallas con carteles que avisaban de lo obvio: peligro.

Si había sabido destruir, iba a saber construir.

En el Piccolo se decía lo de siempre: aquella obra estaba condenada. Lo sabían, lo tenían claro. Era evidente que la Fernão de Magalhães no necesitaba ningún supermercado en aquel espacio. Ya se veía en los edificios de alrededor. Todo feo, menos los azulejos antiguos y el Vila Galé, el edificio más alto de la ciudad. Dicho esto, escupían al suelo y concluían: «La vida es así, nuestro Oporto no escarmienta», y se tomaban el café, reconfortados por la evidencia de que nada iba a cambiar.

Las grúas aun levantaron una torre de cinco plantas en la fachada que daba a la avenida. Y entonces se supo. En 1992, las obras se pararon por un embrollo jurídico, por exceso de burocracia, por corrupción o por falta de dinero, en fin, uno de esos escenarios a los que estamos acostumbrados. Los promotores confiaban en reiniciar las obras, pero los años iban pasando. Aquel esqueleto no tenía supermercado. La Fernão de Magalhães no tenía nada bonito para ofrecer.

Las ratas fueron las primeras. Todavía había obras y ellas ya se instalaban por los rincones. Las siguieron las palomas y, después, las lagartijas, las salamandras y las culebras. Una pareja de petirrojos subió a la torre y allí se quedó. Y allí anidó.

Las vallas de madera cedieron y la gente entró. Primero regresaron los antiguos inquilinos, para lamentar la suerte del edificio, que unían a la suya. Los techos, las paredes y los pilares se cubrieron de grafitis, uno pedía: CONSTRUID-ME, otro decía: PERDÓN. Residuos de todo tipo cubrían el suelo de los bajos. En medio de la construcción, un vestíbulo daba luz a las escaleras. Era allí donde las putas tomaban el sol. Los drogadictos se colocaban en el subterráneo y los sintecho intentaban poner algo de orden, ya que el edificio ofrecía casa a todo el mundo.

El subterráneo escondía un pozo; en realidad, un hueco triangular de más de diez metros de profundidad. A veces, los okupas meaban allí.

La construcción cobró vida, se convirtió en un centro de paso y para dormir, y la Policía empezó a vigilarlo. En una o dos redadas se oyeron disparos, pero las paredes absorbieron los tiros y no pasó nada.

Por la noche, los okupas dormían en barracas improvisadas con cajas, ramas, cartones, plásticos y colchones. Mejor dicho, dormían en hogares con manchas de luz conquistando el cemento. La ruina sobrevivía a la frustración y se engrandecía: sólo era gente que dormía.

Los nuevos inquilinos sabían respetarse. Los domingos asaban sardinas y el humo llegaba hasta la terraza del Vila Galé, donde las fiestas daban el coñazo hasta la madrugada.

Tras algunos años así, el Ayuntamiento decidió que había que dar un rumbo a aquella degradación en plena ciudad. Para que fuera útil no bastaba con que cobijase a indigentes, secretos, broncas, intercambios de jeringas, orgasmos y actuaciones blandas. No, para ser útil había que inaugurar un aparcamiento.

Más que la Policía, los coches ahuyentarían a quien quisiera sosiego. Fue el último éxodo. Se marcharon acompañados o solos, dejaron atrás los restos de las barracas.

En el 2006 hacía mucho que nadie prestaba atención a la ruina que había sido una manzana del siglo xix y que tenía que haber sido el supermercado del Pão de Açúcar.

—¿Quieres algo más, *piccolino*?—me preguntó el señor Xavier. Lo ignoré y crucé la calle.

El parque ya estaba lleno y el guarda de seguridad se entretenía en la garita con el crucigrama del *Jornal de Notícias*, ejercicio que le ocupaba el cerebro por completo. Todo lo demás se le escapaba.

Me subleva que nunca me hubiera visto y que ni se enterase de lo que pasó durante las semanas siguientes. Hay algo mezquino, hasta femenino, en un gorila de metro noventa que mete letras en cuadraditos.

Salté las rejas que cerraban el paso al foso de las escaleras. Los ojos se me adaptaban a la oscuridad, pero la nariz no se libraba del moho y la humedad. Las escaleras terminaban en un cubículo que había servido para guardar trastos, pero que ahora sólo era un agujero.

El único rayo de luz, un trazo más o menos fino, pegaba de lleno en mi sitio, en el sitio de mi bicicleta.

4

Cargué la bicicleta hasta el rellano más iluminado, en medio de las escaleras, y olí la pintura fresca del cuadro; olía a fresas, demasiado dulce como brebaje sintético. Era triste y hermosa a la vez: el manillar, clavado en medio, estaba sujeto con abrazaderas a un palo de escoba. Los neumáticos, pinchados. Y, claro, el cuadro era verde mate, cuando yo lo quería brillante, que se viera por la calle.

Unas semanas antes, volvía a la Oficina por otro camino. Se suponía que teníamos que esperar a los monitores al final de las clases, pero ellos, para tener la conciencia tranquila, aparecían cuando querían y a mí no me gustaba eso de que se aliviasen a mi costa. Salía cuando quería y por donde quería, tanto si aquellos cabrones llegaban como si no.

La encontré cuando bajaba la calle entre la Praça da Alegria y el puente, estaba apoyada en un contenedor cerca del Abrigo dos Pequeninos,[1] del que quedaba la fachada, con las letras repujadas a la antigua. Para mí, aquellas letras decían: *bicicleta*.

Creo que la rescaté por pena. Tenía el manillar partido; la rueda delantera, pinchada; la de atrás, con los radios rotos; el sillín, con el cuero agrietado, y el cuadro, oxidado.

Después de esconderla detrás de unas zarzas al final de la calle, quise contárselo a Samuel y a Nélson. La bicicle-

---

[1] Guardería y también dispensario municipal para niños pobres creado en 1935 en el barrio del Bonfim de Oporto, reconvertido posteriormente en local para actividades culturales y deportivas para jóvenes. Después de muchos años en estado de abandono, el Ayuntamiento de Oporto lo ha transformado en espacio cultural y museológico.

ta todavía no era real, faltaba darla a conocer. Así se hace con las desgracias y las felicidades, las compartimos para repartir la emoción. Pero entonces pensé, qué alegría ni qué tristeza, aquello apenas era un trozo de chatarra tirada entre otras porquerías. Me callé porque me pareció ridículo, también angustiante, que la basura de uno fuera el entusiasmo de otro.

De las zarzas la llevé al callejón de detrás de la terminal de autobuses y, de allí, a los tenderetes que el mercadillo de la Vandoma dejaba montados los domingos. La cambiaba de sitio por miedo a que alguien se la llevase.

Sólo me quedé tranquilo cuando encontré el Pão de Açúcar, después de asegurarme de que los drogados y afines no se acercaban al foso de las escaleras. A la hora de comer pasé a verla hasta estar convencido de que estaba segura.

Nélson me preguntaba: «¿*Onde* vas?», y yo le contestaba: «Métete en tu vida». Samuel nunca me preguntaba.

Entonces empecé a repararla. El palo de escoba encajó bien en el manillar, bastó con asegurarlo con las abrazaderas que saqué de una ferretería. Aunque embadurné la cadena con aceite de cocina, seguía seca y atascaba los pedales. Ya había sacado una lata de pintura verde de Tintas CIN, de la calle Santos Pousada, y pintado la parte metálica del cuadro, que se bebió la pintura como si fuera madera. Pintaba despacio, combatía el óxido, conmovido de que la bicicleta necesitase pintura como si fuera afecto. Trabajaba a ciegas, sólo con el impulso de corregir un error. Si había algo que podía ser restituido a la forma original, vivir en la expresión más pura, ese algo era mi bicicleta. Y yo con ella.

Me acordaba de Nélson. En quinto curso se encontró un gorrioncito que piaba y se lanzaba contra una pared. Oíamos el piar del bicho, que Nélson llevaba a todas partes en el bolsillo interior del abrigo, y nos decía: «Me suena la barriga». Y nosotros teníamos que aceptarlo, pero en medio de una clase el gorrión saltó del bolsillo, revoloteó por el aire y salió por la ventana. Samuel dijo: «Ahí va tu dolor de barriga».

A la bicicleta todavía le quedaba mucho trabajo: una mano más de pintura, varias capas de barniz, enderezar los aros torcidos, resolver el problema de los neumáticos pinchados e intentar disimular el cuero roto del sillín.

La iba a dejar otra vez al fondo de las escaleras cuando encontré una goma, de esas que usan las mujeres para recogerse el pelo, enrollada alrededor del sillín. El cuadro olía a la primera mano, se notaba mucho aquel olor a fresa, puede que fuera del pelo que la goma solía recoger. Entre el sillín y la goma encontré un papel doblado en tres pliegues.

La idea de que alguien hubiese estado rebuscando en mi escondite me asustó tanto que guardé la bicicleta muy rápido y apenas abrí el papel a mitad de la segunda clase de la mañana.

Decía: «Qué linda está. Felicidades».

5

Que no tuviéramos historia hacía que todos fuéramos iguales, unos más que otros. Tan cierto como en la Biblia: es lo que hace impuro al hombre.[1]

Leandro aún tenía menos historia, mucha menos que Nélson, Samuel o yo, porque pertenecer al grupo de Fábio significaba abdicar. Pasábamos por eso nada más ingresar. Unos se iban con Fábio y otros se iban a su vida, un camino que Samuel hacía dibujando, yo, con la bicicleta y Nélson, hablando sin parar.

Los placeres de Fábio eran los placeres de sus amigos, todos más jóvenes; los odios de Fábio eran los odios de sus amigos. El que entraba en el grupo pagaba con la personalidad, pero a la portuguesa, nunca demasiado en serio ni del todo. Sé que Grilo dijo después: «Pero ¿quién era él para mandar? Nadie». Aunque no se trataba de mandar, era como querer lo que él quería.

Leandro se resumía en robar a chavales y en ventanas rotas a pedradas o a patadas; eso y una familia de mierda igual en todo a nuestras familias de mierda. A pesar de las pequeñas violencias, antes de ir a parar a la Oficina era un tipo tímido y amedrentado por los mayores. «Te suelto un tortazo si te pasas de la raya», le decía su padre, incluso cuando él se portaba bien.

Aunque no tuviera historia, contaba el episodio que lo había llevado a la Oficina.

[1] «No es lo que entra en la boca lo que hace impuro al hombre, sino lo que sale de la boca, eso es lo que al hombre hace impuro», Mateo 15, 11.

Se mezcló como pudo entre la gente, en el autobús. Al lado, una madre hablaba con su hija, muy joven, adolescente. «No te preocupes, querida, no duele nada. Cuando saliste, ni me enteré».

La conversación captó la atención de una pelirroja de media melena. «Disculpa, tu madre no sabe lo que dice. Duele un poco, pero enseguida nos olvidamos».

Era evidente que dolía, eso nunca se puso en duda. La madre se enderezó en el asiento para ocupar más espacio y pegar a la pelirroja contra el cristal. Romper en caso de emergencia.

La chica se inquietaba en su asiento. «Entonces, ¿cómo es, mamá?». Ahora pensaba que realmente hacía daño y se palpaba la barriga con miedo y cuidado, bajaba las manos hasta las piernas, los muslos y el calor de las ingles. La madre la detuvo con un «Estate quieta» y con «Si un edificio pare un apartamento, ¿crees que le duele? Pues, en tu caso, es más o menos lo mismo». La niña, además de muy joven, estaba muy gorda.

A Leandro le hizo gracia la cara tensa de la pelirroja, que murmuraba: «Pero te olvidas enseguida, querida». Se acercó más para oír mejor y sin querer pisó a la embarazada, que se quejó, más por el parto anticipado que por el pisotón. La madre saltó al instante: «Ahora la juventud es esto. ¿No pides perdón, pedazo de torpe?», aunque más para pedir disculpas a su hija que por sentirse ofendida ante el silencio de Leandro.

Yo creo que Leandro se calló por timidez, aunque también pudo haber sido por su estupidez, que le impedía responder preguntas obvias. En la Oficina, cuando volvía a contar el episodio, se le notaba la mirada acorralada.

La pelirroja no sólo sabía que el parto dolía, sino que pensaba que Leandro había pisado a la embarazada para defenderla. «El chico lo ha hecho sin querer, mujer, déjelo en paz».

Y pasó lo evidente. La embarazada le gritó a la pelirroja que le había traído los dolores del parto, había cuestionado a su madre y ahora defendía a uno porque sí. La madre fue a por Leandro. La pelirroja estaba harta de aquella gente que dejaba que las adolescentes se quedaran preñadas, les mentía y, para colmo, repartía sopapos a los niños. Se levantó y se fue directa hacia la madre.

Leandro siguió callado.

Más tarde no supo explicar los detalles de lo que había pasado, pero nos enseñó marcas de dientes en los brazos, prueba suficiente de que las mujeres discutieron, se escupieron y se pegaron, entre ellas y a los que estaban por allí. Se hizo un espacio en el pasillo. Un hombre decía: «El pueblo es pacífico, señoras, vamos a calmarnos». Un crío se le subió encima a la pelirroja. El conductor aceleró, puede que pensara *estoy harto de esta mierda*. Dos señoras mayores lloraban. Un funcionario público, o alguien con cara de eso, ni se enteraba de lo que pasaba. Y Leandro pensó que era buena idea pegarle un puñetazo a la embarazada a ver si los ánimos se calmaban.

La escena terminó con la madre tirando al suelo un mechón de pelo rojo, escupiéndole encima y diciendo: «¡Puta asquerosa!».

Cuando el autobús se detuvo, la Policía ya los esperaba. Además del puñetazo a embarazadas de diez meses, no ayudó que la mochila de Leandro estuviera llena de bolsitas de plástico que su hermano mayor le obligaba a transportar.

Fábio lo agarró ya el primer día en la puerta del taller de encuadernación y lo avisó: «Si te portas mal, te meto una que no se te olvida».

6

A Nélson no lo paraba nadie. Andaba dos pasos por delante de los demás, en la calle y en la conversación. Cuando se arrancaba con algo, que de pronto dominaba simplemente porque le salía por la boca, lo llevaba hasta el final; es decir, soltaba lo que sabía y lo que no sabía. No se le escapaba nada, desde las casualidades de la cotidianidad, tan llena de nada, a los temas políticos, que reducía a casos, o pequeños intercambios de favores y canalladas, que ya nos sabíamos, dadas nuestras circunstancias. Era como si la política cupiese entre la Pires de Lima y la Oficina y su opinión fuera tan válida como cualquier otra. El primer ministro resulta que era un golfo miserable como los Fábios de este mundo, metido en todo como un chulo de barrio. Los banqueros, otros cabrones. Y no salía de ahí.

A la hora de comer se metió en una discusión que, cuando ya íbamos por los *rojões*,[1] aún no había terminado. «Es que el tipo decía las cosas tal que así». Hablaba de la saturación de alcohol del padre de un compañero, internado el día anterior por gritar fantasías como que ya sabían quién era él, pero que lo soltaron y borraron las huellas digitales para esconder el servicio. Que los poderosos siempre lo encubrían, pero que él iba a embarcar en la nave espacial. Aunque lo obligasen a mentir bajo coacción, lo habían

[1] Plato muy popular en el norte de Portugal, hecho a base de trozos fritos de cerdo aderezados con castañas, tripa, hígado, sangre cocida, ajo, pimienta, laurel y vino.

avisado del despegue por intercomunicador. Pero ahora se sentía libre del peso de la verdad. Jesús y los ángeles lo acompañaban en el cohete hasta la estratosfera.

Samuel sonrió y dijo:

—Debe de ser feliz.

(Un día, la dueña de un Citroën con la correa de trasmisión rota, y loca como aquel padre, me dijo que había encontrado el paraíso, un valle encantado, la esquina de una calle, un pensamiento más claro: era el paraíso, era real, era suyo. Confesó ser feliz, dejó pasar unas semanas y se mató. Y nosotros nos quedamos con el coche hasta que fuera reclamado. Samuel debía de tener razón, quizá la felicidad sólo depende del punto de vista).

—Ahora lo riegan con mierdas y Jesús incluso lo visita—dijo Nélson.

Yo masticaba las patatas distraído, lejos del comedor, pensaba en el papel de aquella mañana. «Qué linda está, felicidades» sonaba a amenaza disfrazada de candidez. Era como si dijese, *vuelves aquí y te reviento* o *ya mismo te pincho*. «Qué linda está, felicidades» no podía significar eso, sólo qué linda está, felicidades, aunque, de hecho, gracias a mí la bicicleta estuviese cada vez más *linda*.

Nélson seguía:

—Aquella conversación empeoró, sabes, la mujer le decía que se calmase y él respondía que le salían cobras por los ojos.

Yo había dejado la bicicleta desprotegida allá en el Pão de Açúcar, abandonada a su suerte. Mientras comía los *rojões*, quién sabe, alguien podía forzarle las velocidades, rascar la pintura o, todavía peor, poner el culo en el sillín.

Samuel decía que ni en la imaginación las cobras salían por los ojos, que antes salen de los huevos y se comen el polvo del camino, lo que no era lógico viniendo de un artista, de aquel capaz de ver más de lo que se puede ver. Pero a mí todo aquello no me interesaba nada.

Si alguien se sentaba en ella, se doblarían las ruedas porque los neumáticos estaban deshinchados y, aún peor, me quitaría el placer de ser el primero, me robaría el privilegio. La rabia me creció en las manos y en los pies, hormigueante, y me subió hasta el pecho, desde donde dominó el resto del cuerpo. Me latían las venas del cuello.

No era miedo, era espíritu de combate lo que me gobernaba. Saqué la nota del bolsillo y la volví a leer. Qué linda está. Felicidades. Fue entonces cuando me di cuenta de que estaba escrita con pintalabios rojo, muy suave para no manchar, como un beso mal dado. El felicidades destacaba y el olor a fresa prevalecía sobre el de los *rojões*.

El ruido de comedor aumentó con los postres y ya no discutían sobre los delirios de aquel tío, se comían el mejunje al que llamaban *mousse* de chocolate.

Tenía que rescatar la bicicleta, esconderla en otro sitio, lejos de quien la codiciase o la detestase. El metal y la goma se habían transformado en carne, la bicicleta era un ser vivo que dependía de mí para sobrevivir.

Hoy, cuando veo una bicicleta (hay tantas para reparar en el taller), siento una gran pena por mí, más por la nostalgia de la bicicleta y de aquella época que por lo que pasó. Una cosa buena se vuelve aún mejor antes de que pase una cosa mala. Si me pongo a pensar en la ternura, otra palabra para la compasión, llego a la conclusión de que no sirve de nada si no la liberamos. Y lo que había dentro de mí no cuenta.

—¿Qué es eso?—me preguntó Samuel señalando la nota que yo, sin querer, había dejado junto a la servilleta.

—No te metas donde no te llaman—le dije tras guardar el papel en el bolsillo, y ellos dedujeron que una chavala me enviaba mensajes de amor durante las clases.

Nélson sonrió, me dio golpecitos en la espalda y me susurró al oído mientras me masajeaba el hombro:

—Eh, tío, ahora resulta que vas a comer chocho.

7

También hay chicas aquí. Hablábamos con ellas a la hora del patio, aunque no sabíamos qué decir. Acabábamos callados y eran ellas las que hablaban, dominándonos con tal seducción que hasta producía rechazo.

Nélson hacía crujir los dedos y se subía al muro de la escuela para mantenerse privado y distante; yo me quedaba callado; Samuel se acercaba a ellas, fascinado por algún detalle, y en tres segundos ya les enseñaba los dibujos, un golpe bajo que las conquistaba y de pronto le empezaban a dar besos en la cara, en el cuello y por detrás de las orejas.

Olían a heno, a campo acabado de segar. Pero era un campo fuera de nuestro alcance, que se desea con mucha fuerza y por el que nunca se pasea. Me acuerdo de los hormigueos que me provocaban cuando me tumbaba junto a ellas a la hora de la siesta. Las chicas me ataban por dentro con hilos imaginarios. Yo prefería romperlos a tener miedo de lo desconocido, de ahí que no entendiera a Samuel, que correspondía a los besos y paseaba con varias a la vez.

Él era mayor que nosotros, aunque no mucho más, y ellas parecían mujeres, sus cuerpos nos ofrecían alcohol listo para beber, que hasta sin beber ya emborrachaba. Las nalgas, el culo, el pecho y la piel oculta en la que se afirman las tetas. Pero Samuel parecía tranquilo, ni presumía, y un día quedó para pasear. Nélson y yo aceptamos sin saber a qué íbamos.

Rute se entendía bien con Fábio, y ella y sus amigas ni se fijaban en nosotros. Ahora, convencidas por Samuel, cogían el autobús para cruzar el río y bajaban con nosotros la cuesta para llegar a la orilla.

A Nélson se le ocurrió: «¿Queréis bailar, es eso, queréis bailar?», y ellas se reían, porque no entendían lo que él pretendía. Meses antes, había invitado a Marlene a bailar, y ella, delante de todo el mundo, con él de rodillas, dijo que no bailaba con putos retrasados. Desde entonces se le conocía como *el Putotrasado*, hasta que le reventó la boca al último que lo llamó así. Con puño americano.

Pero esta vez, Alisa, Rute y Carla paseaban con nosotros, y aquello sorprendía y amedrentaba a Nélson. Y a mí también.

Desde una zona retirada del río veíamos Oporto, las casas de las Fontaínhas, caídas unas encima de las otras. Nos descalzamos y se nos metió la arena entre los dedos de los pies.

Alisa se sentó a mi lado. Chándal, pendiente de plástico, colgante del mal de ojo en la muñeca izquierda, iba vestida igual que el último día que la había visto. Olía a heno, prueba de que venía de aquel campo donde las chicas germinaban. Sé que parece ingenuo (hasta qué punto no es siempre ingenuidad lo que nos pasa por dentro en lo que atañe a las mujeres), pero se suponía que éramos duros: hombres de verdad a los doce años.

Sólo Samuel, con sensibilidad para el dibujo, sabía lidiar con ellas, había descubierto la llave. Y no en el sentido de darles la vuelta, sino en el de agradarlas. Alisa se había sentado a mi lado y él ya se escabullía entre los árboles con Rute cogida de la mano.

—Dime cosas, Rafael.

Escuchar Rafael con todas las letras, cuando los demás me llamaban Rafa, confirmó que el desafío era mayor de lo que imaginaba.

—Estaba aquí pensando que nadie me llama Rafael—respondí, y Alisa se sonrojó y se tocó el pelo que le caía en la curva entre el cuello y el hombro. Rectifiqué enseguida—: Y también pensaba que es muy bonito que digas Ra-fa-el.

A partir de ese momento conversamos cogidos de la mano y ella dejó de oler tanto a heno. Se volvió más definida, sus facciones, la voz, y cuanto más real era ella, más sufría yo. Aquella calma no se conciliaba con la expectativa ni con el deseo que a esa edad, no importa lo que digan, salta como el pajarito en su primer vuelo.

Los suaves embates del agua en la ribera traían páginas de revistas, botellas de vino, plásticos, ramas y preservativos medio sumergidos como medusas. «Yo no suelo hacer esto», dijo Alisa.

Por *esto* yo entendía sentarse en la orilla conmigo, pero también se podía entender darse la mano y mirar el paisaje. Yo había oído decir que ella siempre hacía mucho más, aquello que Nélson definía como «comer chocho», lo cual no me molestó, porque nos olvidamos del pasado cuando le damos la mano a alguien junto a un río.

Más atrás, en los bancos de arena, Nélson no se entendía con Carla. Quería bailar con ella a la fuerza, allí, sin música, para desquitarse de la humillación de Marlene, pero ella le dijo que no bailaba. Gritó: «¡Déjame en paz, guarro!», y fue a esconderse entre los árboles, seguro que estorbando las actividades de Rute y Samuel.

Nélson le enseñó el dedo corazón, corrió hacia la orilla y se tiró al río, salpicando el pelo de Alisa. Después de algunas brazadas, se tumbó a nuestro lado, con aquella agua pegajosa. «Quería refrescarme». Sólo él podía querer refrescarse en pleno enero.

Entretanto, Alisa y yo ya nos habíamos soltado la mano. Incluso separadas, seguían juntas como un dolor fantasma. Mejor dicho, como un placer fantasma.

Acompañada por Rute y Samuel, Carla volvió, con mucho alboroto. «¡Eres un crío, ¿te enteras?!», le decía a Nélson. Samuel le metía mano en el culo a Rute, por dentro del pantalón, y sonreía tan disimuladamente que sólo yo me di cuenta.

Las tres se fueron solas en el primer autobús. Antes de doblar la esquina, Alisa miró atrás, desempañó el cristal y me lanzó un beso.

8

Entré por la valla de siempre, esta vez mucho más alerta por el guardia de seguridad que, fiel a sí mismo, alineaba las letras del crucigrama.

Curioseé por el aparcamiento, divertido con las mujeres que entran en los coches con el cuerpo arqueado mientras los hombres se doblan en dos movimientos, y observé entre los coches sin olvidar la zona protegida cerca del vestíbulo que iluminaba las malas hierbas del subterráneo.

Subí al primer piso, extensión de cemento sin nada; unas hierbas, una paloma, nada, sólo charcos de la torrentada de la noche anterior, algunos grafitis y la frase «*eu e o meu mundo*» repetida de pilar en pilar: yo y; yo y mi; yo y mi mundo. La luz iba desapareciendo, pero los charcos ayudaban a reflejar la claridad del vestíbulo. Al inicio de las escaleras del torreón alguien había garabateado: ¿QUÉ VES?

Desde arriba se veía Oporto, unido por un hilo de niebla a la sierra del Valongo. Ignoré el paisaje, aunque deseé, de pronto, que Nélson y Samuel estuviesen conmigo, que aquélla fuese una zona sucia cualquiera y estuviéramos aburridos y, como siempre, posponiéndolo todo. Posponiendo el qué, seguiríamos sin saberlo. Pero el Pão de Açúcar nos ponía nerviosos, como las salas de espera de los hospitales; allí nunca conseguiríamos relajarnos, escuchar nuestra respiración—en una fraternidad que no existía—y fumar cigarrillos antes de volver a la calle.

A pocos metros, el Vila Galé, ocupado por gente con dinero para fiestas de tarde y habitaciones de hotel, escupía hacia la ruina que tenía enfrente. O, peor, parecía indiferente, arrogante frente al sitio que, abandonado, vivía mucho más que los castrados que reservan *suites*, beben cócteles, follan a lo ñoño y trabajan en mataderos del alma como la Deloitte o la PWC.

Bajé, cabreado contra los triunfadores, yo, que los tenía por mitos, pero sin la aversión que ahora siento cuando les arreglo el coche.

Recorrí casi todo el Pão de Açúcar y no encontré nada que amenazase mi bicicleta, pero aún faltaba el subterráneo.

Allí, una arena de cemento y tierra—casi polvo—cubría el suelo, además de la basura que habían dejado los primeros habitantes. Una muñeca sin el ojo derecho, un espejo pequeño roto, una cruz de madera sin el Cristo, papeles en lenguas extranjeras, tres libros de lomos ilegibles atados con un cordel, martillos gastados, una vieja tarjeta de visita y centenares de bolsas de plástico.

La basura llevaba, al final del sótano, a un espacio que recibía un poco de luz. Cerca, de construcción precaria, había una barraca entre la pared y un pilar. Cuatro palos de madera aguantaban tres planchas de metal y de plástico.

Alguien intentaba barrer la basura, arrancar las malas hierbas y plantar legumbres en tiestos viejos. Era la entrada de una casa. Grité: «¿Hay alguien ahí?», y no me respondió nadie.

Dentro de la barraca encontré algunas cosas; unas, sucias de tierra, otras, inmaculadas dentro de bolsas, y otras, colocadas sobre un colchón gastado, con el relleno medio salido por los lados. La única almohada era una tela manchada de sangre.

Puedo enumerarlas de corrido: una manta amarilla que parecía de uso constante; una cazadora tejana con las mangas arremangadas; tetrabriks de zumo arrugados; seis preservativos Control guardados en una bolsa de plástico, donde encontré también Parlodel en comprimidos de 2,5 miligramos; un peine junto a un cepillo de dientes blanco y rojo, con las cerdas protegidas por un capuchón de plástico; una Gillette azul; dos pintalabios y un rímel de Maybelline; una tarjeta de usuario de la Coração da Cidade con el número 132;[1] un papel, igual al de la nota en la bicicleta, en el que alguien había apuntado: «consulta CAT Cedofeita 31/1, 11:30 h»;[2] dos cajas más de preservativos de la campaña *Luta contra a Sida*; una guía de tratamientos del hospital Joaquim Urbano, conocido en la zona como Goelas de Pau,[3] donde la médica había apuntado: «Vuelva, por favor», y la fotografía de una mujer con el pelo rubio al viento y, escrito por detrás: São Paulo, 1978.

Sobre todo aquello había un olor a almizcle que me molestó. ¿Cómo se podía vivir así? Hasta yo, de quien tanta gente podía pensar lo mismo—cómo podía vivir así—, pensé que era imposible y absurdo que alguien se hubiera aislado en el fondo de un sótano, en el fondo de una barraca, en el fondo de la vida.

Dominado por la frustración de no haber encontrado al que amenazaba mi bicicleta, volqué los tiestos y tiré piedras al tejado de plástico.

Bajaba las escaleras cuando oí una tos. Me detuve. Alguien se había sentado junto a la bicicleta. En un primer momento me pareció que hacía como un baile con las manos en dirección a la boca. De ahí soltaba un vapor que desaparecía casi enseguida. Era el vapor de un pan caliente, y el baile de las manos, la prisa por comerlo.

[1] Asociación benéfica religiosa de Oporto.
[2] Centro de Atendimento de Toxicodependentes, en el barrio de Cedofeita, en Oporto.
[3] Antiguo nombre de la finca donde se construyó el hospital, en el barrio del Bonfim de Oporto.

9

La descarga fue antes de ser vista u oída, un dique que revienta por detrás de la montaña. Corrió de alguna manera entre mis brazos y desaguó con furia por la boca:

—¡Es mía, puta vieja! No la toques, que te parto la cara. ¿Te enteras? Ten cuidado conmigo. ¿La has tocado? Seguro que la has tocado. Joder, lo vas a pagar. ¿Fuiste tú quien dejó el papel? A mí nadie me dice qué linda está, yo sé que está impecable, va a quedar impecable, no la puedes tocar. Lárgate.

Paré para respirar; las palabras querían salir, pero yo no sabía si la puta vieja obedecería, me sentía inseguro frente a la figura que se arreglaba los pantalones tejanos y aguantaba los insultos como si ya la hubieran llamado antes puta vieja.

Se levantó.

Con la luz que le daba en la cara, me sentí más firme para insultarla en condiciones; ya no era un bulto, sino una mujer flaca con el pelo recogido en un moño. Así tan de cerca, olía mal, tenía suciedad en las cavidades nasales, el pelo enredado en sitios equivocados. Sujetaba la bolsa del pan como si fuera un arma.

—La bicicleta la encontré rota, pero la voy a dejar impecable —continué—. Yo sé darle la vuelta. Y te aviso, si la tocas… Te voy a joder, traigo a mis amigos y te reventamos en dos patadas. Métete en tu guarida. Y se acabó. Muy bonito está aquello. Ya te he jodido las plantas, para que te enteres de cómo son las cosas. Pero estamos por aquí por si la vuelves a tocar.

Después se me acabaron las palabras y pasó el diluvio. Estaba reventado y quería sentarme. Ella sonrió como una madre y se hizo a un lado, haciendo el gesto de *siéntate aquí*.

Quiero decir que sonrió como una madre cuando ve la primera golondrina. Mi madre y yo pasábamos con el autobús por el barrio de los gitanos. A la salida, en la callejuela de adoquines, las mujeres lavaban la ropa en los lavaderos y charlaban. La espuma les subía por los brazos hacia el cuello, pero a ellas no les importaba y lavaban con más energía. Después tendían la ropa bajo un tejadillo y se sentaban a descansar.

Las golondrinas hacían el nido en el tejadillo. El autobús pasaba y mi madre decía, mientras apuntaba hacia el cielo, ese lugar inmenso donde debía empezar la primavera: «A ver quién descubre la primera golondrina». Durante semanas yo miraba el cielo, el lavadero, la cara de las mujeres, los nidos vacíos, hasta que desistía. Señalaba al azar hacia las nubes y gritaba: «¡Allí, allí!». Mi madre, que siempre aceptaba las cosas más absurdas, sonreía y decía: «Muy bien, la primera golondrina».

Cuando me senté, la mujer dijo: «Ni te escucho, *menino*, ya me han insultado bastante». Me felicitó, la bicicleta estaba quedando muy bonita, y faltaba bien poco para que ya pudiera pedalear. Me quería ayudar, aunque no tuviese fuerza ni habilidad con las manos.

La propuesta sonaba igual que la nota de papel. Como su letra, también su voz sonaba a esfuerzo para no atropellarse a sí misma. Escondía cierto peligro, como la belleza de la planta carnívora, que seduce para morder. No me amedrentaba, con doce años podía con ella seguro, enclenque como era, pero había una especie de seducción en la voz (el acento brasileño) y en su aspecto, moldeado por el lugar.

Le pregunté cómo pensaba ayudarme y ella respondió:

—Tal vez podamos arreglar el sillín con unos calcetines.

Claro, para las mujeres lo primero son las cuestiones estéticas. Lo que yo necesitaba era técnica, aunque era verdad que aquel cuero cuarteado pedía protección. Ella insistió:

—Yo traigo unas medias y tú, un calcetín grueso.

—¡Ni se te ocurra tocar la bicicleta!—le grité, alejándome—. Y ¿no te he dicho ya que no te quiero aquí? ¿Por qué cojones insistes?

Ella me ofreció la mitad del pan con un gesto de *venga, come*, y yo no supe reaccionar. Todavía estaba caliente, acabado de hacer o por el calor de las manos de ella, una idea que intenté evitar porque seguro que guardaban vicios y enfermedades.

Tiré el pan y lo pisé. Ella se arregló el pelo para disimular la sacudida que sintió al ver la comida echada a perder.

—Muy bien, si es así—murmuró, e intentó levantarse. Así como se levantaba se iba de espaldas al suelo, pero se agarró a la bicicleta para no caerse. A pesar de eso, sonrió—: Esto, de culo, hubiera sido otra cosa—me dijo, y me pidió que la ayudara.

Entonces no sé qué mosca me picó, si fue arrepentimiento, o el desafío de tocarla sin vomitar, pero la cogí por el brazo. Me imaginé contándoselo a Samuel, *ella apestaba y yo igualmente la sostuve*, como si levantarla del suelo fuese más que levantarla del suelo: la prueba de que, al final, yo siempre hacía alguna cosa en la vida. Pero, pensándolo bien, omitiría que el impulso de levantarla había sido para que ella no se agarrara a la bicicleta.

—Me llevas abajo y te vas a lo tuyo, *menino*—me pidió.

Hasta el final de las escaleras fue hablando sola, respirando con dificultad por culpa de los escalones.

A pesar de la rutina de los coches ante la puerta del edificio, del tráfico de la avenida o del jaleo de la azotea del

Vila Galé, de donde llegaba un ritmo como de fiesta, nadie nos vio. Creo más bien que estábamos fuera del mundo, y no que prefirieran ignorarnos. Aunque lo más probable es que nos ignorasen.

Entramos en el subterráneo por la rampa de la rua da Póvoa. Después de enderezar las macetas (parecía que las plantas habían aguantado), la dejé en la puerta de la barraca.

La manta amarilla, los comprimidos de Parlodel, la guía de tratamientos, la fotografía, todas sus pertenencias narraban una historia, de la que yo, sin enterarme, ya formaba parte.

Salí de allí con miedo de quedarme más tiempo; al fin y al cabo, qué mierda de chaval soporta a una puta vieja; pero antes de salir del sótano quise pedirle disculpas por haber tirado el pan. Ella me hacía señas y gritaba no sé qué que no entendí porque la voz le salía como a impulsos. Entonces me di cuenta de que aquellos gestos, en vez de ser de despedida, eran que me hacía una peineta.

10

Volvimos a las zonas sucias de la Prelada, esta vez con Fábio. Él gritaba: «Vamos a mamarnos todo aquello», pero nosotros no sabíamos qué era todo aquello ni qué era *mamar*. Sigo sin saberlo. Nos pilló por sorpresa en la parada del 209. Por suerte, Grilo y Leandro habían ido a clase.

Samuel, de carácter silencioso, no decía ni una palabra, y Nélson, comprimido entre la gente, nos contaba que el padre había vuelto a casa bastante calmando y se pasaba horas mirando fijamente la pared.

Aún no he hablado de la calva de Fábio. Parecía que hubiera nacido con un mapa impreso en la cabeza: el cuero cabelludo dibujaba una geografía rara, planicies, islas, golfos, nuevas tierras, que eran las manchas de piel en las que faltaba el pelo.

Cuando salía de la Oficina, se sacaba un cigarrillo del bolsillo (nunca supe cómo hacía para que apareciera tan intacto) y se lo colocaba en la oreja.

Era un tipo sorprendente. Parecía uno de esos que no se altera por nada, que encuentra respuestas sin que haya habido preguntas. Uno de esos que actúa con el escrúpulo del maníaco. Tal vez por eso el cigarrillo siempre estaba perfecto.

En el autobús nos dijo que la vida era buena cuando se tenían amigos, él era amigo, y sabía mucho de las cosas, sobre todo mandaba en ellas. Las ponía en orden.

—Si yo quiero que pare el autobús, el conductor me obedece, y los revisores, por respeto, ni me dirigen la palabra.

Yo ya sabía que el cabrón hablaba por hablar, para llenar vacíos, y eso no me daba ninguna pena, sobre todo teniendo en cuenta que era el enchufado de los monitores de la Oficina, y aún más, considerando el rodaje de la madre.

A veces, Samuel también hablaba con los conductores, pero no al estilo de Fábio, para chulear. Atento, les preguntaba cómo se le daba al contacto, cuándo había que presionar el botón D para la transmisión automática de los cambios, si las curvas debían ser muy abiertas y con qué anticipación había que frenar.

Fábio me prestaba más atención porque estábamos en el mismo dormitorio, aunque dormíamos en camas opuestas, pero tanto soltaba provocaciones como se aproximaba y, con gestos afeminados, me decía al oído: «A tus amigos los traes más veces, ¿vale? Para animar la cosa». El aliento le apestaba a cigarro y a chicle.

Faltaban tres paradas cuando intervino Samuel:

—Si eso es verdad, quiero ver cómo paras el autobús.

Si hubiéramos estado solos, ya habría sacado el cuaderno. Yo conocía los paisajes, pero no había visto los dibujos más antiguos, en los que metía dinosaurios por las calles de Oporto, octavos pasajeros, superhéroes, ladrones con antifaz y muñecos animados con ojos de idiota.

Fábio apartó a la gente, se rascó la oreja del cigarrillo y puso la mano sobre el hombro del conductor. Se dijeron muchas cosas el uno al otro, no oía el qué, y de pronto, el autobús frenó en medio del viaducto de la VCI.

—¿Lo he dicho o no lo he dicho? Venga, vámonos.

Cuando bajamos del autobús, el conductor dijo:

—Ya nos veremos, cabrón—y siguió la ruta con el motor medio ahogado.

Samuel agarró la mochila con miedo a que Fábio se la robase—quedaba claro que era capaz de todo—y siguió el camino cinco pasos detrás de nosotros. Iba arrastrando los pies, daba patadas a las piedras y hasta mascullaba.

Dando vueltas a su alrededor, Nélson le preguntaba a Fábio: «Pero ¿cómo lo has hecho?», sin darse cuenta de que había algo febril en la influencia de Fábio, como una enfermedad contagiosa. Y Fábio decía que no con la cabeza, porque, evidentemente, el secreto era el alma del negocio.

Yo iba pensando en estas cosas cuando llegamos a las zonas sucias.

Fábio preguntó: «Y ahora ¿adónde?», y nosotros, los tres, fingimos no haber oído.

Por norma, empezábamos el ataque debajo de las ramas del sauce, donde guardábamos revistas, cigarrillos y pertenencias que la Oficina solía confiscar, pero ni Nélson le quiso mostrar el escondrijo, y menos aún, Samuel o yo.

Enseguida nos dirigimos al edificio norte de los días anteriores. La peste a pladur húmedo crecía de piso en piso. Durante la subida, fuimos perdiendo el entusiasmo de cuando estábamos los tres solos.

Ninguno, ni siquiera Samuel, conseguía librarse de Fábio, apresados por la fuerza de haber parado autobuses y por la influencia típica del que ha pasado por las mismas experiencias.

Samuel se acercó, cediendo a la atracción de Fábio, pero noté que continuaba agarrado a la mochila como a un talismán, o a una cruz cuando pensamos en la vida. Ay de él si le mostraba los dibujos a Fábio: quedaría marcado por la traición a sí mismo y a nuestro grupo. En cuanto a mí, me sentía especial por ser, con Nélson, los únicos que conocíamos esta faceta. Las chicas no contaban. Me sentía honrado, aunque la palabra sonara a extranjera, demasiado abstracta para mí.

Solíamos fumar tranquilos en el último piso, pero cuando llegamos Fábio sacó unos porros, como muestra de que era nuestro amigo, y nos vimos obligados a aceptar.

Yo dejé aquello bien metido en los pulmones.

Como el mar, como los dibujos, como oír las respiraciones y aplazarlo todo. El dulzor se me agarraba en la garganta y daba una sensación asustadora de invencibilidad, como si pudiese saltar del edificio, recomponer los miembros y correr una maratón sin parar. Y me hacía pensar en la mujer del Pão de Açúcar; era absurdo seguir a Fábio cuando podía ir a visitarla, encontrarla tumbada en el colchón. Darle de comer.

«¿Quién es el amigo?», preguntaba Fábio en cada calada, y yo le respondía: «Eres tú, tío».

Nélson empezó a temblar como si el porro le hubiese dado cuerda, y Samuel cayó en el torpor de los artistas, vuelto hacia sí mismo y viendo cosas enormes. Me daba rabia. Nadie, ni él ni yo, podía escapar de aquello o del resto de la historia. Había que seguir, sin lamentaciones, cerrarnos lo más posible, pero no para ver cosas enormes, como Samuel, sino para vivir sin devaneos o proyectos de grandeza que nadie más ve.

El humo nos cansaba los ojos y nos daba sed. Hubo un momento en que la sed era culpa de Samuel, y Fábio era el único que la saciaba: lo que se traducía en nada y, sin embargo, explicaba mucho.

Ya bajábamos cuando presenciamos un espectáculo triste. Un pijo en las escaleras. Juro que hasta iba de uniforme y con un escudo en el pecho.

Fábio le gritó de inmediato: «¡Eh, puto, qué coño, te has metido donde no debías!», y Nélson, que no perdía una oportunidad de hablar, añadió: «¿En serio? ¿Un tío de éstos en nuestro sitio? ¿Quién te crees que eres, cabrón?».

El pijo retrocedía, decía algo como: «Perdón, me voy corriendo», que provocó la risa a todos. Fábio lo agarró y lo zarandeó a un lado y a otro, y nos dio a entender que debíamos arrastrarlo arriba.

Todo aquello me embalaba, los brazos de Fábio eran la extensión de mis brazos, el primer puñetazo fue tan suyo como mío. Le dejamos un ojo desviado para el lado equivocado. Nélson también se lanzó contra aquel idiota, que gemía como una niña. Se arrastraba, mordía el suelo, esparcía el polvo con los dedos. Fábio se los pisó, aplicando presión lentamente. Crujieron. Y el pijo sollozó: «Ay, Dios mío».

En dos segundos le rompimos la camiseta, y ya no decía *perdón, con permiso* o *me voy corriendo*. Ni rezaba. Pedía: «¡Basta, basta, por amor de Dios!», y escupió varios dientes de la patada que le di. Un canino, un molar y dos de delante.

Era una cosa violenta y física, sexo, no importaba si a cuatro o a tres, y sólo entre hombres. Yo quería ver la sangre del tío chorreando por el suelo porque ése era el deseo de Fábio. Nuestro deseo. Sí, sí, sí, con fuerza. Dale más.

Lo dejamos allí tirado, claro que sí, y sin cartera. Llevaba poco dinero, diez euros en monedas.

El cigarrillo de Fábio se mantuvo en la oreja izquierda, indiferente a todo aquello. Aun así, se sintió obligado a asegurarlo, una especie de compulsión *postviolencia*. Unas hebras de tabaco le cayeron sobre el mapa de la cabeza. Después se quedó con cinco euros y nos dio el resto. Me pareció absurdo y un poco patético que Samuel rechazara las monedas. Además, se quedó al margen de la paliza, refugiado en las escaleras.

Mientras regresábamos a la Oficina, conversamos sobre el tiempo. Como siempre, llovía. Fábio se fue a hablar con el conductor, que era el mismo, y le dio el dinero. «El señor Alberto es guay», nos dijo.

Más tranquilo y menos bajo el efecto de Fábio, me di

cuenta de que Samuel garabateaba en una hoja sentado en los bancos de detrás. El dibujo le resbalaba por las piernas hacia abajo. Estaba tan sereno y se involucró tan poco en la pelea que sentí orgullo y unas ganas raras, en nada contradictorias, de ponerlo en el lugar del pijo al que habíamos destrozado.

11

Los críos rodeaban a Fábio y gritaban: «¡Nosotros estábamos primero!»; unos se le agarraban a la pierna, otros intentaban morderle en la mano, y todos, llenos de rabia porque la orden era innegociable y compensaba brechas en las cabezas y el dolor en las piernas. «¡Es nuestro, es nuestro!».

Fábio se los sacó de encima sin esfuerzo, tirándolos contra las paredes, donde dejaban hilos de sangre que serían ignorados por las señoras de la limpieza. Pero se cansaba rápido, enseguida se sentía demasiado contrariado. También merecía el descanso del final del día. Llamó a Leandro y a Grilo, y ahora los tres dispersaban a los chavales, les pegaban la cara contra los cojines de las butacas para aparentar que los asfixiaban. Los críos salían corriendo por el pasillo gritando: «¡Un día lo pagaréis!», con la esperanza de que el tiempo los hiciera hombres para vengarse de tanta injusticia.

Me busqué un sitio en las butacas y Fábio se sentó en la única silla frente al televisor.

«¡A callar!», dijo después de cambiar de canal. *Mira, si no estuviese en un* reality show *te soltaba un tortazo que te partía las gafas y esa napia, ¿te enteras? Te dejaba ciego.* A Fábio aquello le gustó, subió el volumen y repetía: «¡A callar, dejadme oír!». *¿Tú a mí un tortazo? A ver si te parto los dientes de un cabezazo.*

Me quedé allí por inercia, con Nélson al lado diciendo en voz baja: «A este maricón le encanta el programa, mira qué contento está con la pelea de esas bichas». *Oye, ¿yo alguna vez te he dado confianza, cariño?* Samuel, sentado en el suelo, sacaba el polvo de la baldosa con los dedos y cantaba por dentro, como si se limpiara de todo lo que lo rodeaba.

Y yo pensaba que la vida brilla cuando descubrimos a alguien nuevo. Es increíble que haya tanta gente por descubrir y que la vida no esté brillando siempre. Pero mentiría si dijera que pensaba que la mujer del Pão de Açúcar me necesitaba, que era una llamada a la que tenía que responder o que debía volverme mejor persona para ayudarla.

Pensaba en cómo apestaba, en cómo, cuando volví a la Oficina después de haberla encontrado, me fregué hasta el dolor el brazo en el que se había apoyado. Y después, el otro brazo, y el cuello y la cara, y hasta me enjaboné las axilas. Tenía un ataque de higiene, de que aquel encuentro no hubiese ocurrido.

Fábio daba saltitos en la silla, quería que aplaudiésemos. «Mirad esto, joder, se está calentando». *No te atrevas, no te atrevas, pedazo de miniaturita mediocre.*

La ventana que había detrás del televisor dejaba ver la calle. Los coches avanzaban, unos frenaban cada diez metros y otros no pasaban de la primera, mientras los conductores miraban los móviles. Una madre empujaba el cochecito entre el tránsito. Pedía cuidado, cuidado. Y al cabo de la calle un autobús de frenos gastados soltaba notas que recordaban al canto de una ballena.

Aunque el cabreo se mantenía, el diluvio de cuando la encontré había pasado deprisa y ahora la veía como una prolongación de la bicicleta, ambas abandonadas en el Pão de Açúcar, y ya no sentía la necesidad de limpiarme. En cierto modo le estaba agradecido. Hasta entonces, nunca nadie había elogiado una cosa mía, un trabajo hecho con mis manos. Supuse que las madres hacían lo mismo: dejaban notitas por todas partes para que los hijos las leyeran. Quería saber quién era, qué hacía, cómo había ido a parar allí.

Tú eres ordinarísimo, con ese aire de finolis, eso eres tú. Badulaque. Nélson disimulaba la risa y me tiraba de la camiseta para decirme al oído: «Joder, mira qué bonito que habla la bicha. ¡Badulaque!».

Samuel iba apartando el polvo.

Ella tenía que comer pan en una barraca, debía de mear en el pozo del sótano y seguro que no podía salir de allí. En comparación, mi vida era hasta buena. Dormía entre cabrones, pero tenía una cama. Ella se tumbaba en la humedad del colchón, tapada con la manta amarilla. Yo me las tenía con mujeres como doña Palmira, gordas y feas más allá de lo imaginable, como una especie de naufragio que dura toda la vida, pero también con muchachas como Alisa, deseosas de mí y yo de ellas. Podía pasear por las calles, charlar con los jubilados del Campo 24 de Agosto y disfrutar de las zonas sucias. ¿Quién estaría sediento de ella, y por dónde paseaba ella si no era por aquel subterráneo, zona sucia de la que no escapaba? Y yo hasta miraba la tele.

Has venido aquí con historias de drogata de mentira, a ver si engatusabas a la gente. A mí no me engañas. Fábio había acercado la silla a un palmo del televisor y comentaba: «Es gente de otra categoría». Grilo y Leandro asentían.

Mi cotidianidad estaba habitada por tipos como Fábio, que pegan, y como Leandro y Grilo, que obedecen, los que abusan y los que se dejan abusar, pero también por amigos que hablaban sin freno, como Nélson, y por amigos como Samuel, cuyo silencio decía mucho más. Todo único, nuestro, pero repetido en cientos de otros lugares que yo desconocía, quién sabe si en las antípodas o incluso en España. Esto tranquilizaba visto de lejos, porque no éramos los únicos: sólo piezas en el mecanismo general de las cosas.

Respecto a ella, verla de lejos significaba ver el cuerpo gastado de alguien a quien la vida había moldeado torcido. Y ahora estaba a mi disposición, sugería *haz de mí lo que quieras.* A pesar del asco, haberla encontrado fue para mí el inicio de una experiencia diferente. Sólo más tarde, cuando ella me contó las cosas por las que había pasado, me di cuenta de cuánto había por descubrir. Cuánto estaba por pasar.

Con los brazos cruzados, Samuel se puso detrás de Fábio para observar la discusión en la pantalla. Después salió de la sala con Nélson.

Quien no sabe aguantar no se da aires de pedestal. Tú tienes que lamer el suelo antes de que lo pise esta lady. Fábio reproducía el griterío en voz baja, con la boca y las manos, como si dirigiese una orquesta. «Ahora quiero ver cómo le contesta el otro», dijo. *Pues no te parto los dientes porque estoy en este programa.*

Decidido a volver a aquel sótano al día siguiente, seguí a Nélson y a Samuel.

Si fueses un caballero, te desafiaba a un duelo con pistola. ¿Te enteras?

12

Ella se sentó en la puerta de la barraca, sorprendida de verme, ¿qué era eso de estar yo allí? Dejé la mochila y le dije:

—Quédate callada que voy a hacer magia.

Evité mirarla, pero en un instante comprendí que lo principal residía en el acento brasileño. Nunca allá o acá, siempre entre un sitio y otro. Protegía la juventud perdida hacía ya una vida, y tenía cierto aire femenino que todavía se adivinaba a pesar de la cara macilenta, con las mejillas que le salían de la nada.

De la mochila saqué piñas, ramas, una botella de agua y un cazo.

—¿Esto es para qué?—preguntó.

—Ya he dicho que te estés callada y me dejes trabajar—respondí.

El vestíbulo iluminaba el sótano lo suficiente para que las hierbas crecieran, pero no para que trepasen por las paredes y cubrieran de verde el cemento. A unos metros de distancia, se oía gotear en el pozo. Miré dentro y ella me previno:

—Es hondo y tiene agua.

Había mucha agua y llegaba muy abajo, sí, y estaba sucio.

Coloqué las ramas en el vestíbulo, al descubierto, y metí las piñas entre ellas. Les prendí fuego con un mechero. La llama recorrió la madera, hizo estallar las piñas, lo dejó todo en brasas. En diez minutos, el agua de la marca Luso, que yo encontraba dulce, hervía en el cazo.

Saqué del bolsillo un paquete de arroz—el truco de magia—y lo eché en la cazuela. Del otro bolsillo, un puñado de sal. La dejé caer poco a poco, como si mezclase colores en una tela, para enseñarle cómo se cocina.

—Nunca me gustó el arroz—me dijo, pero yo apostaba a que le gustaría, ¿cómo no va a gustar, cuando falta la comida?

—Joder, yo también sé qué es el hambre y tú te vas a comer este manjar—le respondí.

Movido por las burbujas, el arroz subía y bajaba. Se iba hinchando, más lleno y blando, hasta emerger entre la espuma saturada, tan cuajado que apetecía comérselo. Olía bien, a calor, a casa.

—Olvidaste los platos y los cubiertos.

—Pues sí, los he olvidado. *Fuck*. La próxima, los traigo de plástico. Hoy comemos con las manos.

Ella metió la punta del índice en el arroz, probó un poco, y después ya metía la mano entera:

—¡Está caliente!—decía, engullendo con gusto y haciendo los gemidos de cuando el ser humano es un bicho—. Gran cocinero, gran arroz.

Yo comía del otro lado de la cazuela, con cuidado de no tragar babas o algún otro fluido. Aunque le daba de comer, no era tan idiota como para pillar un montón de enfermedades ya en la primera comida. Hasta los gemidos transmitían una especie de fiebre.

Ávida de limpiar su lado, no se daba cuenta de mi cautela.

A pesar de estar contento por verla satisfecha, la imagen de la enfermedad babeante sobre la cazuela me dio asco. Dejé de comer y le ofrecí el resto de mi arroz. Ella agradeció tanta generosidad.

—El cocinero se llama Rafa—le dije, y le tendí la mano.

Ella me la apretó rápido. Entendí que entre nosotros habría grandes silencios interrumpidos por tos y carraspeos de garganta.

Después del arroz contemplamos las brasas durante algunos minutos. Ella pasaba las manos por encima para calentarse, mientras yo arrancaba malas hierbas al azar, para matar el tiempo.

Pasado un rato, me trajo unas medias de la barraca y, segura de que yo me acordaba, desplegó aquella tripa de tejido frente a mí.

—¡*Menino*, la bicicleta!

Y yo saqué un calcetín viejo del bolsillo de los pantalones.

—Pero no te pienses que la tocas—le dije—. No has vuelto allí, ¿verdad?

—Rafa, quién me diera fuerzas para bajar las escaleras.

—Ah, vale, entonces espera aquí.

Corrí hacia las escaleras; debajo seguía escondida la bicicleta. Ahora podía sentarme sin ensuciarme el culo, pero sólo lo haría cuando los neumáticos estuviesen en condiciones, porque me arriesgaba a que se doblaran los radios.

Me entretuve antes de volver donde estaba ella. Me quedé mirando las ruedas, qué cosa más estúpida, los radios torcidos. Miré el manillar, qué cosa más triste, el manillar sujeto a un palo de escoba. Miré el cuadro, qué cosa más patética, el cuadro con la primera mano de verde. Aun arreglada, nunca quedaría bien, seguiría siendo un pedazo de chatarra que un mierda como yo había hecho suyo.

Cuando cruzaba el aparcamiento camino del subterráneo, tropecé con un hombre con abrigo que gritó:

—¡Mira por dónde vas!

—¡Vete a tomar por culo a ver si te gusta!—respondí, tan sorprendido como él.

El guardia de seguridad, evidentemente, siguió tan tranquilo leyendo el periódico.

Me senté en el suelo a su lado. El Pão de Açúcar parecía una catedral con nosotros en el centro.

—¿Ha quedado chula?—me preguntó, seguro que triste por haberle vedado el paso a la bicicleta—. Cuando vuelvas, trae seis metros de manguera de jardín. Y más arroz, por favor.

Después nos quedamos quietos escuchando el agua del pozo, que recordaba a un arroyo en el campo. Ella cabeceaba de sueño. Yo pertenecía por entero al sótano, a la bicicleta. Era de allí y de ningún otro sitio.

Me sentí bien por haberle dado algunos minutos de paz sin pensar en cómo ella, rota por las circunstancias, era poco mujer, no mucho más que una forma humana que respira. En realidad, cualquiera sería muy poco mujer, o muy poco hombre, en el subterráneo de un edificio abandonado después de comer mi arroz.

A pesar de todo, el asco persistía, como las palizas que te caen en la infancia y te dejan el cuerpo dolorido hasta el fin de la vida. Y también persistía la idea de que a aquella mujer le faltaba ser más mujer.

Medio dormida, me dijo que se llamaba Gi. Y que me fuese, porque se hacía tarde.

—¿Ves cómo la luz se acaba?—insistió ella.

—Espera, que ya vuelvo.

Minutos después, regresé jadeando a la barraca y le tiré la bicicleta a los pies.

—Se queda contigo guardada; la próxima vez, me ayudas a arreglarla.

13

—Ra-fa-el con todas las letras, ¿dónde andabas?—me preguntó Alisa.

Estábamos en el recreo. Al inclinarse hacia mí, las tetas le sobresalían del escote. En el pecho izquierdo tenía tatuado un beso, así mismo, la marca de unos labios. Con aquel cuerpo, que hasta daba instrucciones de cómo besar, era más mujer que yo hombre.

Grilo, Leandro y Fábio jugaban solos en el campo. Alrededor, las chicas más pequeñas llevaban diademas amarillas—de moda en aquellos años—, los chavales presumían de móviles Nokia, y se sentaban en grupos en las escaleras que llevaban a la entrada principal. Disimuladamente, se pasaban cosas de mano en mano; estuches y cigarrillos, de mochila en mochila.

Uno de los tipos que observaban el juego gritó: «¡Métele un caño, cabrón! Jo, macho… Dos seguidas, tres, ¡venga, *atontao*! ¡Es que no da ni una, no sabe jugar!», y desapareció antes de que Fábio se enterase de quién era. De hecho, Grilo remataba poco a poco, fintaba a lo tonto, jugaba feo porque el marica de mierda se cagaba delante de Fábio. Se le doblaban las piernas que era para verlo.

—Un día vamos de paseo—continuaba Alisa.

Y te enseño las cosas de la vida, parecía sugerir. *Y yo te enseño cómo se arregla una bicicleta*, quise responder, para que no fuese injusto, para intercambiar ese aprendizaje por el de la vida. Puede que se diera cuenta de que salía perdiendo.

Y al final, avancé con:

—El gran problema de las bicicletas no son sólo los neumáticos. Eso se arregla fácil, apenas has de tirar de la cabeza. El gran problema son los cojinetes de los bujes. Si aquello se seca, no hay nada que hacer.

Alisa se me acercó más. Por lo visto, no se sorprendió con aquella conversación improvisada, viniendo de mí, que me confesaba mecánico de la calle. Se quedó a la distancia del olor, pero no olía a heno, que yo suponía propio de las chicas que se ofrecían, sino a un perfume muy parecido al de las fresas de la nota de Gi.

—Sí, la llave libera la rueda y suelta el buje, pero ¿y si está con los cojinetes lisos?—continué—. Las bicicletas antiguas no tienen ni llave, hemos de aflojar con una llave de tuerca. —Me estaba quedando sin vocabulario y ella casi desistía de intentar entenderme, cuando se me ocurrió—: Pero lo que cuenta es la cabeza. Por ejemplo, ¿sabes que el aceite de cocina funciona? Me di cuenta después de tirar de la cabeza. Lo esparces por la cadena. La bicicleta rueda bien, ¡pero huele a patatas fritas!

—¿Qué tal un paseo en bici?—dijo Alisa, y rio, pero se le cruzó una expresión triste por la cara y apoyó su hombro en el mío, tan próxima como las treintañeras que yo palpaba en el autobús.

Sin querer, Grilo fintó a Fábio, jugar bonito le salía natural, y Fábio ya gritaba: «Pero ¿tú quién te crees que eres? Anda, tira *pa 'tras*, animal».

Nos sentamos en un banco. Por mí podíamos seguir hablando de bicicletas, ya que, por lo visto, todas aquellas explicaciones ponían a Alisa en la palma de mi mano. Unos minutos antes hubiera querido que Nélson llenara el silencio con sus historias y que Samuel nos acompañase, él, cuya experiencia con las chicas reflejaba el arte de pasar paisajes al papel. Ahora no.

—¿Sabías que los calcetines protegen el sillín? No hace falta comprar uno nuevo, con un calcetín lo arreglas.

Alisa se arregló la camiseta dejándola más suelta por abajo. El pecho, el tatuaje, el pelo, ella. Cómo era posible que me hubiese dado la mano en el río y ahora se acercase a mí con las tetas duras, me preguntaba.

Un día me escondía dentro de ella y, feliz, dejaba de existir.

El cuerpo perfecto de Alisa me recordó al cuerpo de Gi. Una y otra estaban en lados diferentes de la vida, y ambas me interesaban de forma muy intensamente opuesta. El cuerpo de Alisa me hacía sentir una gran tristeza por Gi, porque nunca conseguiría alcanzar nada igual. Era como si las dos hubieran competido por la feminidad y fuera evidente quién había ganado. Y yo culpaba a Alisa.

Me incorporé e iba a preguntar: *pero ¿a quién le importan las cadenas de las bicicletas?*, cuando Alisa me miró a los ojos y me dijo:

—Quiero pasear contigo, pero no sé andar en bicicleta.

Lo dijo en el tono de quien revela un secreto, y comprendí que los bancos de la Pires de Lima eran bonitos, lugares de una gran paz.

Le acaricié el pelo para dejar claro que su defecto no importaba. Se lo quería explicar, tu defecto no tiene importancia, y quería sugerir un paseo a pie, cuando me apeteció con más violencia lo que me apetecía desde que estábamos allí sentados: darle un beso. Las manos a orillas del río ya no bastaban.

Me aproximé para alcanzar su cara. Después no sé qué me pasó, en un gesto intempestivo acerqué la boca al tatuaje, besé con fuerza la piel caliente y le mordí cerca del pecho.

—Pero ¿qué haces, joder?—gritó Alisa, me soltó un tortazo y se fue.

66

14

Miré dentro de la barraca y vi que dormía. Colgué la bolsa de pan en la puerta, como en los pueblos, y tiré la manguera sobre la arena. Llevaba una sorpresa en la mochila.

Estaba bien llegar al Pão de Açúcar, nervioso por encontrarla, anticipándome a su reacción por lo que le llevaba—arroz, agua, chocolate—, y saber que afinaría la voz, por lo general más gruesa, en un *obrigada, menino* que sonaría verdadero.

Mientras ella dormía, me puse a trabajar.

Saqué de la mochila varios rollos de papel higiénico que había robado en la Pires de Lima y en los cafés entre la Oficina y el Campo 24 de Agosto. No podía sacarlos de la Oficina porque allí cada uno roba el suyo y el de los demás. Las pastillas de jabón también.

Tiré, uno a uno, los rollos sobre los travesaños del techo en arcos que caían en silencio y dibujaban en el aire lianas de papel. Y, rollo a rollo, compuse una selva que envolvió la barraca. Balanceado por el viento y salpicado por la lluvia, el papel higiénico escondía a Gi.

Hasta conocerla, pensaba que la Pires de Lima, la Oficina y todas las otras mierdas pertenecían a mi intimidad, como si explicasen quién era yo. Pero, en poco tiempo, Gi había entrado en los espacios que yo creía llenos y me había transformado en otro: alguien que, para agradar, imagina una selva de papel higiénico.

Al pasar por debajo, las tiras se agarraban a los hombros, unas se rompían por las marcas y otras se quedaban prendidas como lianas auténticas.

—¡Gi, ven! ¡Mira esto!—Y otra vez—. ¡Mira lo que he hecho para ti!

Ella salió de la barraca con esfuerzo, doblada por la cintura, pero se irguió cuando se dio cuenta de que, aunque siguiera en el sótano, estaba lejos, rodeada por la selva de papel.

Yo esperaba un *¡oh, qué bonito!* o un *Rafa, ¿qué puedo decir?*, pero ella miró a todas partes, liana a liana, sin reconocer el sitio, y me dejó expectante.

—¿Te gusta?—le pregunté ya a punto de arrancar las tiras.

—Sólo tú puedes hacerme tan feliz como el *Leonardo* y la *Carolina*. —Y me tendió la mano.

Se la cogí por la punta de los dedos, como se hace con las viejas cuando piden ayuda para bajar las escaleras. La mano blanca, sin anillos, se quedó en la mía unos segundos, antes de volver a la cintura.

—Me seguían a todas partes, ¿sabes?

Incluida la confitería Ruial, en la esquina de la travessa do Poço das Patas. Ella animaba a los desconocidos a que les hicieran fiestas a los bichos, pero ellos los acariciaban a distancia, con miedo a tocar a Gi por error. Y también los sentaba en la falda de las amigas.

—Nos juntábamos todas. Unas amigas eran de allí, otras de más lejos, pero quedábamos en la Ruial.

El dueño de la confitería dejaba que entrasen los perros—eran pequeños y Gi insistía—, aunque se quejaba de los ladridos cuando competían por los pedazos de carne que Gi les ofrecía desde el borde del plato. Después de ganar a mordiscos en el cuello y en las patas, la *Carolina* le lamía las manos, agradecida, y pedía más.

Las amigas insistían en que los bichos debían quedarse en casa, pero Gi tiraba de ellos por el collar para protegerlos de una amenaza inexistente y respondía:

—¿Unos míseros *Yorkshire terrier* van a hacer daño a quién?

Un día alguien se olvidó de cerrar la puerta del edificio donde vivía Gi y los perros se escaparon. Los coches, que apenas cabían por la calle, recogían los retrovisores y avanzaban despacio. Sin embargo, cuando Gi encontró a los perros, aunque todavía respiraban, parecían bistecs esparcidos por el suelo.

Esa calle, en cuyas casas no se sabe del todo quién vive, si es que alguien vive allí, gris de arriba abajo, y tan irrelevante como para albergar la Associação dos Empregados de Mesa,[1] donde había un cartel que decía INTENTAREMOS NO OLVIDARNOS, ahora era todo eso más dos perros muertos y una mujer llorando como un hombre desesperado.

Llevada por la emoción de la selva de papel higiénico, éste fue el primer recuerdo que Gi me contó. En cada visita se iba dejando conocer mejor, aunque no valga la pena contarlo todo.

—Rafa—continuó—, el papel es lindo, *menino*, aunque sería mejor para limpiar el culo. —Me encogí de hombros, le lancé el rollo que sobraba y ella lo guardó dentro de la barraca. Después me dijo—: Dame la manguera. —La cortó en dos con la tijera que guardaba en la barraca y me la dio, preguntando—: ¿Ya sabes para qué diablos esto sirve?

Pero yo todavía no me había enterado de que podíamos sustituir las cámaras de los neumáticos por las mangueras. En media docena de operaciones, los neumáticos dejaron de estar agujereados.

Admiramos nuestra obra.

[1] Entiéndase sindicato de camareros.

En vez de sentirme realizado, sabía que algo se había perdido, ya no tenía las manos ocupadas.

—¿Por qué no la pruebas?—me preguntó.

—Otro día.

La bicicleta seguía dando pena (el cuadro verde oscuro, el sillín protegido por los calcetines, mangueras que sustituían las cámaras de aire, un palo de escoba agarrado al manillar y la peste a aceite de cocina), era una suma de eventualidades, y ahora, sin utilidad.

La utilidad era arreglarla.

Apoyamos la bicicleta en una columna y nos sentamos bajo las tiras de papel higiénico. Gi seguía queriendo arreglarla, se merecía mi atención, sí, incluso porque nunca quedaría bien, a juzgar por su aspecto. Me alegraba saber que ese proyecto no tendría final.

Después de que ella muriera, la saudade renovaría la dedicación: yo ayudándola para siempre. Además, es lo que hago en este momento: yo, otra vez un niño y ella, de nuevo en el Pão de Açúcar pidiéndome arroz y dando soluciones para la bicicleta.

Las tiras se levantaban con el viento, su pelo también.

Entonces me di cuenta de que faltaba hablarles de Gi a Samuel y a Nélson. Sin contárselo, ella todavía no existía. Por otro lado, cada vez era más difícil justificar mis desapariciones. Ellos insistían: «Cabronazo, ya sabemos lo que andas haciendo con Alisa», «Oye, que nosotros también nos queremos divertir». Más que eso, había que contar que la había escondido de ellos y que la mantenía viva con pan y arroz. Que era bueno y habilidoso.

Empezó a llover más fuerte y se empapó el papel higiénico, que se pegó al pelo de Gi. Le saqué las lianas del pelo; ella gritaba, tosía, reía al mismo tiempo, y decidí contárselo a Nélson y a Samuel.

15

Una semana después de encontrarla, ellos me despertaron de madrugada. A juzgar por las caras, la noche iba de lloros y de niños meados, allí en su dormitorio, aunque ya veía que aquello no importaba respecto a lo que me querían contar.

Con la mano en la boca, Nélson intentaba darme la noticia, pero yo sólo oía «¡*Piei araves!*».

Me senté en la cama y dije:

—¡Sácate la mano de la boca, tío!

—¡Pillé las llaves!—repitió él, más alto.

—¿Las llaves?

—¡Claro, las llaves!—dijo Samuel.

A pesar de que siempre habíamos oído hablar de las maravillas guardadas en el desván, no sabíamos de nadie que hubiera estado allí. En las habitaciones, al atardecer, ese tiempo entre estar medio despierto y medio dormido, permitía las mejores conversaciones, hablábamos de la leyenda de los cisnes disecados, de telescopios, hilos de cobre por donde había pasado mucha corriente eléctrica, un cocodrilo de tres metros mirando hacia la orilla (aunque allí no estaba el río), armadillos enroscados, en fin, un lugar de culto tan mítico como la capilla, pero más inaccesible y más de Dios.

Fábio nos había explicado que el año en el que entró en la Oficina un chaval había subido al desván y no lo habían visto más. Bien hecho, el tipo era un amanerado al que le encantaba andarse con secretos, así, afeminado. Cruzaba las piernas y se sentaba torcido. Se chivaba de todo, corría con los chismes a los monitores, se frustraba cuando no le hacían caso. Si hay justicia, el cuerpo sigue allá arriba.

Leandro se creía lo que contaba Fábio, se llevaba la mano a la cabeza y decía: «El cuerpo allá arriba...». Grilo, para quien la muerte era una vaga posibilidad, a pesar de haber visto cuerpos en ataúdes, preguntaba: «¿Nadie lo deja salir?». Los más pequeños preferían no alimentar la leyenda del desván, resignados a la fatalidad de que en la Oficina no había nada bueno, de la misma manera que los habitantes de la Fernão de Magalhães sabían que la avenida estaba tan condenada al abandono como el Pão de Açúcar. Se contentaban con los pasillos, la sala de la televisión y clases ocasionales de formación profesional tan útiles como tipografía y encuadernación.

Yo fantaseaba con que un día el director abriría la puerta y nos enseñaría la colección. Nosotros, deslumbrados, *valió la pena esperar*, y él, tras una pausa, nos explicaría: *y aquí repartimos las subvenciones que recibimos del Estado por cada uno de vosotros*, y ninguno de nosotros se indignaría, todos asintiendo, con sorpresa, *sí, esto es nuestro*.

Pero siempre nos encontrábamos la puerta cerrada, cosa sobre la que Nélson cavilaba desde hacía meses. «Un día nos metemos ahí». Samuel y yo lo dejábamos, como aquella vez en la que escondió un gorrión entre la ropa, y esperábamos que, como el pájaro, en cualquier momento la idea saliera por la ventana.

Y ahora me sacaba de la cama e insistía:

—Las llaves, las llaves.

Nunca le pregunté de dónde las había robado, puede que de los bolsillos de los monitores, a los que mucho les habría gustado sentir las manos de Nélson allá dentro.

De un salto nos pusimos los tres frente a la puerta del desván.

Samuel levantó el brazo por encima de mi hombro y le dijo a Nélson:

—¿Y ahora qué?

Nélson, sonriendo, sacó una llave muy pequeña, como las que los enamorados se dan unos a otros para abrir los corazones, y nos la puso frente a los ojos.

—Sois unos *cagaos* como todos los demás. He sido el único, os enteráis, el único que ha conseguido las llaves. Qué momento. ¡Arrodillaos ahora! ¡Arrodillaos!

Aquel mamón quería que nos arrodillásemos, que le reconociéramos la grandeza. Samuel puso una rodilla con suavidad en el suelo y dijo, en el portugués de los libros:

—Don Nélson, el Lenguaraz, déjenos entrar.

Yo no estaba para chorradas.

—Abre la puerta antes de que te reviente los huevos —le dije.

Y, fingiendo que no me oía, hizo girar la llave en la cerradura. Las bisagras se movieron sin chirrido de cosa vieja, y evidentemente, bastó pasarle por delante para que me escupiera en la nuca.

Subimos las escaleras con encendedores que daban poca luz e iban quemando el polvo suspendido en el aire, fuegos artificiales diminutos, sólo para nosotros.

Al final de las escaleras le dimos al interruptor de la luz. Supongo que el catálogo de la colección había saltado de boca en boca: el cisne, el cocodrilo, los telescopios, los hilos de cobre. Era exacto, allí dentro encontramos todo lo que imaginábamos y más: dos barómetros, un globo, varios fósiles de trilobites y de plantas, un macaco sentado en un banco, otro trepando por un árbol imaginario, y una caja de cartón en cuya tapa decía METEORITO B612. Todo apilado, y polvo y polvo y más polvo.

El aire enrarecido nos obligaba a andar con cautela para que no nos faltase la respiración.

—Ya lo sabía yo, ya lo sabía yo—avanzaba Nélson, que

73

era incapaz de ser discreto en algo—. ¡Mirad qué increíble! Me dan ganas de destrozar toda esta mierda.

Samuel observaba maravillado todos aquellos objetos, y los imaginaba sobre el papel; percibía sus formas, los materiales, las texturas y colores. Calculaba las medidas de todo aquello y lo sometía a una lógica que me sobrepasaba, como si lo recompusiera de nuevo, lleno de algo que sólo consigo identificar como visión, si es que se puede tener visión sólo con mirar las cosas.

Nélson ya le había partido el cuello al cisne, había arrancado las primeras páginas de una enciclopedia y ahora simulaba que se follaba al macaco trepador.

Samuel sacudió una manta que cubría un mueble y la extendió en el suelo para tumbarse encima. Miraba el techo con la cabeza apoyada en los brazos como si observase el cielo, y yo sabía que veía más allá. El cocodrilo que acechaba a un antílope, el meteorito que entraba en la atmósfera, el cisne con la cabeza sumergida, el pico en el lodo del fondo, y el globo terrestre, quién sabe si poblado por miles de millones de seres humanos y demás bichos.

Entretanto, yo había encontrado un recipiente de vidrio que contenía varios huesos, de entre los que sobresalía una calavera. La etiqueta decía MARIA JOSÉ, 1897. Se la enseñé a Nélson:

—¡Aparta esa mierda, que da mala suerte!—me dijo.

Después la puse en el suelo donde estaba Samuel.

—Si le llevas eso a Fábio, el muy idiota pensará que es el marica que se quedó aquí encerrado—comentó.

Me tumbé al lado de Samuel para ver el mismo caleidoscopio de la vida, pero sobre mí sólo estaban el techo, telarañas y la bombilla sujeta a un portalámparas oxidado. Y después del techo no había nada, ni el cielo ni las estrellas. Me sentí ciego.

Hoy pienso en qué habrá sido de él, si trabaja, como yo, en un taller y si las manos sucias de grasa le impiden tocar las hojas blancas. Si aún dibuja, si el don quedó atrás como un rastro del aquel tiempo: de Nélson, de la Oficina, de las callejuelas de Oporto, y con suerte, hasta de mí. Y me pregunto si verá mi cara cuando mira un papel en blanco.

Aunque me guste imaginar que él ya no dibuja, me alegra haberlo previsto con una clarividencia que apenas ocurre dos o tres veces en la vida.

—Dedícate al dibujo, Samuel—le dije—. Naciste con el dibujo para poder escapar. Huye de esto, tío, hazte mayor. Nosotros no podemos, yo no puedo, y Nélson, mucho menos. Míralo, aparentando que le mete la polla al mono. Y Fábio, todavía peor, pero tú, Samuel, tú puedes. Te lo digo en serio. —Él se giró hacia mí para mirarme como si analizase los objetos del desván—. Es muy fácil—continué—. Pasa de los amigos, dedícate al dibujo. Nosotros sólo te perjudicamos.

Se tumbó de espaldas en un gesto contrariado, cruzó los brazos, y dijo:

—¡No lo voy a hacer! Es de traidores. Que yo no paso de los amigos.

Se mostró tan decidido que supe que nunca progresaría en la vida. Si de él dependiera, se quedaría para siempre agarrado a lealtades estúpidas, como la amistad que tenía con nosotros.

Diez minutos después, Nélson decía que nos teníamos que ir, era casi de madrugada. Y ahora, con las llaves, toda aquella porquería era nuestra para cuando quisiéramos.

Antes de volver a los dormitorios les dije:

—Pasemos de la Pires de Lima y os enseño una cosa mejor que el desván.

Nélson pensaba que no había nada mejor; a fin de cuentas, la llave le pertenecía, y Samuel respondió:

—Vale.

16

«Tu madre va bien», Norberto, indeciso. El pasillo de la Oficina, transformado en sala de visitas, olía a lejía y al sudor característico de las visitas, parecido al de las hortalizas.

La muerte de mi padre está entre los acontecimientos buenos, ahora ya nadie pegaba a mi madre ni nos robaba el dinero. Norberto sólo le hablaba afablemente—«Querida, vamos a tener calma, amor, ya nos arreglaremos como podamos»—, siempre enervado por los gritos de mi madre, que se vengaba en él por lo mucho que había recibido. Pero él se excitaba tanto con la contrariedad que intentaba meterle mano delante de mí, tocarle la piel desnuda, sin prestar atención al «Estate quieto, mira el niño».

Daba pena verlo tirado en el sofá después de aquellas escenas. Subyugado, sin poder volver a la cama. Pena y también vergüenza de tener por padrastro a un hombre que no conseguía imponerse ante la mujer, ni siquiera corregirla, y eso que ella a veces se merecía que le arreasen con fuerza.

Durante la semana, Norberto hacía un TIR[1] a Alemania, con un trasto de cuarenta toneladas, quince metros de largo y quinientos quince caballos. Acortaba por ramales secundarios y hacía las pausas donde podía, generalmente en las estaciones de servicio, aunque en España evitaba las vías principales. Entregaba zapatas de automóviles en la fábrica de Helieske.

---

[1] Transit International Routier, 'Transporte Internacional por Carretera'.

Cuando se mudó a nuestra casa me dio un *pack* de yogures líquidos que un colega camionero había apartado de la carga a modo de comisión. Lo puso en medio de la sala y dijo: «Si me pillan por culpa de esto, no importa porque tú te lo mereces». Estuve bebiendo yogures durante una semana y sabían a fresa, a plátano y a melocotón.

A mi madre no le importaban las prostitutas de Araya ni los mitos de las rectas de Francia, pero la gasolina la volvía loca. Una película de gasolina cubría los remolques, las plataformas, las camionetas y los tejados de las terminales. Y llegaba a la boca de Norberto, a las manos, a los brazos, el cuerpo totalmente impregnado, y ella sin besarlo por miedo a los contagios y porque detestaba aquel sabor.

Una vez, para redimirse, él le ofreció un fusible de metal brillante. «Es para que te lo cuelgues del cuello», le dijo, pero ella rechazó de inmediato la joya porque también apestaba a gasolina y, aún peor, a grasa seca.

Norberto decía que en Portugal las carreteras no son suficientemente largas como para pensar. Incluso viajando desde Chaves a Faro, cuando nos queremos dar cuenta, la carretera se ha acabado y ni siquiera hemos esbozado la primera idea. Conducir hasta Helieske era diferente. Cerca de los Pirineos ya había hilvanado tres o cuatro pensamientos, seguro de que el camino proseguiría hasta reflexionar en condiciones.

—Sabes que pienso mucho en ti. Me gustaría tener tu edad, y que tú la aprovechases sin estar metido aquí en la Oficina. —Recolocó la silla y miró alrededor. Otros dos chavales hablaban con sus familias. Si nos abstraíamos, parecían sentados a la mesa, comiendo. Norberto movió la cabeza y continuó—: Pero la vida está entre lo que tenemos y lo que nos gustaría tener.

Yo reconocía en él la sabiduría de esos caminos largos

que permiten pensar, pero lo consideraba un impotente, como si nunca lo hubiesen dejado dormir en la cama. En mi manera inocente de pensar, ahora que conocía a Gi, sentía que aprovechaba la vida, aunque siguiese metido en la Oficina.

La carretera le daba tiempo para preocuparse de mí, pero también para manipular el tacógrafo. Antes del digital, bastaba borrar el disco con una goma; ahora había que poner un imán en la parte de atrás del camión, en algún lugar entre dos conducciones, para confundir los tiempos.

Unos días antes de la visita a la Oficina, la Policía lo detuvo en los alrededores de Helieske. Revisaron la carga, hablaron entre ellos, husmearon entre los frenos, activaron los mandos del salpicadero y le ordenaron que saliera del camión.

—En Alemania son jodidos—me explicó—. Me arrimaron contra la puerta del camión y empezaron a palparme entre las piernas—y abría las piernas para demostrar—. Uno de ellos me gritó en extranjero, igual que los gritos de tu madre, algo así como: «*Du wirst schreien vor Schmerzen, verfickter Portugiese*» ['Gritarás de dolor, maldito portugués']. Después me echó sobre el capó y entonces me vino un dolor de barriga de los de verdad, joder, parecía un nudo ciego en la tripa—e imitaba el nudo presionando el pulgar contra el índice—. ¡El tío se reía! «*Verfickter Portugiese!*». Cuanto más se reía, más se me movía la barriga.

Norberto sufrió su buen rato antes de que los agentes lo incorporaran, y le dolía tanto la barriga que se olvidó de que la causa obvia era el imán que se había tragado para escapar de la Policía. El método del capó nunca fallaba: era evidente que el imán comprimiría los intestinos en dirección al metal.

—Me metieron una multa y la empresa me puso en la calle.

—¿Y ahora?

—Voy a aprender para albañil.

—¿Y yo?

—Te has de quedar aquí más tiempo.

Cuando Norberto se fue, me acordé de lo mucho que me gustaba esconder las tapas de los yogures debajo del colchón. Nunca me habían hecho un regalo tan bueno y de tan lejos, del sitio donde había espacio para pensar.

17

Iban unos metros detrás de mí y decían:

—Espera un poco, tío, afloja.

Yo quería pasar pronto por la Pires de Lima, pero cuando cruzamos en dirección al Campo 24 de Agosto ya la señora Palmira abría las rejas de la escuela. Gritó desde el otro lado de la calle:

—¿Entonces esto ahora es todas las mañanas, Rafa? ¡Y hoy, con amigos!

Me saqué la gorra e intenté silbarle, pero Nélson me interrumpió con:

—No hay problema, sólo vamos a saquear unas casas y volvemos a tiempo para la primera clase.

—Éste es un deslenguado, ya se ve—respondió ella—. Llegaréis lejos. ¿Sabes quién muere por la boca?

—El hambre—le dijo Nélson, sonriendo.

—Mira que a la próxima me quejo a la Asociación—insistió la señora Palmira antes de doblar la esquina, pero yo sabía que ni se le pasaría por la cabeza denunciarnos, por el miedo a quedarse sin mis silbidos elogiadores de mujeres guapas.

Los llevaba de la mano al otro lado de la frontera. Anticipaba cómo estaba el Pão de Açúcar, una zona sucia más (aunque mayor que las ya exploradas) y apostaba por que quedarían desilusionados. Al final, no era mejor que el desván. Sin embargo, cuando llegasen al sótano, dirían: «¡Joder, esto es mucho mejor que el desván!».

A medio camino, al pasar por los Bilhares Triunfo, oímos que alguien nos llamaba. Continuamos, pero Fábio salió de allí y repitió: «Eh, tíos, me voy con vosotros que se hace tarde».

No supe cómo reaccionar, Nélson tampoco, pero seguimos el ejemplo de Samuel: cruzó la mirada con la nuestra y se puso a correr. Dos, tres, cuatro calles, y Fábio todavía nos perseguía. Cuanto más gritaba, «¡Cabrones, os puto mato! ¡Os reviento el cráneo!», más perdía el aliento.

Finalmente, lo perdimos en un cruce cerca de la iglesia del Bonfim. Apoyado en una pared, Samuel respiraba hondo y se reía al mismo tiempo, mientras Nélson decía: «Estamos bien jodidos, eso estamos», y se llevaba la mano al pecho para sentir los últimos latidos, porque Fábio nos iba a matar.

A pesar de estar bien jodidos, nos reímos durante unos minutos, de momento libres de peligro. La Oficina, la Pires de Lima y hasta el recuerdo de nuestras familias desaparecían y la vida se resumía en compartir la alegría de despistar a un hijo de puta.

Desde allí ya veíamos la torre del Vila Galé, que señalaba el Pão de Açúcar.

Los jubilados repartían las cartas en el Campo 24 de Agosto. Jugaban con barajas nuevas regaladas por la Junta de Freguesia do Bonfim,[1] a ver si así votaban conscientemente. Nélson quiso quedarse a verlos y murmuraba: «Aquí hay negocio», pero yo lo apremié para que comiéramos cualquier cosa antes de enseñarles a Gi. Un viejo se quejaba: «Mi mujer me ha dicho que tiene celos de esto, ya ven, nosotros aquí como unos tristes y ella en casa con celos, y que si no pasamos tiempo juntos. ¡Pero si le he dados los últimos cuarenta años!».

Seguimos hacia el Piccolo. El señor Xavier se negó a ser-

---

[1] Entiéndase asamblea de distrito del Bonfim.

virnos unas cervezas. Nos dijo: «Menores como vosotros de cañas a esta hora… De aquí a diez años no os aguantáis. Mi café no contribuye a eso», y nos dio pasteles y colacao.

Nélson todavía no había preguntado a qué íbamos; él y Samuel bebían de la taza y sorbían con ruido; me miraban esperando instrucciones. A Samuel se le quedó el bigote lleno de espuma.

«La cosa es así. Vamos aquí delante», y apunté hacia el torreón del otro lado de la avenida. «Quiero enseñaros algo, pero no se lo digáis a nadie ni la visitéis sin mí». Una pausa. «Tú, Nélson, tienes las llaves del desván. Tú, Samuel, tienes los dibujos. Yo tengo aquello—y apunté de nuevo—, el Pão de Açúcar».

No mentía, aquello era todo lo que yo tenía.

Estuvieron de acuerdo, entendiendo la solemnidad del momento.

Después de recorrer el aparcamiento, los llevé a la primera planta. Nélson corrió y saltó de una punta a otra, como liberado de una jaula, y meó en una de las paredes. Yo andaba despacio, callado, imaginando la reacción cuando llegásemos al sótano. Samuel observaba la alineación de los pilares, las proporciones, los grafitis, las frases.

Les mostraba el Pão de Açúcar como hacen los dueños de la casa cuando caminan despacio con las visitas por las diversas estancias. La mejor queda para el final.

Subimos al torreón y encontramos una vista nueva, como la del mar desde el edificio norte. El sol se metía entre las nubes, cosa rara en enero, y la visibilidad se alargaba más allá de la sierra del Valongo y de las laderas de Gaia.

Desde allí conseguimos identificar más edificios abandonados. Parecía que la ciudad fuese una gran ruina que nos entraba por los ojos y ahí se quedaba.

Como la otra vez, dije: «Qué bonito», y Nélson hasta suspiró. Pero ahora Samuel no se mostró indiferente; el paisaje le interesaba, nos dijo que desde allí se veía mucho. La ciudad entera. Nélson, pensando que la situación era idéntica a la del edificio norte, se encogió de hombros y dijo: «Lo que tú digas, Samuel».

Después bajamos al subterráneo.

Ellos seguían discutiendo sobre la vista desde el torreón. «Las escaleras llevan a la cima, casi al cielo», decía Samuel, haciéndolas más altas de lo que eran, y Nélson completaba: «Es como rajar el cielo». Compartían la grandeza del lugar.

Yo, ansioso, ya percibía la barraca al fondo, mal sostenida y con macetas delante. El viento todavía levantaba algunas tiras de papel higiénico.

Callaron cuando empezamos a oír el goteo del agua en el pozo, quizá por percibir que tamaña catedral imponía respeto.

—Pero ¿vive alguien ahí?—preguntó Samuel.

—Sí—respondí.

El viento movió las placas que protegían la barraca y apartó el papel higiénico.

Nélson retrocedió dos pasos, como si quisiera evitar el encuentro. Ya se veía la basura del sótano, la muñeca sin ojo, los papeles y la cruz de ébano sin el Cristo, que Samuel se guardó en el bolsillo en secreto. Nélson barría la basura con los pies mientras decía en voz baja:

—Nélson avanza sin miedo y derriba los obstáculos, la multitud aplaude.

—¿Hay alguien ahí?—preguntó Samuel.

Pero yo me adelanté con un:

—Gi, puedes salir, que traigo a unos amigos. —Los dos me miraron con asombro—. Ven, que traigo a unos amigos.

Ella salió de la barraca echándose el pelo hacia atrás y arreglándose la blusa por el pecho para mostrarse desde su mejor ángulo—para que pudiéramos ver algo de belleza todavía—, pero se dio con la cabeza en el travesaño y se descompuso.

—*Menino*, ¿esto qué es?—preguntó mientras se frotaba la cabeza—. No me dijiste que traías más gente.

—Pero la he traído. Éste es Nélson y éste es Samuel.

Ella les tendió la mano y ellos me miraron, inseguros de poder tocarla, puede que con miedo de que el mal olor se les pegase a la piel. Asentí con la cabeza y se sintieron autorizados a darle la mano.

—Rafa me visita hace unos días. Muy gentil—dijo Gi—. El amigo de él es mi amigo.

Nos sentamos en círculo frente a la barraca. Le expliqué:

—Nélson y Samuel también viven en la Oficina. Nélson cuenta historias, Samuel dibuja. —Y dirigiéndome a ellos—: Gi vive aquí y yo le traigo comida.

—Un día de éstos me dibujas—dijo a Samuel, nada sutil, con gestos exhibicionistas que me molestaron, así, ofreciéndose a la primera. Muy típico de putas viejas.

—Él dibuja de puta madre, tendrías que verlo—dijo Nélson.

—Después me lo enseñan.

Al poco ya hablaban de técnicas de dibujo: Samuel explicaba que decimos carbón cuando queremos decir grafito, y Gi contaba que en el Brasil había visto muchas cosas bonitas, paisajes, gente, animales, a pesar de haber nacido en São Paulo, selva de cemento sin igual.

Me dirigí hacia la barraca mientras conversaban. Nada era como había planeado. En ningún momento, menos en el apretón de manos, habían recurrido a mí. Si era así la cosa, mejor apartarme.

Dentro apestaba como nunca, y en un rincón vi jeringas resecas y con la aguja torcida. La manta amarilla se había descolorido, pero se distinguía la forma cóncava de Gi.

Entonces sentí que Nélson me buscaba, inquieto, que-riéndose marchar. Miraba a Gi y después a mí, a mí y después a Gi. Y, concentrado, como el que echa cuentas con la cabeza, se sobresaltó.

Ahora sí me necesitaba.

Me llamó, separado unos metros de Gi y Samuel, y me dijo: «¡La tía es fea como un hombre!», y yo le retorcí un brazo. Con un nudo apretado de dolor, se calló de inmediato.

Oyó el nombre en el salón, a gritos: «¡Te queremos, Gisberta! ¡Te amamos, Gisberta!». Se detuvo en la puerta, que hacía de fuste de la música allí dentro, y esperó a que aumentase el griterío: los quería en éxtasis, entrar y ser comida por los ojos, las bocas, los aplausos, por el público. Por tantas ganas de verla.

Cuando me contó esto, Gi temblaba. Aún la llamaban y aún la deseaban tanto. «*Menino*, cómo fue de bonito todo aquello». Inclinaba los hombros haciendo una pose, recordaba el momento en el que superó el físico, la mente conquistaba el cuerpo. Se sentía en plenitud y nadie le podía borrar el encanto, nunca se olvidaría de cómo la audiencia se la tragaba con los ojos, de cómo el aire se llenaba de fragancias por ella, más Marilyn que Marilyn.

Ahora sólo era un gesto: inclinaba los hombros para imitar el baile por la pasarela, después lanzaba un beso (no a mí) y repetía «*Menino*, cómo fue de bonito todo aquello». Yo no sabía reaccionar a tanta fuerza extinguida, me quedaba callado porque es más fácil hablar en silencio si nos faltan las palabras. En realidad, Gi sonreía, veía en mí al público perdido, a los hombres que la seducían. Apretaba una mano con la otra (no las mías), como si tocase las manos tendidas después del espectáculo.

El promotor escribió con una tiza en la puerta: EL SHOW ES AQUÍ. En la calle, más allá de las arcadas del Malaposta, la gente la esperaba, murmuraban insultos, se cerraban bien los abrigos en gesto de rechazo y cambiaban de acera.

Sentía placer al retocarse con el pintalabios y ajustarse

las pieles en el escote mientras ensayaba movimientos de baile. El calor del bar se escapaba por las ventanas empañadas, llenaba la noche.

La entrada se hacía desde la calle a la pasarela. Fuera, el frío le definía las facciones y dentro, el público la llamaba. El cuello de zorro que Rute Bianca le había prestado le cubría los hombros. De ahí para abajo, en contraste, la tapaba un vestido de seda falsa que dejaba ver unas tetas respingonas, pequeñas conquistas a golpe de bisturí.

Hacía su espectáculo en más salas, pero en el Adam's Apple encontraba otra verdad. Las amigas decían: «Es una gran artista, tiene una luminosidad hermosa, es rubia y pisa el escenario muy bien. Personifica a las grandes a la perfección y es buena persona. Aunque claro que hay resentimientos, todas llevamos un poco de eso dentro».

Tosiendo cada dos palabras, Gi me contaba lo que las amigas decían de ella, y yo no entendía que envidiaran a alguien con accesos de tos y candidiasis. Sólo cuando me enseñó una antigua fotografía del Adam's Apple comprendí que mi Gi tenía que avergonzar a la otra, a la que pisaba el escenario muy bien.

También es verdad que sólo me contó este episodio después de mucho arroz.

El clamor aumentaba, la puerta se abría y era el momento, aunque ella los quisiese más excitados. Entraba corriendo, a pasitos cortos, como tenía que ser, y recibía de golpe un: «¡Gisberta, te queremos!» que casi la hacía llorar. De hecho, a mitad de la pista ya lloraba.

La música empezaba con ritmo lento.

My heart belongs to daddy.

Aunque nadie entendiese el inglés, Gi incorporaba la letra en el meneo de los hombros, en la oscilación de la cintura, en el cuerpo que, más que cuerpo, era melodía.

Los hombres, sentados a las mesas y en el sofá que ocupaba todo el fondo de la sala, eran los padres de Gisberta y ella les pertenecía, en todos ellos reconocía una cara, un tiempo pasado, y todos la abrazarían si ella les dejase. La música la cantaba Julie London por los bafles, pero Gi lanzaba besos al aire simulando ser Marilyn. Pasaba rozando las mesas, la barra, y volvía al centro de la pista sin ceder a los que querían jugar al pillapilla.

I know you're perfectly swell, but my heart belongs to daddy.

El dueño del bar bajaba la música, una señal para que Gi fuera de mesa en mesa preguntando: «¿Una botella más, papito? Por favor, hazlo por mí». Los clientes señalaban la mesa repleta de botellas vacías, y Gi insistía: «Hazlo por mí, por mí». Arrastrados por un impulso protector y sin imaginar que ella se llevaba una comisión por botella, acababan por pedir la marca de champán más cara.

'Cause my daddy, he treats me so well.

El hígado de Gi todavía era joven, bebía lo que le pedían y aguantaba el resto de la noche sin que se le notara el alcohol. Ya conocía el juego, sabía hablar con papi, se sentaba con él en su mesa, en las de todos los papis, y se levantaba con una buena propina en el bolsillo.

I simply couldn't be bad.

El cuerpo que había creado era para exhibirlo, para que fuera visto. «*Uish*, cariño, cómo me gustaba enseñarlo», me decía.

La música acababa y Gi volvía a la pista. Ya no gritaban: «¡Gisberta, te queremos! ¡Gisberta, te amamos!». Se calmaban y se preparaban para ofrecerle la mayor recompensa: el silencio, prueba de que ella los hechizaba.

Agotada, rendida a la sala, se soltaba el vestido que le caía a los pies, como una aureola al revés. Y ahora ya no silbaban ni aplaudían, la querían junto a ellos. Y ahora veían bien cómo el pelo le caía por los hombros desnudos, el pecho como debe ser, muy blanco y firme, la cintura bien fina antes de la cadera ancha. Y ahora veían bien la ingle depilada y, sin sorpresa, el pene entre las piernas.

Yes, my heart belongs to daddy.

19

Mientras le retorcía el brazo a Nélson le dije al oído, para causar un mayor efecto:

—Te equivocas, el tío es guapo como una mujer.

Él se desembarazó de mí, cabreado.

—Cállate, vale, te callas—le pedí.

Gi estaba atenta a una conversación con Samuel que ya había superado la sorpresa del encuentro y no se dio cuenta de la agitación.

—¿Que me calle, hijo de puta?

—Gi te puede oír.

—¡Pues que me oiga! Pero ¿qué mierda es ésta?

—Es la mierda que nos merecemos.

Reconocí en él, doblemente, el rechazo y el asco que había sentido al verla. Pero mi aversión ya había pasado. Al final, haber seguido ayudándola demostraba que yo era más hombre que niño, era un adulto y no un crío, al revés de Nélson. Y hasta opuesto a Samuel, que charlaba tranquilamente con Gi sólo porque todavía no se había enterado de que ella era un travesti, como los que insultábamos en Santa Catarina.

Paseábamos por aquella calle cuando no sabíamos qué hacer. La gente recorría los paseos, los tenderos al reclamo, como en las ferias, y los indigentes colocaban sus bolsas en las esquinas, cerca de las putas. Entre ellas, los travestis hacían más efecto, altos y con aire de saber lo que ofrecían.

—¿Vas a enseñarle la picha a los clientes, pedazo de cagarro?—les gritábamos.

Ellos hacían como que no se enteraban y nos lanzaban besos, lo cual enfurecía especialmente a Leandro y a Grilo, como si los besos fuesen una declaración de amor que ellos tenían que rechazar a hostias. A veces les tirábamos piedras con la intención de que una acertara y deshiciera el equívoco.

Un día, en la Gonçalo Cristóvão, le arreamos bien a un travesti que se sirvió de sus piernas de hombre para huir, lo cual no deja de ser irónico. Si hubiera sido una mujer de verdad no se nos habría escapado.

Nélson se sacó el vómito con los dedos, doblando la barriga y llamándome cabrón amigo de travestis.

Samuel y Gi nos miraban y ya preguntaban qué pasaba.

—No pasa nada—dijo Nélson, mientras yo le retorcía todavía más el brazo por detrás de la espalda. Quería partírselo porque él no entendía que ser amigo de maricones demostraba que yo era mejor que él.

Para ser honesto, aunque cuando la conocí me pareció intuir que le faltaba algo, lo atribuí a la enfermedad y al hambre. Cuando, en una de las visitas, me contó el episodio del Adam's Apple como si repitiese el *striptease* sólo para mí, ya me había comprometido demasiado como para abandonarla.

A decir verdad, parte de lo que me llevó a presentársela a Samuel y a Nélson fue marcar la diferencia, exhibir mi superioridad al haber conseguido tratar con ella, al contrario de lo que harían ellos, que me maldecirían.

Pero eso no se lo dije a Gi. Si ella supiera que la usaba como medio para mi propio crecimiento sería capaz de echarme. Y claro, yo perdería la prueba constatable de mi superioridad.

Solté el brazo de Nélson después de que prometiera que se calmaría.

—Y ahora volvemos con ellos y después nos vamos—le dije.

Gi y Samuel hablaban de dibujo, qué bella era la vida en la punta de un lápiz. Nunca se había abierto de esa manera conmigo, nunca lo había visto tan empeñado en describir su talento, enumeraba todo lo que veía en las cosas cotidianas.

En muchos aspectos, contrariamente a mí, Samuel seguía siendo un niño. Le faltaba ver las cosas como eran. Había visto a Gi como una mujer dibujable, diferente a las demás, pero no como lo que era realmente. Hasta él, por muy ingenuo que fuera, tenía que sentir rechazo.

Nadie la toleraba como yo y bien pocos comerían arroz con ella.

Gi se despidió de nosotros con una reverencia, con el «*Voltem sempre*» ['Vuelvan pronto'] de las tiendas de Santa Catarina.

Y ahora estábamos tirados en la manta del desván, cada uno en su lado, respirando fuerte y preocupados por si alguien nos había visto, por si quizá alguien lo sabía. Ellos, con el miedo de que aquel subterráneo les hubiese dejado una marca que todo el mundo pudiese ver, y yo, contento por el impacto que había causado, por lo menos en Nélson, que temblaba de ansiedad.

Nos escuchábamos las propias respiraciones, sentíamos cómo se nos ablandaba el cuerpo y se deslizaba hacia aquella forma de entendimiento que aparece cuando descubrimos la verdad. Parecido a dormir con alguien sabiendo que es la última vez.

El cocodrilo disecado fijaba sus ojos vidriosos en mí. La lámpara se movía por las ráfagas de viento que se colaban entre las tejas. Cerca, el frasco con los huesos de Maria José. Tumbados hombro con hombro, no reconocíamos el momento.

Entre nosotros circulaba una única idea, un hilo imaginario que nos unía para siempre. Hay días que, tumbado en la cama después del duro trabajo en el taller, creo que los oigo respirar.

Nélson se levantó, se escupió en las manos y se las secó en los pantalones. Decía: «Mierda, mierda, mierda». Si hubiera habido una ducha en el desván se habría fregado cada centímetro de la piel con Scotch-Brite y agua hirviendo.

Samuel y yo seguíamos tumbados, con las cabezas muy juntas y todavía cautivados por el encuentro. Yo sonreía y él estaba con los ojos cerrados. Quizá quería explicaciones, pero tenía la seguridad de que yo no se las daría. «Qué vida, qué vida», murmuraba.

No abrió los ojos hasta el sexto o séptimo «Mierda, mierda, mierda» de Nélson, que recorría el desván de un lado a otro.

—¿Qué pasa?—preguntó.

—¿Que qué pasa? ¡El tío cabrón! ¿No lo has visto?

—No he visto ¿qué?

—Joder, ¿entonces no te has enterado de que la puta es un hombre?

Samuel se apoyó en un armario y el polvo empezó a caerle sobre los hombros, y dijo:

—¿De qué hablas? Yo ya la conocía.

20

Alisa y yo nos encontramos en el mismo banco porque el destino quería que nos entendiéramos. Sentados pierna con pierna, intenté disculparme sin entender que, después del mordisco, le tocaba a ella decidir los siguientes pasos.

—No sé qué me pasó—dije.

Ella me hizo callar, se arregló los pantalones y se colocó las tetas para esconder el tatuaje. Shhh. Por lo que parecía, en vez de llamarme cerdo, me perdonaba en silencio.

En el otro lado del patio del recreo, sobre los tejados de la Pires de Lima, una bandada de gaviotas perseguía a una paloma. Los graznidos parecían cuchillos afilándose, pero me impresionó más el lamento de la paloma, que gemía como un conejo acorralado.

—Qué miedo—dijo Alisa, agarrada a mí.

Aunque me sorprendía su proximidad después de lo que había ocurrido, me parecía bonito eso de querernos tanto que hasta volvemos con quien nos muerde.

Al mismo tiempo, el escenario de siempre: fútbol, sopapos y auxiliares delante y detrás sin castigar a nadie. Pero también grupos que leían cómics en círculo, como si fuera el ritual de una secta; chavales que se desafiaban dándose en los dedos unos a otros hasta hacerse sangre; un tío que decía: «Ya sé lo que es el dolor este del pecho, no hace falta que vaya al médico», cuando una chica le pasaba por delante; la misma chica que, cuando se junta con las amigas cerca del polideportivo, comentaba: «Son bueyes, pero nos gustan», y en un rincón, uno más mayor transcribía poemas de amor en una carta que imaginé que empezaba por

«*Amor é um fogo que arde sem se ler*» ['Amor es un fuego que arde sin leerse'].[1]

A pesar de haberle dado la mano a Alisa, cuyo olor a heno se hacía evidente, pensaba más en Samuel que en ella. Nos había pedido que Nélson y yo fuéramos al desván después de las clases, pero yo pensaba que ya lo habíamos dicho todo. Que él conocía a Gi desde pequeño y que Nélson había prometido no ponerse en contra de ella. Muy bien. ¿Para qué insistir en el asunto?

Alisa se acurrucó en mi hombro mientras decía que las gaviotas daban picotazos sin parar; sin duda, todas juntas podían matar a una persona. Pero confiaba en que yo la protegiera. Era una conjetura impropia de una chica mayor que yo, si bien todavía tenía la marca del mordisco junto a la teta y sentía en la piel que yo había conseguido pillarla por sorpresa a pesar de ser más pequeño.

En esto estábamos cuando escuché risotadas detrás de nosotros. Antes de poder girarme, alguien me arrastraba por el suelo, cogido por los hombros. Mi espalda desplazaba barro y piedras.

—¡Parad, parad!—gritaba Alisa.

—¿Tú te creías, hijo del coño de una puta, que me podías faltar al respeto? Pues ha llegado el amo—escuché.

Y dos voces más decían:

—Se lo creía, sí, sí.

Alisa seguía gritando, ahora:

—¡Para, Fábio! ¡Mira que llamo al monitor!

Intenté levantarme, pero un pie firme en la espalda me lo impidió. Me revolvía para soltarme y ni me acordaba de qué había hecho para cargármelas.

---

[1] Paráfrasis del primer verso de un soneto de Luís Váz de Camões: «*Amor é fogo que arde sem se ver*» ['Amor es un fuego que arde sin verse'].

En medio de la agonía, una ventana de paz: vi que las gaviotas volvían, una a una, las alas como líneas que pintaban el cielo. Y hasta pensé que ni en eso Alisa tenía razón, las aves volaban, pacíficas, serían incapaces de matar.

—¡A mí nadie me falta al respeto, cabrón!—continuaba Fábio.

—Nadie le falta al respeto.

Leandro y Grilo me cogieron por las piernas y siguieron arrastrándome hasta el final del patio. Quise desafiar a Fábio cuerpo a cuerpo, pero como insistía en lo del respeto, puede que el reto empeorase las cosas.

Alisa no dejaba de decir que llamaría al monitor y le dije:

—Cállate, que no soy un chivato.

Segundos después, me chafaban los huevos contra el poste, Grilo y Leandro me tiraban de las piernas, Fábio daba instrucciones y yo trataba de proteger la ingle con las manos.

Después, Fábio gritó:

—La falta de respeto acaba así, ¡para que aprendas! Diles a tus amigos que no vuelvan a fintarme. Sirves de ejemplo—y les ordenó que pararan.

Parecía que había allí cierta amistad, porque no fue demasiado fuerte, más para corregir que para hacer daño. Me dejó un ardor entre las piernas y poco más.

Cuando los cabrones se fueron, Alisa se sentó a mi lado, lloriqueando:

—¿Qué le han hecho a mi niño?

—No me han hecho nada—contesté—, déjame en paz, que me estás rayando.

Se lo tomó a pecho y, sorprendida porque nuestra reconciliación hubiese durado tan poco, se fue.

Al final del día, las piernas apenas me dolían, pero me costó subir al desván, como si Leandro y Grilo todavía me estuvieran apretando contra el poste.

Nélson había puesto el mono en la cabeza del cocodrilo como si fuera una peluca, lo que le daba un aire patético. Y todavía parecía más ridículo porque lo había peinado con los dedos. «*Crocostyle*», se reía.

Samuel arrastraba los muebles y colocaba el globo y el telescopio en una mesa. Desde que lo había llevado donde vivía Gi, parecía querer tenerlo todo en su sitio. En el dormitorio alineaba las fotografías y estiraba los edredones; en el comedor, amontonaba los platos de metal, y allí, ordenaba las colecciones.

Nunca más lo vi con el cuaderno, tal vez porque ahora la vida le había dado un motivo imposible de expresar a través del dibujo. Un motivo como el mío, de ayudar, de poner cosas bonitas en la cotidianidad, como las flores silvestres que nacen con las últimas lluvias del invierno.

De alguna manera, al haber dejado de dibujar, me tomó la delantera. En vez de poner el talento en el papel, lo usaba en defensa de Gi. En ese escenario, el talento era más profundo que el dibujo, una especie de cualidad personal, verdadero don que se manifiesta en según qué circunstancias, no sólo en el cuaderno.

Pero era yo quien le había descubierto a Gi, era yo quien había de establecer las reglas.

Mientras observaba cómo alineaba el telescopio con la mesa, pensé que estaba bien conocer a alguien como él, y que era bueno tener un amigo así, aunque se estuviera preparando para robarme a Gi.

—¿Cómo está?—le pregunté.

—¡Ahora el macaco es la peluca del pelado!—se entrometió Nélson.

—¿Cómo está, Samuel?—le dije.

Soltó el telescopio y nos pidió que nos colocásemos debajo de la lámpara.

—He estado pensando en nosotros y en Gi.

Había llegado a la conclusión de que Gi nos necesitaba. Qué novedad. Admitía que yo, Rafa, ya lo había dicho, pero pensaba que nos teníamos que comprometer de verdad. Aquello era importante: había llegado el momento de hacernos mayores.

—Pero ¿eso qué quiere decir?—lo interrumpí.

—Hemos de hacer un pacto.

—Ya acordamos que la ayudaríamos.

—Pero falta pactarlo. Con ceremonia, como en misa. —Sacó un cúter del bolsillo trasero de los pantalones. Nos lo puso delante, haciendo que la cuchilla sonase contra el canuto de plástico, y repitió—: Hemos de hacer un pacto.

La punta era afilada como un estilete. Después la deslizó por la palma de la mano y dejó correr un hilo de sangre. Nélson le extendió la mano y repitió el gesto.

Ofrecer la mía era admitir que Samuel dirigía nuestra convivencia con Gi; la hacía más suya que mía. No ofrecerla era dar muestras de cobardía.

Me miraban como para que me decidiera.

—Vamos, so marica, no tengo toda la vida—dijo Nélson.

—Por favor, Rafa—dijo Samuel.

Mi sangre brotó más que la de ellos. Cuando nos dimos las manos, Samuel dijo que el pacto era cuidarla y no chivarnos. Miré el color de nuestra sangre y asentí.

21

Se subía a la pensión por una escalera enmoquetada que absorbía polvo, residuos e incidentes diversos. Alguien aspiraba las habitaciones cada quince días, aunque los clientes más aseados limpiaban las superficies con las mismas toallitas con las que se fregaban el sexo después de satisfacerlo con las mujeres. Pagaban entre juramentos de amor que, de manera estipulada, servían de intercambio adicional, una propina para alegrar el día.

Las luces que avisaban de la ocupación, pequeños brillos sobre las puertas de las habitaciones, no siempre funcionaban, y los clientes tenían que llamar a la puerta o entrar. Se encontraban con espectáculos íntimos, imágenes furtivas de la vida de los demás.

Hombres que lloraban abrazados a ellas. Muchachas de quince años envueltas en mantas tomaban conciencia del cuerpo como si acabase de florecer al mismo tiempo que entendían lo que quería decir *hacer clientes*. En otras habitaciones, mujeres demasiado viejas, ya sin memoria de lo que quería decir *hacer clientes*. Hombres en una eterna adolescencia que se veían obligados a resolver la urgencia pero no tenían con quién, si no era allí. Y clientes que, por conocer a aquellas mujeres desde hacía muchos años, fantaseaban que les satisfacían la mente y el cuerpo, y se ofendían cuando ellas les seguían reclamando el pago.

Los despistados que abrían las puertas equivocadas se detenían unos segundos, a veces más de unos segundos, excitados con lo que veían, y decían: «*Perdão*», antes de irse a las habitaciones donde iban a ser atendidos.

Las mujeres dejaban a los hijos en la recepción porque

no tenían donde dejarlos y, a malas, también les servían de protección.

Los críos jugaban en silencio, para no molestar a los clientes que pasaban para encontrarse con sus madres. La recepcionista evitaba prestarles atención. Sólo se interesaba por ellos cuando tenía que separarlos porque se peleaban, y aun así no se daba ninguna prisa, para ver si el más tonto se llevaba una buena. Nunca se la llevaba.

La última habitación de la pensión estaba reservada para aquellos a los que no les importaba subir escaleras hasta el último piso, los que seguro que dejarían a las chicas en paz.

Las trabajadoras de la pensión no comentaban lo que allí se hacía, porque, entre ellas, el silencio se convertía en verdadero cotilleo, aquello de *tú ya sabes lo que yo sé*. Y todas lo sabían todo. Más tarde tuvieron que resolver el asunto, pero de momento seguían calladas.

Por regla general de aquel cuarto llegaba una agitación más violenta, un jadeo de lucha, el cuerpo no daba placer sin un poco de zurra, y se oían voces ansiosas a la espera de que pasase alguna cosa. Esa cosa tardaba en llegar. Se distinguía el arrastrar de la cama, rechinando, y una voz fina, hasta demasiado fina, que decía: «Con cuidado, con cuidado».

El cliente salía con los ojos bajos y aire de victoria y asco, dejando la puerta abierta. Gi se levantaba de la cama para cerrarla y gritaba: «¡Canalla!», mientras el cliente bajaba las escaleras con prisa y con la bragueta abierta.

Minutos después, Gi se dirigía a la entrada, vestida con una bata de seda que arrastraba por la alfombra. Ya llevaba el pelo recogido con el moño de siempre. «Toma el jornal», le decía a la recepcionista.

Se sentaba en el sofá a ojear una revista mientras esperaba al próximo cliente, atenta a cualquier jaleo. Había acordado con las compañeras que se quedaría con los clientes agresivos; al fin y al cabo, era hermosa como una mujer y fuerte como un hombre.

En un instante los críos la rodeaban, le tiraban de la bata (ella se la cerraba para que no se le viera el pecho) y le pedían que les contase cuentos. Querían que Gi los distrajese, como quien necesita cariño.

Ella les hablaba de la princesa y la reina de las abejas, del niño, el burro y el perrito, de la lámpara maravillosa, del Príncipe Feliz y de tantos otros, algunas veces hasta improvisaba un *show* a lo Sherezade, mucho mejor que los números del Adam's Apple.

Había un niño de unos seis años que la escuchaba, pero nunca se acercaba. Solía sentarse en un rincón con los brazos cruzados, enfadado porque Gi nunca contaba los cuentos hasta el final.

Cuando los niños le preguntaban: «¿Por qué no terminas los cuentos?», Gi les contestaba: «Si os cuento el final, ya no volvéis».

Cada día empezaba nuevas aventuras frente a cuatro o cinco cabezas bien alineadas que, expectantes, preguntaban: «¿El Príncipe Feliz se va a morir de frío?». Ella respondía: «Enseguida lo sabréis», y aquellos críos, por los que nadie se había despojado de nada como sí había hecho la estatua del cuento, decían: «Nosotros también queremos ser como el Príncipe Feliz».

Al terminar los cuentos, Gi les ofrecía bizcochos que compraba en la Ruial y que llevaba en bolsas de papel parduzco. «Eh, *menino*, ahí, ¿no quieres un bizcocho?», le preguntaba al chiquillo del rincón.

Uno de aquellos días, ya después de haber hecho los clientes, Gi salía de la pensión cuando el niño le tiró de la manga y le preguntó:

—¿Hoy no hay cuento?

Se lo llevó cogido de la mano hasta la pastelería que había al otro lado de la calle y le enseñó los pasteles.

—Todos tuyos.

El niño suspiró con la frente pegada al cristal sin ser capaz de escoger entre las madalenas, el *jesuita* o el pastel de chocolate.

—El mejor siempre es el pastel de chocolate—le dijo Gi.

El niño se comió el pedazo con las manos, se chupó los dedos, dijo:

—¡Qué bueno!

Y hasta dio las gracias. Intentó relamer la servilleta en la que le habían entregado el pastel, pero el papel se deshizo. Gi bebía una infusión de manzanilla mientras lo observaba.

—¿Te gustan los cuentos?

—No.

—Entonces, ¿*pa* qué escuchas?

El crío pasó el dedo por el plato, limpió el chocolate fundido y dijo:

—No me gustan los cuentos, me gustan tus cuentos.

Para Gi fue como si la amasen a cambio de nada, aunque el pastel de chocolate contase como pago, y se quedó sin saber cómo reaccionar ante un niño de seis años que la miraba no como a un travesti, sino como a un travesti contador de cuentos.

Nunca había dicho más que hola y adiós a su madre, la de la 102, pero por un momento pensó en cómo le gustaría ser la madre de aquel chico.

—¿Quieres un té?

—Nunca lo he probado.

—Muy bueno, es oriental.

Bebió dos tragos con cara de asco, qué mal sabor esa bebida *orientau*, y apartó la taza que todavía humeaba. Gi le hizo un mimo en la cabeza, y añadió:

—Tú eres un *menino* bueno, como el Príncipe Feliz.

Para evitar hacerle daño, no le dijo que los amigos lo habían desafiado a comer con ella sin pillar alguna infección. Y también omitió que le gustaban todos los cuentos, no sólo los cuentos de Gi, porque eran como dibujos con palabras.

22

Gi no se mostró sorprendida cuando volvimos. Nos pidió ayuda para que enderezáramos las planchas de plástico y de metal de la barraca, que el viento de la noche anterior casi había destrozado, y se sentó con nosotros cerca del vestíbulo. No quedaba rastro del papel higiénico.

Nélson andaba de un lado a otro, incómodo por la proximidad de Gi, pero fiel al pacto, y Samuel decía:

—Hoy Rafa ha traído pasta.

Lo hice callar y confirmé:

—Pasta de *linguini*.

Mientras yo preparaba el fuego, Gi y Samuel se sentaron junto a la barraca, donde no los podía oír. De lejos parecía una película muda: él, muy expresivo en los gestos; ella, conversando con énfasis teatral. En cierto momento, Gi le pasó la mano por el pelo y él aceptó la caricia con una naturalidad que yo nunca iba a poder igualar. La naturalidad del que se trata desde pequeño con travestis. Para mí fue como si una flecha me atravesara la cabeza: una caricia como aquélla era más de lo que mucha gente podía esperar de la vida.

Siguieron charlando durante unos minutos, ella agachada y él apoyado en la barraca. Imaginaba que se estaban contando lo que les había pasado desde que se habían visto por última vez. Después, Gi fue a buscar unas fotografías y se las fue enseñando una a una, para ilustrar lo que decía.

Aunque aquella familiaridad me estaba vedada, me aproximé y les dije: «Se está haciendo la pasta». Al verme llegar, Gi escondió las fotografías detrás de su espalda, pero conseguí percibir que aparecía en algunas.

En ese momento deseé que me hubieran dado pasteles de chocolate. Pero esos pensamientos son como el del Euromillón, nos arrastran a sueños inútiles que contrastan con la mierda del día a día.

Después del pacto, sin que Nélson lo escuchara, Samuel me dijo: «Voy a contarte por qué conozco a Gi, pero tú me guardas el secreto». Nosotros, los de la Oficina, no hablábamos del pasado y no discutíamos sobre el futuro, por eso me sorprendió que dijera que la conocía, pero me alegró que no le contara los detalles a Nélson, sólo a mí.

Si aquella franqueza me sorprendió, también pensé que lo hacía vulnerable. El contenido no importaba, todos teníamos padres y madres así. El propio acto de contar, eso sí, revelaba una vulnerabilidad que muchos podrían entender como femenina, es decir, como franqueza. Confiar en mí ponía a prueba nuestra amistad.

Yo guardé su fragilidad conmigo, nunca se lo conté a nadie, pero comprendí de inmediato que le envidiaba la valentía. Si hubiera conocido a Gi desde pequeño nunca lo habría contado. Esto no impedía que quisiera ocupar su lugar, aceptar la caricia de Gi con la misma naturalidad.

Para que me sintiese al margen ni siquiera fue necesario que Gi escondiese las fotos, bastaba saber que Samuel la había conocido a los seis años. Yo llegaba al umbral de una vida mejor y ellos ya habían cerrado la puerta.

Lo que yo quería saber era si esto que me desordenaba la cabeza era amor, que juzgaba exclusivo de chicas como Alisa, de quien urgía poseer el cuerpo, y nunca de amigos como Samuel y, todavía menos, de sujetos como Gi.

El Pão de Açúcar adquiría nuevos significados, como si aquello—Gi y Samuel, juntos en un rincón, yo vigilando la pasta y Nélson observando el fondo del pozo—fuese una especie de parábola.

Nélson empezó a hablar del pozo y a desafiarnos a un campeonato de saltos.

—Venga, yo te miro desde aquí con Gi—dijo Samuel.

—¿Estás loco? ¡Te vas a quedar lisiado!—intentó disuadirlo ella.

Samuel y yo nos miramos, reconciliados de pronto porque ambos sabíamos que era inútil intentar disuadirlo. Hacíamos lo que queríamos, nunca le llevaríamos la contraria al que daba muestras de ser valiente. Incluso porque nunca perderíamos la oportunidad de verlo espachurrado y de que fuéramos nosotros los tipos auténticos que lo rescatáramos del fondo del pozo. Esta complicidad me calmó. Había diferentes maneras de pertenecernos los unos a los otros, y unas no invalidaban las otras.

Resignado por el momento, Nélson se me acercó para pedirme la comida. Nos juntamos los cuatro a la puerta de la barraca y repartí la pasta en platos de plástico.

Mientras comíamos, observé la bicicleta apoyada en un pilar. Aunque ya se podía pedalear, decidí no hacerlo, como prueba de que ahora sólo me dedicaba a Gi.

—Muy caliente, Rafa—dijo ella.

—Y buena—dijo Samuel.

Nélson asentía en silencio y se limpiaba la boca con la lengua. Después se levantó de un salto.

—Que se joda—dijo, antes de salir corriendo hasta el otro lado del sótano.

Gi volvió a alertar del peligro, que alguien parase a Nélson, ¿por qué me quedaba parado si se podía hacer daño?

—¡Yo no llego allí a tiempo, pero tú sí!

Y Samuel ¿no pensaba intervenir? Dios mío, cómo son estos chicos.

—¡Cállate mujer, que yo hago lo que quiero!—gritó Nélson cerca de la pared, desde donde ganaba impulso. Apartaba la tierra con los pies, se orientaba en la diagonal y preparaba el cuerpo.

Suspiró con fuerza y empezó a correr en dirección al pozo, mirándonos a nosotros y a la brecha triangular que se aproximaba. Se le oía la respiración cada vez más fuerte y el impacto de las zancadas en la gravilla. Faltaban centímetros para llegar al pozo cuando, como un atleta en la marca, se elevó en el aire.

Con las piernas hacia delante y los brazos junto al pecho, en un movimiento de sálvese quien pueda, se quedó totalmente solo, algo incomprensible en la Oficina y en la Pires de Lima, donde siempre teníamos a alguien a menos de medio metro, forzados a compartirlo todo, desde la higiene a los pensamientos. Y no únicamente se quedó solo como ser entregado a sí mismo, libre, ante la duda entre caer al pozo o alcanzar la gloria.

Quedó suspendido sobre el abismo mucho más de la mitad de un segundo: todavía hoy parece que siga en el aire, y nosotros, en consecuencia, también estamos detenidos en el tiempo; Gi, en la puerta de la barraca, Samuel, sentado en el suelo y yo, rebañando restos de pasta del fondo del cazo.

Pero aterrizó al otro lado del pozo, con las manos heridas por la gravilla y con una sonrisa de alivio.

—¡Bravo!—gritó Gi, y aplaudió.

—Aplaude, aplaude. ¡Ha sido a lo macho!—le dijo Nélson mientras lanzaba puñados de tierra al aire.

Samuel, que durante el salto había cogido a Gi por el brazo para calmarla, ahora le decía:

—¿Ves?, todo ha ido bien, no se iba a caer.

23

Después de la pensión se iba a por la mercancía, lo que la obligaba a bajar al Aleixo por el atajo de la iglesia de São Martinho. Con un poco de suerte, se libraba de los transeúntes, que la recibían con gritos de: «¡Cariño, mueve las patas!».

Señalando las patas, Gi me decía: «Pues sí, *menino*, hasta enferma me querían». Hablaba con tan poco pudor que yo me imaginaba el Aleixo como un lugar afectuoso.

En las escaleras de la torre 1, donde la gente la saludaba con la fascinación reservada a los artistas de circo, había esvásticas pintadas, frases de amor, fechas, números diversos y caras que no reconocían ni los retratados. La prosa del barrio hablaba de droga, sexo y viejos: en el último escalón se leía, en negro: U CAN LOCK OUR BODY'S BUT U CAN NEVER LOCK OUR SPIRIT'S ['Podéis encerrar nuestros cuerpos, pero nunca podréis encerrar nuestro espíritu'], y en blanco: RUI RIO PANELEIRO TIRA DAQUI OS TEUS RICOS ['Rui Rio maricón saca de aquí a tus ricos'].[1]

«El barrio era endiablado», decía Gi, y yo, con el ojo puesto en el sótano, pensaba que el fin del mundo estaba allí, a pesar de ser nuestro espacio.

Dentro de la torre 1, ella observaba la ropa que las viudas tendían en el hueco de las escaleras para airear el olor a lejía y a pelo mojado. Con las prisas por llevar la mercancía

---

[1] Alusión a Rui Fernando da Silva Rio (Rui Rio), alcalde de Oporto de 2001 a 2013 y presidente del Partido Social Demócrata de 2018 a 2022.

a casa, ni siquiera reparaba en que las camisitas de bebé, la ropa de colores de los críos y los chales negros eran la biografía de toda aquella gente.

Quería llegar a casa, ducharse y drogarse, pero mientras volvía pensaba en llegar a casa, drogarse y ducharse, o drogarse sin llegar a casa y olvidar la ducha.

Lo de casa era por decir algo.

La puerta de la entrada se abría a un único espacio además de la cocina, una especie de sala donde Gi comía, dormía y consumía. Las paredes estaban cubiertas de telas llenas de espejitos. En la pared del fondo había un tocador de contrachapado. Al lado, el sofá cama. Las luces de Navidad caían del techo colgadas de ganchos. Una cortina de los chinos, de aquellas para que no entren las moscas, separaba la sala de la cocina.

Yo le decía:

—Tu casa debía de ser muy bonita.

Por lo menos más bonita que el cuartucho que mi madre consiguió en una corrala, donde los montones de ropa recién lavada olían a viejo. Las vecinas frotaban las piezas de ropa en los lavaderos con tal violencia que a mí me daba pena aquel jabón *Macaco* tan maltratado, como con venganza. El exceso de limpieza hasta parecía falta de higiene, nos impregnaba de olor a pobre.

—Mejor que ésta—respondía.

Cuando encendía las luces de Navidad y hacía que aquel espacio brillase, volvía a los bares en los que había hecho espectáculos, aunque allí no había público que exigiera tetas y polla. Sobre el tocador había una imagen de plástico de la Virgen María pintada a mano. Gi le sonreía y le pedía: «Haz de mí tu hija». Repetida a diario, la letanía le daba una esperanza absurda, como fregarse con el jabón *Macaco* sin llegar a estar nunca limpia.

—¿Guardaste la santa?—le pregunté. (Después de tantos años rogándole sin éxito, más valía no haberla guardado).

—El arrendador quería los muebles como pago, sólo cogí las fotos—me dijo, pero cambió de tema porque las fotografías estaban reservadas para Samuel.

Después de pasar un beso de la boca a los dedos y de los dedos al manto de la imagen, se sentaba desnuda frente al espejo del cuarto de baño. Se palpaba la cara, el pecho y los muslos. Un minuto así y ya sacaba la lengua, se analizaba con ternura, como si viera a una niña en el espejo.

Pero esto era cuando llegaba a casa. Muchas veces la ansiedad la detenía en el callejón que daba a la iglesia de São Martinho. El regreso le parecía largo, aunque el Aleixo quedaba a dos pasos. Era lógico volver atrás. Sabía quién la podía acoger.

Oliveira abría la puerta de su chabola y le decía: «Qué bueno tener compañía de mujer». Este hombre de metro sesenta, ahora casi ciego y sin tabique nasal, había sido campeón aficionado de boxeo: se le notaba en la postura de las piernas y en el movimiento de los brazos, en guardia contra golpes que nunca llegaban.

Eso era la barraca, un refugio montado deprisa en el descampado de enfrente de las torres del Aleixo. Comparadas con aquella chabola, las torres se parecían a las urbanizaciones privadas de las que se oía hablar.

Impaciente, Oliveira aceptaba a quien apareciera y metía allí a tres o cuatro por vez. Los sentaba sobre viejos calderos alrededor de una mesa baja iluminada por una vela. La compañía le daba un poco de paz, aquello con gente era mejor que aquello en soledad. Como agradecimiento, prestaba jeringas, ofrecía papel de aluminio y pegaba la tuberculosis.

El viejo de la chabola de al lado le decía: «Cuantos más metes dentro, más matas», pero Oliveira sabía que, mal que bien, acabamos todos en la tumba.

He aquí su *ring* más allá de la puerta: limones, chapas de Coca-Cola, tapones, jeringas, papel de aluminio, pipas, bolígrafos sin tinta, porquería variada. En suma, todo lo que hay en las casas de los que se drogan.

«Va a empezar esta puta mierda», se quejaba, con el puño cerrado y el brazo apretado por una goma. Lo extendía bien, como un gancho en pleno combate, pero unas bolas de carne endurecida escondían las venas. «Si Dios quiere, carajo, si Dios quiere. No me miréis, que da mala suerte». No acertaba la vena, sacaba la jeringa, salía la sangre. «Ya se me está haciendo un morado, una papilla. Jesús, la tía no aparece». No acertaba la vena, sacaba la jeringa, salía la sangre.

Al otro lado de la mesa, Gi se rascaba las piernas y la cabeza, tensa y preparada para la misma batalla. Para calmarse, decía: «Hazlo despacito y acertarás».

Cuando Oliveira acabase, sería su turno. Usaba el émbolo de la jeringa para mezclar el líquido en un tapón de Água das Pedras y se apretaba el brazo con los cordones de los zapatos. En días de suerte, a saber quién entiende los caprichos de la anatomía, el brazo parecía un mapa de venas a escoger.

Clavaba la aguja y esperaba a que la sangre llenase el cilindro. Sólo se chutaba cuando la veía fluir. Con el brazo relajado, se sentía agradecida de que Oliveira dispusiera de todo lo necesario, de que fuese generoso y no pidiera favores a cambio. Después, tanto daba si estaba en la chabola o en casa.

Durante los segundos en los que esperaba que hiciera efecto la heroína, repetía en voz baja: «Haz de mí tu hija», aunque ya sabía que eso no iba a pasar. Al salir del sopor, Oliveira le decía: «Nadie es defectuoso», dando a entender que la trataba como mujer por condescendencia.

A los cuarenta y cinco años, cuando la encontré, aún le faltaba mucho para ser hija de alguien, pero me describía los efectos de la droga como si fuera un alivio tan grande—sentirse más como en casa con el propio cuerpo—, que yo hasta pensaba que la droga era algo bueno. Un bálsamo.

—Por lo menos te quedabas en paz—le dije un día.

Menos franca por primera vez, bajó los ojos un instante para contarme el efecto perverso de la heroína. Más perverso que una resaca; querer salir y el ansia de volver.

—Pero ¿cómo es?—le pedí, y le tiré de la manga hasta que, tras cerrarse la cazadora tejana (se escondía como una niña avergonzada), se decidió.

—Sí, *menino*, en cierto modo, como estar en paz.

Aquello le pegaba de lleno y las dudas desaparecían, navegaba sin rumbo, sin el misterio de que le hubiera tocado un cuerpo masculino. Las manos, los hombros y el pelo le olían a agua de colonia, a sudor de final del día y a las calles de São Paulo. El olor típico del padre. Dejaba de pedir: «Hazme tu hija», y se palpaba la nuez con renovada ternura. En las horas de euforia en las que en la chabola de Oliveira se comía el mundo, Gi se sentía plenamente hombre.

24

Además de saltar por encima del pozo, Nélson nos contaba historias con la facilidad del que no ha tenido la vida amarrada ni sabe que las palabras tienen valor por sí mismas. Los enredos se confundían y tanto hablaba de los compañeros de la escuela como entraba en órbita y decía que nunca había visto la cara de la luna, por mucho que dijeran que se reía desde allá arriba. Pero ¿de quién se reía?

Íbamos al Pão de Açúcar desde hacía algunas semanas, generalmente a la hora de comer, cuando una figura apareció en los relatos de Nélson, ya habituado a Gi, con la que hablaba poco, aunque pensase que ella nos proporcionaba una fuga justificada de la escuela.

La figura era el francés trajeado que husmeaba por ahí. Vivía frente a la Oficina y Nélson solía gorrearle un euro al hombre, que le decía: «No es *parra cigaros*». Parece que detestaba a los portugueses, les gritaba *scheiße* y *shit*, que era todo lo que Nélson sabía en lengua francesa.

—El tío hasta mandó soldados a Portugal, ¿os lo podéis creer?

Y Samuel había vuelto al dibujo, pero seguía conversando aparte con Gi, como si esos dones fuesen conciliables y pudieran pertenecer a la misma persona: a él, dueño de las artes. Y yo avivaba las brasas y me sentía lejos de Gi y del personaje descrito por Nélson.

—Lo único bueno de ese tío del carajo era que adoraba a la madre—siguió Nélson.

Yo nunca había visto al francés acompañado por la madre, ni me había dado cuenta de que a Nélson le diera rabia hasta el punto de que la única cualidad que le veía era que le gustase su madre. Hasta Samuel, cuya madre era puta, decía que era chulo escuchar «A Treze de Maio» cantada por ella mientras le secaba el pelo con la toalla después del baño.[1] Y no tenía sentido que un francés de la calle, además de decirle: «No es *parra cigaros*», mandase soldados a nuestro país.

Nélson se levantaba, lanzaba *uppers* de izquierda y de derecha contra un enemigo que no estaba allí. Hasta le escupía, antes de decir: «Te metemos una de hostias, que no vuelves a poner aquí el culo».

Después de unos minutos de cuchichear con Gi, Samuel dijo:

—Ahora vuelvo. —Y se fue sin mirar atrás.

Envuelta en bocinazos y gritos de hombres metidos en las trifulcas de siempre, la ciudad latía alrededor del Pão de Açúcar.

Aproveché para acercarme a Gi. Nos unía una familiaridad que no era como la de Samuel, lo sé, pero era como la que los amigos terminan por conquistar.

—Siéntate acá—dijo. Se cerró la cazadora y me rozó levemente (seguía oliendo mal) y dijo—: Samuel es un buen amigo.

No reaccioné. Si se había ido, no cabía entre nosotros.

Quise cambiar de tema con: «La próxima ¿qué te traigo para comer?», y ella prefirió preguntarme por la bicicleta.

No me contuve. Con una franqueza rara en mí, sin miedos o rodeos, dije:

—La bicicleta ya no me importa, que se joda. Me importas tú.

Las venas del cuello me latían con fuerza.

---

[1] «*A Treze de Maio na cova da Iria*», referencia al Ave María de Fátima.

Ante esto, Gi se apartó un poco, se arregló el pelo y se atragantó con una tos difícil que sólo se le pasó con muchas palmadas en la espalda.

—Esto es un regalo—dijo después de calmarse.

—¿El qué? ¿La comida?

—No, la amistad—respondió—. Y es un problema.

—Un problema, ¿por qué?

—Es que estoy muy enferma, mi niño.

Y ¿qué pasaba si estaba enferma? Un motivo más para que la amistad fuera completa, la entrega de quien puede a quien no puede. Pero ella desviaba la cara de un lado a otro y se crujía los dedos, azorada.

Le expliqué que era muy bonito que pensase que no merecía mi amistad. Y hasta estúpido, dado lo poco que yo le podía ofrecer.

—Te estás confundiendo—dijo.

Guardábamos el uno en el otro un pedazo de nosotros mismos, como cofres frágiles a punto de romperse. Lo peor era lo que allí había.

—Es un problema, *menino*—repitió.

Intuí entonces que quizás me quería. Le preocupaba lo que me pudiera pasar en días, semanas, meses, tanto daba: cuando ella muriese. Parecía querer mostrar que temía llevarse con ella mi pedazo de mí.

Pero yo me alegraba cada vez más. El futuro no importaba porque en aquel momento alguien, aunque ese alguien fuese un travesti, prefería preocuparse más de mí que de su propia muerte.

—No es ningún problema, se trata de que vivas en condiciones, dentro de lo posible—le dije, comprendiendo que los efectos de la muerte empiezan antes del último momento, pero también seguro de que aún quedaba vida por vivir.

Después tuve una idea a la altura de las circunstancias. Añadí:

—¡La comida no es suficiente! Tenemos que pasear, ir a ver cosas bonitas. ¿Qué te gustaría ver?

Ella evitó responder, tal vez pensó que aquello contrariaba lo que acababa de explicar sobre la amistad, pero después se decidió:

—La vista desde el torreón es preciosa, antes subía hasta allí pero ahora yo sola no puedo. Me podrías llevar.

—¡Claro que te llevo, joder!

Entretanto, Samuel había regresado, Nélson seguía hablando del francés y de pronto, por culpa de la sombra, el mundo ya no estaba concentrado en el torreón.

De algún modo, Gi había decidido que el pedazo de Samuel valía más que el mío, porque nunca había mostrado reservas respecto a su amistad. Ella pensaba que, más allá del dibujo y de una especie de sabiduría heredada a saber de quién, Samuel era más capaz de lidiar con la muerte.

Y esta sombra hizo de la subida al torreón una necesidad.

Samuel se sentó con nosotros mientras Nélson insistía, a su bola, que aquel francés de mierda nunca nos vencería, a nosotros nadie nos doblegaba.

—Mucho más fuertes que él, ¡cuidado con nosotros! —gritaba.

Callando su experiencia como contadora de cuentos y cautivada por la fuerza infantil de Nélson, Gi le preguntó:

—Y al final, ¿cómo se llamaba ese señor?

Nélson no lo sabía, le había faltado llegar a esa parte. Qué mala suerte, una de las pocas veces que prestaba atención a la materia, le gustaba un puto francés que nos quería correr a hostias; en fin, aunque no sabía el nombre propio, se acordaba del profesor diciendo que el apellido de aquel tío era Napoleão.

25

Algunas veces, los monitores de la Oficina nos apretaban el cerco y montaban guardia en la Pires de Lima, no fuera a ser que les pesase la conciencia. Aquellos cabrones no me parecían demasiado preocupados cuando los chavales se quejaban de tocamientos en los dormitorios ni porque se supiera que algunos de los más pequeños recibían billetes de cincuenta por noche en la Gonçalo Cristóvão. Y hasta el cura que dirigía la Oficina andaba por los pasillos cabreado, como si nos entrometiésemos entre Dios y él.

No soy yo el que me quejo de esto. Esta situación nos proporcionó la mejor de las adolescencias, sin compromisos, entregados los unos a los otros y viviéndolo con una fuerza vital sólo comprendida por quien había pasado por lo mismo. Callejear, abrir coches, romper ventanas y fumar porros estaban en el origen de todo lo que iba a ser bueno.

Cuando no íbamos a ver a Gi estábamos liberados los unos de los otros: Nélson, como de costumbre, veía a Napoleão por las esquinas de Oporto; Samuel se sentía libre del peso que se había cargado a la espalda en los últimos días. Sin compromisos, ni siquiera el de alimentar a un travesti con sida que apenas conseguía salir de su barraca.

Una de esas veces, en cuanto los monitores nos dejaron en la Pires de Lima, decidimos ir a lo nuestro. Antes de soltarnos allí, habían dicho: «¡Ahora, juicio!», y Nélson les había contestado desde la distancia: «Juicio y un cuerno, que os jodan», mientras Samuel se limitaba a sonreír.

Cuando saltamos por las rejas de la parte de atrás del edificio, vi que Alisa me miraba desde el otro lado del patio. Había encogido desde la última vez, ahora era más baja que yo y también se le había encogido el pecho. Muy pequeña, muy sin historia. Me daba pena. La saludé y se giró de espaldas.

En vez de irnos al Pão de Açúcar, enfilamos hacia las zonas sucias de la Prelada. «Los sitios prohibidos», recordó Nélson.

La mochila de Samuel sonaba a lata. Nélson le preguntó: «¿Qué llevas ahí?», y él avanzó tres pasos por delante de nosotros sin responder.

En el sitio de las zonas sucias ahora hay un supermercado Pingo Doce, un Continente, decenas de edificios y un túnel de lavado donde la gente pasa la tarde. Además de lavar el coche, los vecinos conversan, toman café de máquina automática y se refrescan con el agua de las mangueras. Los gitanos siguen al otro lado de la avenida y hasta tienen un caballo sucio que relincha siempre que suena una bocina.

El ático del edificio norte donde nos reuníamos es hoy un apartamento de cinco habitaciones en el que debe de vivir una familia adinerada con niños que, al contrario que nosotros, no tienen ni idea de lo que es la libertad.

Cuando llegamos a la última planta, pensé que Gi se quedaría sin comida y me enfadó que Samuel nunca hablase de ella. Desde el pacto, Gi sólo existía en el Pão de Açúcar, como si fuera una leyenda. Contrariamente a Samuel, yo siempre pensaba en Gi. Por ejemplo, en cómo ayudarla a subir al torreón.

—¿Ahora ya puedes decir lo que llevas en la bolsa?—preguntó Nélson, y se sentó en el borde, a ocho plantas de altura.

A lo lejos, el mar estaba tan agitado que casi oíamos el romper de las olas.

Samuel abrió la mochila y sacó tres espráis de pintura. Como norma, optaba por reducir su don al bloc de dibujo con gestos muy íntimos que apenas revelaba a quien consideraba digno de ello. Cada dibujo era una prueba de confianza y, además de eso, era una ventana a la intimidad.

Sin embargo, ahora hacía chocar los botes y lanzaba chorros a la pared desconchada para que lo viera todo el mundo. Me giré de espaldas para ver el paisaje.

Detrás de mí, Nélson decía frases cortas como: «Así mismo, el arte que se ve es mejor» y «Pásame un bote, que yo también quiero firmar». Miré el grafiti con el rabillo del ojo y finalmente sólo era una frase en minúsculas que decía NOSOTROS SOMOS DE AQUÍ.

—¿Estás de acuerdo?—me preguntó Samuel.

—Creo que sí.

Nos reunimos con Nélson en el límite de la planta. Las ráfagas de viento, aunque eran frías, nos removían el pelo como caricias maternales. Allí abajo tres figuras se acercaban al edificio. Al verlas, Nélson se levantó y dijo: «¡Largo!», pero yo quería hablar con Samuel porque intuía que las visitas al edificio norte se iban a acabar.

Dejé que Nélson se apartase y le pregunté a Samuel:

—Oye, ¿de qué hablas tanto con Gi?

—De esto y de aquello—dijo y lanzó un puñado de tierra a la calle.

—Como fuisteis muy amigos antes, ahora podéis estar tan aparte, ¿no?

—No estamos aparte. Tú haces la comida y Nélson anda por ahí haciendo tonterías. —Y sonrió—. Yo me quedo ahí con ella, sólo es eso.

—Pero ¿de qué habláis?

—De esto y de aquello.

—De eso ya me he enterado, pero ¿de qué? De esto y de aquello…

—Mira, si lo quieres saber, estoy harto.

—No desvíes la conversación por estar harto.

Nos callamos durante unos segundos. Cerca de las escaleras, Nélson insistía:

—¡Vámonos ya!

—No es eso—continuó—. Estoy harto de hablar con ella. Con él. En la pensión se burlaban de mí por hablar mucho con ella y por lo visto tenían razón.

Entonces Nélson se fue escaleras abajo.

Cuando salimos del edificio nos encontramos a Grilo en el paseo, a Leandro y, claro, a Fábio. Me escondí detrás de Samuel con miedo a que me quisieran poner otra vez en el poste.

—Está todo perdonado—dijo Fábio—. Y te demuestro que lo está. Venid con nosotros. Venga.

Sin alternativa, fuimos con ellos. Nélson preguntaba en voz baja a Samuel:

—¿No llevas la mochila?

—No quiero mis pinturas en las patas de éstos—contestaba él, aún más bajo.

Bajo la mirada de Fábio, Grilo imitaba pases de fútbol que en realidad eran pasos de baile, pero sin técnica porque no le convenía mostrarse más hábil que Fábio. Leandro iba chutando piedras.

Nos detuvimos frente a un Fiat Cinquecento con aspecto de estar aparcado desde hacía meses. Tras colocarse el cigarro en la oreja, Fábio sacó un alambre que clavó en la ranura de la ventana del conductor, mientras Leandro olisqueaba el tubo de escape y decía: «Tiene mucha gasolina, va a arrancar a la primera».

Todavía hoy no sé cómo cupimos los seis allí dentro, tal vez sentados unos encima de otros. Mientras nos colocábamos, el rosario fosforescente se balanceaba en el retrovisor. Leandro me pisaba y Nélson murmuraba: «Bien apretadito».

Fábio metió un destornillador en el contacto bajo la mirada de Samuel, que observaba el procedimiento desde el asiento del muerto.

—Vamos, vamos, que puede venir alguien—decía Leandro.

—Calma, calma—decía Fábio con el cigarrillo en la boca para concentrarse mejor.

Veinte minutos después seguíamos parados; el contacto, destrozado por el destornillador y los cables eléctricos, al aire como venas pulsadas en balde. Los cristales estaban empañados y aquello apestaba.

Yo pensaba en lo injusto que era que Gi compartiera algo especial con Samuel si él ya se había hartado de ella tras media docena de visitas. Nunca se me ocurrió que no le gustase Gi tanto como me gustaba a mí. Esto empeoraba las cosas, lo convertía todo en un gran equívoco que yo tenía que deshacer.

Unos minutos más y las luces del salpicadero parpadeaban por voluntad propia, señal de que la batería funcionaba, aunque el coche no se moviera.

—¿Esto va o qué?—preguntó Grilo.

—Va—respondió Fábio, sin darse cuenta de que el cigarro se le había caído junto al cambio de marchas.

Entonces Samuel dijo: «Deja que lo intente yo», y cogió dos cables que todavía no habían sido unidos. Desde el asiento de atrás oí un ruido de cortocircuito cuando les escupió encima y los unió un instante.

El coche se puso en marcha.

Fábio se quedó tan sorprendido con aquella maestría que le cedió el volante.

Una hora después todavía circulábamos por los alrededores de Oporto a la velocidad que un Fiat Cinquecento podía alcanzar con seis tipos dentro. Nélson apoyaba la cabeza en la rendija de la ventana, que no se abría hasta abajo, Fábio golpeaba el hombro de Samuel como muestra de agradecimiento y yo cerraba los ojos para sentir los movimientos suaves del coche y para disfrutar de la conducción de mi amigo.

Abandonamos aquel trasto a dos manzanas de una parada de autobús antes de que se quedase sin gasolina.

Aquel día supe que ese acontecimiento extraordinario que algunos atribuyeron a causas diferentes—a unos locos fugados del Magalhães Lemos,[1] a unos productores de cine que habían hecho un buen trabajo y habían dejado aquello allí, y hasta a un fenómeno natural cuya explicación era sencilla y absurda—se debía a él, a Samuel, y a nadie más.

[1] Referencia al hospital psiquiátrico de Oporto.

26

«Tú eres universo, eres belleza. Tú eres la posibilidad extrema. ¡Entrégate! ¡Date al cosmos! Mira lo que recibes a cambio. Ahora, serénate, báñate en el río que dejó de desbordar. ¿No la reconoces? ¿Te habías olvidado? Se llama PAZ».

Gi no prestaba atención a los panfletos. Los había leído y le hicieron gracia las fotografías de unos jóvenes llorando de agradecimiento por la bondad del universo. Iguales al Menino da Lágrima,[1] muy relucientes, con aspecto de no haber recibido nunca una buena somanta de palos. Y allí estaban, diciéndole que fuese feliz.

Entraba en el pabellón de la parte de atrás del edificio echando una carrerita, como quien no quiere ser vista pero le gusta llamar la atención.

Se sentaba al fondo del comedor, cerca de donde preparaban las bandejas. Los voluntarios iban de mesa en mesa como pequeños obreros de la verdad, hacedores de la paz, y preguntaban: «¿Está buena la comida?», «¿La sopa era gustosa?» o «No se olvide de tomar café a la salida», versiones de lo que realmente querían decir: «¡Arrepiéntete! ¡Acepta la paz!».

Gi los encontraba curiosos, uno en particular le ponía la mano en el hombro y le decía: «Hoy estás muy guapa». A veces le dejaba un Ferrero Rocher junto a la bandeja.

---

[1] Alusión a los cuadros, muy populares en Portugal (y en el resto de Europa) y asimismo copiados masivamente en las décadas de 1970 y 1980, en los que el pintor italiano Bruno Amadio—Giovanni Bragolin—representaba a niños llorando.

El parvulario que daba pared con pared se puso en pie de guerra contra la institución que gestionaba el comedor. Por la noche aparecían pintadas en la puerta con denuncias del tipo: ¡ESPIRITISTAS AQUÍ, NO!, y de día se oían canciones infantiles sobre lavarse los dientes, dietas adecuadas e higiene sexual.

De esto Gi no se enteraba. Bastaba observar el comedor para comprender que aquella gente—algunos, drogadictos, como ella; otros, travestis, como ella; y la mayoría, solamente pobres, como ella—era igual a cualquier otra gente. Comían de la misma manera, recogían las bandejas como en un centro comercial, esperaban la comida con idéntica hambre.

Ella los conocía.

El adolescente que ha salido de casa furioso y se ha olvidado de que puede volver cuando quiera. La mujer con el cuadernillo debajo del brazo que pide mejillones—ella quiere mejillones, dónde están los mejillones—, pero nunca se los sirven. Un hombre parecido a Oliveira, el del Aleixo, pero aún con fuerzas para arrastrarse hasta el comedor. Una señora que coloca las cartas de sus antiguos novios frente a la bandeja y las va leyendo en voz alta. «Amor mío, parece que hayan pasado miles de años desde que te vi». Y una pareja de ancianos que espera a que les sirvan: ella, con el abrigo roto; él, con la corbata sucia; ambos, demasiado limpios para comer allí.

Los voluntarios anunciaban por los altavoces: «Después de comer serán bienvenidos en la biblioteca y en la sala de culto». Los menús iban de la sopa espesa al bistec aporreado y estirado para que se diera el milagro de la multiplicación. Un día le sirvieron una crema sedosa y blanca que le evocó París. La describió con un término extranjero que recordó como *vigichase*.

El drogadicto que comía frente a ella miraba hacia delante y decía: «Esto es un insulto a mi dignidad». La primera vez, Gi se sobresaltó, enseguida supo que tenía que cambiarse de mesa. Dos voluntarios se acercaron y el drogadicto señaló el plato: «¡Este bistec es un insulto!». Desde entonces, cualquier plato lo insultaba, especialmente la ensaladilla rusa. Los voluntarios se apartaban, diciéndose entre ellos: «Todavía no conoce el universo».

Después de comer, Gi pasaba por la sala de la televisión. Debía de ser parecida a la de la Oficina: sillones alrededor, una televisión grandota y antigua, y la gente peleándose por el mando. Pero en la Oficina no había mesas con folletos y oraciones.

«El espíritu inventa el cielo y el infierno: la mente que desconfía, destruye; la mente que cree, crea. Repetir tres veces. Tú eres lo que piensas de los demás, el universo reclama. Repetir una vez».

Adormilados por la comida o demasiado cansados para interesarse por los demás, los televidentes no se dieron cuenta de que ella se había sentado lejos de la televisión y murmuraba, como si quisiera resolver un problema complicado.

«Era mi sesión espiritista», me decía.

Hablaba con el pasado, que es lo que todo el mundo hace cada dos por tres. Se acordaba de sus dos hermanas mayores con el sujetador en la mano y la puerta cerrada; oía a su padre trabajando como carpintero en el garaje y los gritos de su madre: «¡Gisberto, hora del baño!». Recordaba el estruendo del árbol cayendo colina abajo; olía a madera seca y a agua de colonia. Recordaba la falta de espacio para su madre en la travessa Poço das Patas; sentía el frenazo del coche junto a ella cuando lo del viaje al Alentejo.

Y se pasaba media hora en esto, mecida por el sonido de la televisión.

Al salir, saludaba a los padres y al director del parvulario, que colgaban carteles. ESPIRITISTAS FUERA. OPORTO NO ES PARA GENTE DE VUESTRA RALEA.

Un día, después de que el director le hubiera dicho: «¡No colabore con esta vergüenza!», ella le guiñó el ojo y respondió: «Lo dejo, querido, claro que sí, en cuanto usted me invite a cenar».

El director se encogió de hombros y les dijo a los padres: «¿No les había dicho que aquí viene a parar todo tipo de gentuza? ¿Cómo vamos a poner a nuestras criaturas a salvo? Es un peligro para la salud pública».

Gi cruzó rápidamente hacia el otro lado de la calle y siguió su camino. Gentuza por gentuza, mejor la de la pensión.

27

Casi me olvidaba de decir que también le llevábamos cigarrillos. Gi se agarraba a ellos más que al pan recién hecho que comía la tarde en la que la encontré. Después de que le diéramos un paquete, ella nos ofrecía tres cigarros y nos preguntaba: «¿Quieren también?», y nosotros aceptábamos, evidentemente.

Fumábamos en silencio, pero me apetecía interrumpirlo y gritar: «Pero pedazo de puta, ¿todavía no te has enterado de que hasta Samuel se ha hartado de ti?». Pero me limitaba a dejar que el humo me calmase los nervios e intentaba no pensar en las injusticias de la vida.

Mantenía la promesa de llevarla al torreón, pero ahora ya no me parecía urgente, porque veía que, antes o después, la cosa cedería por el lado de Samuel.

Después de lo que iba a pasar en pocos días, es lógico que los técnicos del tribunal no le sacaran el perfil psicológico. Aunque hubieran conseguido hacer el peritaje, el informe diría lo que yo ya sabía, incluso con doce años. Que el arte no redime (esta parte es mía) y algo así como: el menor en cuestión manifiesta dificultades en la toma de decisiones, fruto de una unidad familiar que evidencia desestructuración profunda, con la progenitora necesitada de intervención urgente, motivo por el cual, no obstante las insistencias contrarias, el menor se encontraba acogido en la referida «Oficina de São José» cuando se dieron los hechos. Se añade que el menor presenta dificultades de relación y de identificación con personas reales, prefiriendo expresar las emociones mediante la representación pictórica, en vez de esforzarse en la adecuada comprensión de sí mismo ante terceros, concretamente en lo que concierne al conflicto con los vínculos cercanos, sin los cuales el menor es empujado a asumir que el comportamiento imprevisible es aceptable en las relaciones interpersonales.

A juzgar por la palabrería de mi informe, hacia el verano de aquel año, momento en el que era un gusto zambullirse en la playa del Molhe desde el dique, creo que éste habría sido el perfil de Samuel.

En cualquier caso, planeaba visitar a Gi yo solo para cumplir mi promesa.

Después de ponerla en la bicicleta, bastaría con empujarla los cien metros del subterráneo con cuidado para que no se cayese, como se hace con los niños.

Ella daría las gracias con voz emocionada. Por fin respiraría aire fresco y miraría a lo lejos, al contrario que en el sótano, donde el aire estaba estancado y la mirada se detenía en la pared del fondo.

Qué bonito sería subir con ella al torreón, acompañarla en uno de los últimos momentos de felicidad inconsecuente.

Continuaríamos por el parque, indiferentes a los conductores que aparcaban los coches, gente que no entendía que estábamos en el centro del mundo, tal vez hasta del universo. Quién sabe si un crío nos señalaría con el dedo, tiraría del bolso de su madre y diría: «Mira qué raros aquella señora y aquel chico con la bicicleta entre los coches». La madre intentaría disimular. «Señalar es feo».

Evidentemente, el guardia de seguridad no se enteraría de que habíamos cruzado el aparcamiento, de que dejábamos la bicicleta y subíamos despacio al torreón. Gi arrastraría los pies. Nos pararíamos en los rellanos varios minutos para que recuperase el aliento, lo que no le impediría fumar un cigarrillo.

Tantos cigarros ¿no te hacen daño?

Ahora lo que hace daño sólo puede ir bien, diría ella. Y añadiría: *Venga, vamos allá*, antes de continuar la subida, apoyada en mí.

Nélson y Samuel estarían donde estuviesen, preferentemente lo más lejos posible. Quizá Nélson estuviese hablando con los jubilados del Campo 24 de Agosto y Samuel le estuviera diciendo que espabilase.

En el último tramo ya se oiría mejor el ruido de la ciudad, los pitidos de los coches, el frenazo de los autobuses con estrépito hidráulico, el giro de las grúas, pero también el viento entre el cemento y el vuelo de los estorninos hacia el río.

Y cuando llegásemos arriba veríamos la sierra del Valongo a lo lejos, la sierra del Pilar al otro lado del río, la torre del Vila Galé muy cerca, al alcance del brazo. Si había suerte, el sol nos daría de lleno, cosa rara en el invierno de Oporto.

Gi diría: *Rafa, aquí se respira mejor, que belleza, ni me acordaba*, y yo sentiría que se me abría el pecho de genuina alegría.

Desde allí veríamos las cosas de otra manera, los problemas se habrían quedado en el sótano. Los de ella, la muerte que la comía por dentro, que la obligaba a abdicar día a día; los míos, saber que la necesidad de ayudarla sólo tenía sentido porque ninguno de los dos tenía a nadie más.

Entonces llegaría un momento en el que Gi ya no prestaría atención al paisaje y preferiría mirarme y decir: *Eres un buen* menino*, como el Príncipe Feliz.*

28

Detuvieron la furgoneta en el arcén de la EN2 a la sombra de una encina. Extendieron una manta y sacaron de la fiambrera los bocadillos de jamón, el queso Seia y los gajos de naranja pelada por Zé. Los coches iban pasando por la carretera.

«¿No es un amor?», preguntó Rute Bianca cuando se sentaron en la manta, pero se calló porque Gi era de aquellas a las que el amor no les pegaba. Zé se había quedado con Rute y ahora las dos amigas lo acompañaban cuando tenía que repartir surtidos de naranjas por los supermercados.

Rute fue de las primeras en operarse de arriba abajo y Gi sentía un puntito de envidia y orgullo, ella, que ansiaba el bisturí de Casablanca. De momento era imposible, porque la polla le rendía mucho entre los clientes de la pensión.

Se habían conocido en París, en la época en que cruzaban las fronteras clandestinamente y llegaban a Pigalle. Se hospedaban en habitaciones que pagaban con el esfuerzo de los *shows* que hacían aquí y allá, por lo general en Le Chat Noir. Hasta llegaron a ganar premios de vestuario, de coreografía e interpretación. A veces también actuaban en locales inspirados en el Studio 54 de Nueva York, donde iluminaban los espectáculos con rayos láser y humo de colores.

En Pigalle, las calles eran un torrente de gente que se vendía, de gente que compraba, de gente que se ofrecía por las esquinas y de mucha gente que miraba. La afluencia de gente excitaba y conmovía y hacía de los transeúntes eternas criaturas en busca de diversión y sexo.

Cada semana alguien moría en el Bois de Boulogne, una pesadez para la Policía, que tenía que proceder a peritajes para confirmar si el cuerpo era de hombre o de mujer. Pero esto no importaba porque las calles siempre estaban llenas, siempre alguien vagabundeaba por los *peep shows* y los *sex shows* o frecuentaba el Cochon Rose para comer patatas acabadas de freír.

Rute y Gi se hicieron amigas porque hablaban la misma lengua, pero sobre todo porque Rute se puso al frente.

Actuaban juntas haciendo *playback* de «Je suis toutes les femmes», con plumas en la cabeza y toda la parafernalia, como la misma Dalida. Después del espectáculo, Gi pasaba por las mesas con la rutina de siempre, preguntando: «¿Otra botella de champagne?».

Una noche, un cliente se hartó de tanta insistencia y le dijo: «No quiero tanta mierda de más champagne». Había llegado la hora de meter mano a gusto.

La sala se quedó en silencio, bajaron el volumen de la música y Gi rompió una botella para defenderse, pero el cliente se la sacó en dos gestos. «¡Es hora de meter mano sin champagne!», gritaba, arrojando la botella.

En el momento álgido de la bronca, Rute se puso delante y el cliente, a falta de magreo, le metió la botella barriga adentro hasta el hígado. Corrieron con angustia hasta el hospital con su francés que sonaba a brasileño y desde entonces sus vidas siguieron en paralelo.

Cuando recordaba este episodio no sabía si le había dado más miedo la botella rota o la excitación de que la desearan tanto.

—¿Así no queda demasiado fuerte?—preguntó Zé al ver que Gi untaba el queso en la loncha de jamón.

—Sí, pero no mucho—respondió.

Era bueno ver aquel amor a distancia, ser testigo de que

Rute merecía haber sobrevivido a la botella para encontrar a Zé. Ella debía de sentir que le era difícil justificar que había sobrevivido, aunque el pan con queso le demostrase que vivir también era disfrutar de los bocadillos en el Alentejo.

Cuando empezaban a comer los gajos de naranja, un coche se detuvo frente a ellas. La grasa del jamón se había pegado a la barbilla de Gi, pero ella disimuló, fingiendo que se rascaba. Con el maxilar tenso, el conductor las miró antes de arrancar.

Gi se imaginó enseguida yéndose con él con la ventana abierta y el pelo al viento. Pero quizá no había disimulado bien, es decir, no del todo. La grasa del jamón no le preocupaba. A lo mejor el conductor había parado para decidir si ella merecía piropo o insulto.

Era guapo y se debía de pasar el tiempo en las camas de las mujeres. Esto no impedía querer que él y otros como él la desearan, la quisieran hasta el punto de partir botellas. Por éstos, guapos y puros, valía la pena disimular y sufrir un poco.

Miró a Rute y a Zé y sintió que traicionaba a su amiga, no sólo por imaginar violencias ante alguien que la había salvado, sino porque aquel amor de ellos parecía pacífico. Y además, para disuadirla también estaba el agua de colonia de su padre, que le cubría el cuerpo siempre que se interesaba por un hombre.

—Mira allí—dijo Rute—. ¿A ti no te parece que todo esto está muy parado? Demasiado perfecto, los campos, el mar de tierra, todo eso.

—No todo ha de ser cabaré—dijo Zé al ofrecer el *tupperware* con los gajos de naranja.

—Hasta parece que no te guste el festín…—dijo Rute.

—Las naranjas están buenas—interrumpió Gi—. ¿No va a darte problemas que nos las comamos?

—¡Problemas de qué! En los palés tenemos muchas ramas con hojas y todo, los jefes ni se enteran—dijo Zé.

Abrieron la puerta de la furgoneta, donde cabía un naranjal entero, pero sin troncos ni raíces. Dos orugas masticaban una hoja seca.

—Coged, coged esas dos ramas para hacernos una foto —pidió Gi, y fue a buscar la cámara al asiento de atrás.

Les salió mal el gesto de abrazarse y sonreír mientras sujetaban las ramas. Gi los fotografió torcidos y con media sonrisa.

Recogía la cámara cuando el coche frenó de nuevo junto a ella. El conductor la miraba con una expresión indefinida, entre la timidez y la desconfianza. Ella se encogió, como a la espera de lo que iba a pasar, pero era difícil esconderse en el propio cuerpo. Entonces él bajó la ventanilla y le dijo, ya seguro: «Estás buena».

29

Entusiasmado, llevé la bicicleta junto a las macetas, donde las malas hierbas se marchitaban aunque el agua se filtrase por las porosidades, especialmente en el pozo, y llamé a la puerta. Sonó a chapa que se tambalea. Ella me mantuvo a distancia con un «¡Vete!» que sonó igual a cuando Norberto echó al perro del vecino a patadas. «¡Fuera, bicho!». Como el perro, di unas vueltas apartando la gravilla con los pies y me senté delante de la puerta.

«¿Qué pasa, Gi?», pregunté antes de lanzar una piedra contra la barraca, y en un instante me rebotó en la cabeza. La lancé otra vez con más fuerza. Aun sin testigos, era intolerable exponerme al ridículo. Y la piedra me acertó de nuevo. Allí dentro, Gi continuaba callada.

Era un día de sol, y había conseguido salir de la Pires de Lima durante el intervalo de la comida sin que Samuel y Nélson se dieran cuenta.

—Vete, ya te lo he dicho.

La chapa de la puerta le rompía la voz, la tornaba metálica.

—Estoy aquí para cumplir mi promesa—insistí, a pesar de que la aspereza de ella me hiciera daño.

—¿Cuál promesa?

—La del torreón…

—Ay, *menino*, ya me había olvidado.

—Podemos ir, te llevo en la bicicleta hasta allí y después te ayudo con las escaleras.

—Pero hoy no, niño.

Hoy no, como tampoco iba a ser en ningún otro momento. Por no tener ganas y por querer quedarse en la cama.

La tía prefería el colchón a disfrutar del sol y de mi ayuda. Era como los enfermos a los que les gustan los privilegios de la enfermedad.

—No es nada de eso—me explicó—. Hoy estoy muy débil, no conseguí ni levantarme.

El entusiasmo había hecho que me olvidase de llevarle la comida.

—Te traigo unos panes y vamos.

El señor Xavier acababa de recibir una hornada de panes rústicos que le habían quemado la punta de los dedos cuando los metió en el saco. Antes de que volviera al Pão de Açúcar me preguntó: «Oye, ¿os habéis olvidado de mi café? ¿Os he hecho algo malo?». Me detuve en la puerta, e intentando imitar la verborrea de Nélson, dije: «Nadie nos hace nada malo y andamos por donde queremos».

Al final del aparcamiento, un hombre de traje y corbata discutía con el vigilante y argumentaba que perder el tique no justificaba pagar el día entero, y mucho menos en una porquería de sitio como aquél. El vigilante le respondía: «Así es como es», sin levantar los ojos del crucigrama. Cerca, una mujer le daba al contacto para ver si el coche respondía al reclamo. Y por todas partes había coches que entraban y salían en plena revolución, muy diferente a la calma que se vivía allá abajo, en el sótano.

—Aquí tienes—le dije a Gi desde el lado de fuera de la puerta.

Segundos después abrió una rendija y extendió la mano para coger la bolsa.

—Ahora vete, que me encuentro mal—pidió.

Contando con que se recuperase después de comerse los panes, estuve por allí observando la basura del suelo. La misma porquería que describí cuando buscaba al que había dejado el papelito en el sillín de la bicicleta.

Toqué el papel, que desde entonces guardaba en el bolsillo del pantalón, convencido de que era una muestra importante de una era pasada, y esperé unos minutos más.

—¡Venga! ¡Vamos a subir!

—Largo de aquí, Rafa, hoy no estoy para nada.

Iba a entrar en la barraca cuando la oí pedir, con una voz que me pareció suave y provocadora:

—Manda venir a Samuel, quiero hablar con él.

¿Para qué había servido entonces la conversación sobre los pedazos de nosotros mismos protegiéndonos el uno al otro? Creía que eso era así en todas las ocasiones, por ser depositarios de algo precioso: incluso contra la debilidad y la tos.

Y, por lo que parecía, Samuel merecía ampararla.

Antes de irme, pensé que necesitaba contrarrestar la rabia siendo útil a Gi, lo contrario de lo que me apetecía hacer. Cogí el cubo de la mierda, que ella escondía detrás de la barraca, y lo vacié en el pozo.

30

«¡Sentados ahí, ahí!», decía Gi, pero los perros ladraban frente a la puerta. La *Carolina* mordía el aire, olía a la persona que se acercaba.

Gi fregó la casa de arriba abajo, incluso las lucecitas de Navidad colgadas del techo, y puso una vela extra ante la imagen de la Virgen María. Pero daba lo mismo: la casa era pequeña para ella, los bichos y la madre.

No la veía desde los diecisiete años, edad en la que el cuerpo todavía se tiene que ajustar y crecer hasta la forma perfecta. Por eso su madre aún no la conocía como mujer de verdad.

Cuando los perros se calmaron, la madre se sentó en el sofá junto al tocador, donde las dos velas estaban prendidas.

No hubo abrazos ni frases de reencuentro, porque, en el fondo, se veían por primera vez. Esto no quiere decir que tanto a una como a la otra no les hubiera gustado abrazarse. «Si yo fuese más sensata me lo habría tragado todo y hubiese abrazado a mi madre», me decía.

La madre se había preparado para el frío europeo del que había oído hablar. Aun siendo verano, para el paseo del día siguiente por la Baixa se puso una estola gastada de una piel rara que le caía a mechones por los hombros. Gi iba unos pasos por detrás para recogerlos del suelo.

En los años ochenta (a mí me quedaban tan lejos que me parecía que nunca habían existido), la droga todavía no le había pegado fuerte y conseguía vivir de los *shows* sin tener que valerse de la pensión. A la madre le explicaba que era artista.

Los perros las seguían cogidos por la correa, ambos desconfiando de la nueva mujer que les robaba el protagonismo. Cuando no tenían nada más que hacer, ladraban.

Gi quería contar muchas cosas.

Cómo, después de dejar atrás el taller del padre y el barrio de pobres de la Casa Verde, los edificios de São Paulo le parecieron focos de luz disfrazados de cemento. Allí había vivido en pisos compartidos bajo la esfera de nuevas madres (viejos travestis con mucho para enseñar), con gente como ella. «¡Chica, qué guapa que eres!», le decían. Se acordaba del muchacho negro que quería ser una muchacha blanca mimada y rica, y del hombre que canturreaba: «*I am what I am, I am my own special creation*» mientras se limaba las uñas.

Quería contar cómo había llegado a Portugal con una mano delante y otra detrás, después de que unos grupos organizados echaran a palos a los del edificio donde vivía. Quería contar cómo París fue riesgo y placer. Y cómo Oporto—con aquellas calles de cemento a veces disimuladas por la niebla o por la lluvia—al final no era una ciudad tan deprimente.

Por el contrario, conversaban desordenadamente, como antiguos amantes: el viaje, el tiempo, esta calle más bonita que aquélla, mira este monumento. «Mi madre quería decir más cosas, yo lo sentía, pero tenía miedo», me contaba Gi.

Cogieron la calle Santa Catarina, donde los travestis andaban en rebaño. La madre se perturbó, se detuvo unos instantes mientras los miraba y miraba a su hija. A la luz del día el contraste era grande y debió de haber pensado, aliviada, que el cuerpo de la hija se había desarrollado en condiciones.

Gi se apresuró a llevarla al Majestic. Sólo entonces, sentadas frente a frente, se miraron por primera vez. «Tus hermanas están casadas, esperando hijos. Isabella va por el segundo. Thaís espera el primero», le dijo la madre después de dejar el sombrero sobre la mesa, medio intimidada por la pompa de los camareros y del resto de chorradas del Majestic.

A Gi le costaba imaginar los cuerpos de sus hermanas deformados por seres que querían asomar el hocico. «Todos niños», continuó la madre. Eso ya no le costaba imaginarlo: era bonito que los mismos cuerpos que la habían ayudado a ser mujer ahora generasen nuevos hombres.

Cuando me contó esto no reaccioné, pero, la puta que la parió, menuda mierda de razonamiento.

Los camareros servían tazas de café con espuma flotando en forma de corazones que se deshacían con el calor. La masa de los cruasanes quemaba los dedos y se desprendía de la costra, que llenaba el mantel de migas.

Con una sonrisa, la madre debió de observar a Gi buscando a su niño. Supongo que debió de sentirse triste, pero aliviada de que ya no existiera. Por lo menos su hija no se había encallado en un intermedio como los travestis de la calle.

Había ahorrado mucho durante años para el billete de avión, era mejor seguir sonriendo. Lo que resultó fatal, porque no podía decirlo todo entre sonrisas, como cuando preguntó al médico: «¿Qué le pasa a mi hijo?». El médico le dijo que sólo era un mimado, que no le pasaba nada.

Después de tomar café y de comer los cruasanes, Gi le hizo una seña al camarero. La madre le dijo:

—Espere un poco, por favor.

Pero el camarero las interrumpió con: «¿La cuenta?», y volvió poco después con un talonario que parecía una lengua que se desenrollaba por debajo, con la mala pata de que llegó en el momento en el que la madre, cogiéndose la estola, iba a decir:

—Tu padre.

—¿Ésta es la cuenta? ¡Caramba!—dijo Gi mientras repasaba el contenido.

La madre se iba irritando, empezaba a reír con embarazo y repetía:

—Tu padre.

—Pero ¡esto es un robo!

Gi estudiaba la cuenta de arriba abajo mientras el camarero la miraba por encima del hombro, ciertamente tenso por que Gi desentonara tanto entre los demás clientes y por hablar tan alto.

Leía el total de la cuenta, ciento veinte escudos por un cruasán, cuando la madre balbuceó entre risas y finalmente le dijo:

—Tu padre ha muerto.

Gi fue a reclamar a la barra y sintió que las piernas le cedían entre la memoria de un gran árbol que resbalaba por la colina.

31

Leandro le decía a Grilo: «Calma, tío, éste no cobra. Cuando el tipo vuelva ya verás que ni se acuerda». Apoyado en la pared cerca del taller de encuadernación, Grilo se ahogaba como un viejo después de subir tres escalones. Leandro intentaba consolarlo para librarse de aquella contrariedad, pero Grilo se tapaba los ojos con las manos. Leandro le daba golpecitos en el hombro, intentaba apartarle las manos de la cara y le decía, autorizándose a humillarlo: «No llores».

Grilo ni se esforzaba en fingir, soltaba un gemido extraño desde un cuerpo cuya pubertad había sido una cosa rápida, entre el primer paso y la primera palabra. Por más que pareciera un hombre, lloraba tanto—y olía tanto a alcohol—que Leandro acabó por destaparle los ojos para asegurarse de que realmente eran lágrimas.

Lágrimas es por decir algo. Aquello era un ataque de risa que escondía un ataque de llanto, y me pareció tan ridículo que sentí vergüenza de estar mirando. Nélson estaba a punto de entrometerse cuando Samuel le tiró de la camiseta.

—¿Qué hacéis ahí parados?—preguntó Leandro—. ¿Nunca lo habíais visto?

—Así, yo, nunca…—dijo Nélson.

Con un nuevo tirón de la manga, Samuel intervino:

—Nélson quiere saber si Grilo está bien.

Yo ya había visto llorar así. Norberto solía acabar el día reconfortado por lamentos idénticos, y solamente era capaz de dormirse después de una buena media hora de llanto supervisada por mi madre. De cualquier modo, Grilo gemía tan como una mujer que casi podía pasar por Gi, aunque yo nunca la hubiera visto llorar. En eso ella era fuerte.

—Al menos has jugado bien, la has metido por la esquina—dijo Leandro con esfuerzo y aire de arrepentimiento.

Mientras, el pasillo se llenaba de críos que se repartían collejas entre ellos mientras gritaban: «¿Me das el número de tu madre?» o «Mañana hasta te pego dos hostias», y de chavales que se rascaban por debajo de la ropa antes de entrar en los dormitorios.

Nos aproximamos para que pasasen, Leandro entre nosotros, y Grilo, que entre sollozos decía:

—Exageré.

Aquella tarde, Fábio había jugado de portero contra Grilo. Defendió el primer penalti, que Grilo remató con calma; defendió el segundo, todavía más lento, y ya le decía: «Tú que jugabas tan en serio ahora no eres más que un marica, no metes ni una». El tercero fue con más fuerza, pero Fábio improvisó a gritos: «¡A que no me la sacas de la mano, subnormal!».

Y aquello Grilo no lo aguantó, cansado de jugar sin el talento del que era capaz. No le bastó con rematar fuerte y meterla hasta el fondo de la red, sino que se liberó, embistió con todo el cuerpo, de lleno contra él. Fábio se defendió con la cabeza, los brazos, el pecho, hasta con el plexo solar, apaleado de arriba abajo.

Debió de ser una pasada ver a Grilo descontrolado: se olvidó de lo que le debía a Fábio (una convivencia soportable, aunque eso significase abdicar del fútbol) y aprovechó que se había caído al suelo, donde se removía un poco, para soltarle una certera patada en las piernas.

Nélson interrumpió el relato con un: «Ahora ese tío te va a correr a hostias», que fue más una constatación del hecho que una provocación. Y Grilo se echó a temblar otra vez mientras Leandro miraba hacia otro lado, avergonzado por el descontrol del amigo.

Cuando sonó el timbre, Samuel preguntó a Grilo:

—Oye, ¿de dónde sacaste la bebida?

—Del café junto al cementerio—respondió Grilo.

De camino le dije a Samuel que no teníamos que andar con ellos, los de Fábio eran más bestias, estaban por debajo de nosotros, pero él me respondió: «Aprovecha y bebe algo, somos todos iguales». Minutos después, estábamos en una porquería de tasca desde la que se veían las lápidas.

Todos iguales, más o menos. En el bar, mientras Leandro y Grilo apuraban dos o tres vasos de golpe, Samuel bebía la cerveza a sorbos y miraba el fondo del vaso como los videntes que adivinan el futuro en los posos del café.

Parecía como si a la dueña del local le gustase ver chavales borrachos, no nos quitaba ojo desde el otro lado de la barra. Cuando nos servía más copas, por las que cobraba poco, se daba palmaditas en la cara, se recomponía la ropa y suspiraba como una empleada doméstica.

De tanto beber, Grilo ya se había olvidado de lo de la tarde, y no se le pasaba por la cabeza que se necesitasen el uno al otro: motivo suficiente para que Fábio se hubiera achicado, aunque el ajuste de cuentas estuviera al caer cualquier día.

Forrado de espejos, el bar anunciaba los menús en carteles pegados con ventosas. Un euro setenta por un bocadillo de jamón y una cerveza; un euro diez por una hamburguesa y una Coca-Cola. El calendario mostraba una abeja Maya sonriente, tumbada sobre la frase «*I'll always love you*». Además de los papeles que decían EXPLICACIONES y RESTAURACIONES, un letrero pegado en la puerta hablaba de la asistencia física y espiritual para ir a Fátima. ZAPATOS POR CUENTA DEL PEREGRINO.

Una hora bebiendo y Grilo se agarraba a mí mientras recitaba monsergas incomprensibles. Sólo presté atención cuando preguntó:

—Y ¿adónde vais tantas veces?

Miré a Samuel para pedirle: *ayúdame*, pero él desvió la mirada como si la decisión de seguir escondiendo a Gi fuese mía en vez de nuestra. Nélson, entretenido en poner en fila los vasos y en guiñarle el ojo a la mujer de la barra, parecía no enterarse de lo que pasaba.

—Porque ya nos hemos dado cuenta—siguió Grilo, retomando el control de sí mismo y procurando disimular las tristes figuras—. ¿Adónde vais?

La mujer se recomponía el pelo, tan atenta a la conversación que hasta ella quería saber adónde íbamos.

—Es muy fácil—dijo Nélson por sorpresa después de dar el último trago de cerveza y de guiñar el ojo por última vez—. Vamos a la puta que nos parió.

—Sí, que nos parió—dije yo.

—Que parió—añadió Samuel.

La mujer se inclinó sobre la barra, excitada, seguro que pendiente de si había pelea, para que Nélson la defendiese, pero Leandro y Grilo estaban tan borrachos que ni reaccionaron.

De vuelta a la Oficina, mecido por el alcohol, empecé a pensar que yo debía de ser insignificante por haber sido rechazado por una machota que había acabado en un sótano, en una ciudad como Oporto, debajo de un aparcamiento que ni siquiera tenía túnel de lavado.

32

No volví al Pão de Açúcar hasta unos días después. Todavía me sentía rechazado, pero, por más que acariciase la nota de Gi durante la noche, no se me calmaba la nostalgia.

Me di cuenta de inmediato de que el sótano estaba diferente, como los lugares de la infancia a los que se regresa después de mucho tiempo. El cambio contradecía mi idea de que los días en que me había alejado de ella no habían existido.

Habían existido, era evidente: antes sueltas, las planchas que hacían de tejado de la barraca se asentaban con firmeza en los palos con el peso de cuatro grandes piedras. Sobre las macetas, cuatro botellas de agua puestas boca abajo improvisaban un sistema de goteo. Y había dejado de ser obvio, por la limpieza, que Gi pasaba el mono dentro de la barraca.

En cuanto a ella, ni rastro.

Busqué al final del subterráneo, en las paredes medianeras con los jardines del Vila Galé y la clínica veterinaria de la calle de la Póvoa, de donde llegaba el canto de un mirlo, y hasta miré dentro del pozo, con miedo—y alguna expectativa—de que hubiera ocurrido una desgracia. En cierto modo, una desgracia era mejor que aquel orden. Pero en el pozo, de cuyas paredes salían puntas de hierro como heridas acabadas de abrir, sólo había agua, lodo y bolsas de plástico.

Vista desde fuera, la barraca ya no era exactamente una barraca, sino un hogar. Sobre las placas de plástico y las planchas metálicas había ahora imágenes de campos en los que el vuelo de los pájaros se confundía con la hierba alta;

y también dibujos de una ciudad donde la altura de los edificios se mezclaba con cientos de cabezas que miraban hacia arriba, más allá del techo del sótano. Hacia el cielo. En la puerta, que daba hacia el sitio en el que solíamos comer, el campo y la ciudad se unían en una forma de mujer que invitaba a entrar. Cubriendo la barraca del todo, los grafitis eran más bonitos que los de la calle, que se miran dos segundos mientras se pasa con el coche.

A pesar de la ruina del sótano y de la enfermedad de Gi, los dibujos parecían una celebración. Me hubiera gustado saber de qué, aunque era evidente que Samuel había ofrecido a Gi una suma de paisajes.

Observaba la nueva barraca y empezaba a tomármelo como un insulto cuando oí risas a lo lejos.

En la rampa del sótano, recortadas a contraluz, se aproximaban tres figuras montadas en una bicicleta que decían: «El tío ni se ha enterado» y «No estoy acostumbrada a que no me miren». Eran ellos, venían de quién sabe dónde.

Apoyado en la barraca, como despreciando los dibujos de Samuel, observé cómo se acercaban. Saltaban y canturreaban mientras empujaban a Gi por la espalda, aunque Nélson pusiera caras de asco.

La bicicleta chirriaba y los neumáticos de manguera se hundían en el suelo, como una estructura precaria que se va desentumeciendo, aunque yo la había dejado en condiciones.

Me saludaron sin hacerme caso, tiraron la bicicleta al suelo y ayudaron a Gi a sentarse cerca de las brasas que aún crepitaban. Y ella no me miró. Yo sabía que los ojos desviados me pedían disculpas.

«Cansancio», dijo Gi a Nélson, que parecía dividido entre seguir con sus ocupaciones de costumbre o reconocer mi regreso.

Yo quería gritar *pero ¿qué mierda es ésta?*, salir corriendo con ellos de allí, reaccionar a la afrenta, pero me controlé, demasiado soberbio para mostrarles cómo me sentía. Las ruedas de la bicicleta todavía giraban.

A pesar de todo, parte de mí veía aquellos acontecimientos como algo bueno, consecuencia de mi intervención. Como algo mío; mejor, nuestro: sería sencillo regresar sin que aquel hiato hubiese existido.

Samuel debió de leer eso en mi semblante, porque al poco me entregaba un paquete de pasta. Lo cogí con fuerza como si recibiese el testigo en una carrera de relevos y le di las gracias.

Minutos después acabé de hervir la pasta, como en los días anteriores, y todo parecía normal, dejando aparte que no les pregunté adónde habían ido.

—¿Te gusta cómo ha quedado la casa de Gi?—me preguntó Samuel, y añadió—: Nélson también ha ayudado.

—A mí me gustaba más como estaba antes—interrumpió Gi, claramente para complacerme—, pero ¿qué le voy a hacer?

—¡Yo he ayudado dando ánimos!—se entrometió Nélson, y explicó que ahora teníamos un fondo de reserva.

Decía *de conserva*. Según él, además de desconfiar de las cartas de la marca Kem, los jubilados del Campo 24 de Agosto apostaban fuerte sobre quién ganaba las copas. Y él había empezado a contribuir al desenlace, chivando la mano de los jugadores a los adversarios. Antes de que cualquier envidioso lo expulsara, había ahorrado lo suficiente para las mejoras del Pão de Açúcar y para dos o tres comidas decentes. Ahora se sentía importante, como un mecenas del arte. Murmuraba «Los ánimos son míos» con el entusiasmo que caracteriza a los grandes imbéciles.

Al final del día yo ya había entrado de nuevo en la rutina

del sótano. Samuel dormía la siesta y Nélson se había ido de excursión a algún lugar, tal vez a reconquistar la confianza de los jubilados o a gorrearle un café al señor Xavier.

Gi se terminó la pasta, siempre lo hacía despacio, apreciando lo caliente que estaba la comida o esforzándose por engullir aquel engrudo, y me dijo con la boca llena:

—Tu bicicleta va muy bien, apenas chirría un poco.

Yo tiré el cazo de la pasta a un rincón y le dije:

—Tenía que probarla yo primero.

—Perdona, Rafa, ellos insistieron, hombre. Pero ¿sabes qué?—Yo evitaba mirarla y ella continuó—: Creo que deberías llevártela de aquí.

—¿Y eso por qué?

—Es tuya. Vete con ella por ahí a airearte.

En vez de responderle *puede que tengas razón*, señalé la barraca y pregunté:

—¿Lo has dicho en serio? ¿Te gustaba más antes?

Ella se puso nerviosa y empezó a crujirse los dedos, repitió la rutina de lidiar con los clientes, propia de personas como ella, muy astutas y poco honestas, que quieren agradar demasiado.

—Claro, *menino*, mucho mejor antes. Ya sabes, igual al primer día en que apareciste por aquí.

—La puta que te parió…—respondí, pensando en cómo, de la mano de Samuel, la barraca había quedado más bonita, una casa llena de energía y de vida que superaba en mucho la penuria del sitio. Era realmente una forma de celebración. Con los ojos fijos en Gi y con una determinación que a ella le debió de recordar a ciertos clientes, le dije—: Si crees eso, eres un cabrón de mierda.

33

Cerca de la Pires de Lima, las flores de magnolia, unas blancas y otras rosadas, olían a lo que sólo consigo describir como carnoso. Los pétalos que cubrían el paseo se descomponían en dos días y se transformaban en una papilla transparente.

Me entretenía esparciendo aquella porquería con los pies e imaginaba que echarle el pulso a las estaciones (la magnolia florece en febrero) era cosa de gente saludable, uno de los privilegios que Gi se había perdido.

Se oía el barullo de los alumnos que entraban en la Pires de Lima. Incluso los que se resistían e iban mirando hacia atrás acababan dentro.

Alisa pasaba y aproveché para acercarme, muy próximo al olor a campo. En realidad, ella era como las flores de magnolia caídas por el suelo: tarde o temprano me tendría que detener en aquel cuerpo carnoso y, sí, también transparente.

«Ya te he dicho que me dejes en paz», murmuró a la que me vio. Parecía más frágil que cuando me dijo: «Pero ¿qué haces?, ¡joder!», tal vez desconcertada por mis avances y retrocesos.

El tatuaje del beso se le salía por el escote. Pero ahora era pequeño e inocente, un beso de niña en el sitio equivocado. Me llené de una especie de buen sentimiento por ella, aunque fuera con el escote abierto cuando me dio a entender que el tatuaje me pertenecía.

Ella, que llevaba mucho rodaje, ahora sólo quería provocarme, pero insistía: «Déjame en paz, que me haces daño», código que todas usaban cuando querían que insistiésemos. Que las conquistásemos.

Se alejó de la Pires de Lima con pasitos pequeños para despistarme, pero ignoró las llamadas de las amigas, que comentaron: «Ahí va ella con aquel niñato, la tía no aprende».

No aprendía. Minutos después, su mano buscaba la mía y me la agarraba con fuerza después de acariciarla con la punta de los dedos. «Vale, puedes quedarte conmigo».

Seguimos paseando por las calles. Oporto estaba húmedo y mirábamos las tiendas que hoy van desapareciendo (algunas mercerías, librerías de viejo, droguerías, barberos) y a la gente que se asomaba a la ventana esperando que pasase algo.

Entramos en un Lidl. Alisa pasaba la mano por los artículos de las estanterías y yo intentaba leer los precios. Quizás le pudiera regalar algo. Ella decía que le gustaban mucho los supermercados; cada producto tenía un lugar concreto, había orden y limpieza. «Piensa que la limpieza es muy importante, da paz».

Por fin encontré a buen precio unos sándwiches vegetales, con tomate y fiambre, partidos en dos triángulos y envasados al vacío. Lo escondí detrás de la espalda y me dirigí a la caja.

Cuando me vio pagar, Alisa abrió mucho los ojos, como si la generosidad probase que las reticencias sobre mí no tenían fundamento. Aquí estaba el que le podía ofrecer lo que ella necesitaba al estilo *sugar daddy*. Nunca había invertido tan bien ochenta céntimos.

En la calle, le ofrecí la mitad del sándwich y ella le dio un mordisco mientras me miraba con intensidad, toda entregada, y yo me puse contento al oírla masticar con placer. «Los pepinillos pican un poco, pero saben bien—dijo—. Quiero que te comas la otra mitad».

El pan sabía a vinagre y el sándwich olía mal, pero mastiqué con la boca abierta para que ella lo escuchara. Después lo echamos todo abajo con el agua de una fuente que estaba en la travessa Fernão de Magalhães.

Sin darnos cuenta habíamos llegado cerca del Campo 24 de Agosto, en la base de una antena de telefonía un poco más baja que el Vila Galé. Para ella era un sitio como cualquier otro, una travesía escondida con casitas, huertos, edificios bajos de aspecto inacabado y talleres ilegales que echaban aceite en el pavimento. Para mí era el camino habitual al Pão de Açúcar.

(Después de la última diatriba con Gi, los días habían pasado iguales a los de antes de conocerla. Quise volver a las zonas sucias, pero Samuel y Nélson preferían el subterráneo, aunque no me contaban las visitas, quizá porque pensaban que mi ausencia era algo entre ella y yo. Y yo ya iba entendiendo que, para llevar el rencor adelante, hemos de negar repetidas veces nuestro lado bueno. Sería más fácil ceder a la nostalgia: dejarme de tanto voy no voy y regresar definitivamente).

—¿No es malo que nos quedemos aquí en la antena? —dijo Alisa—. Me han dicho que emiten radiaciones que provocan cáncer, como los microondas. Y tampoco se puede beber café en un vaso de plástico porque suelta partículas.

Yo no entendía de qué rayos me estaba hablando. La antena era muy alta y no emitía nada hacia abajo, al contrario de lo que se ve en las ilustraciones. Sólo era una estructura de hierro.

—Tú tienes muchas opiniones—le dije.

—Tengo algunas—respondió.

Yo, cansado de que me interrumpiera los pensamientos sobre Gi, que de alguna manera querían imponerse, le dije:

—Tienes más opiniones de las necesarias.

Se calló, miró la antena y se acarició el tatuaje de manera que el pecho se meciera.

Creo que se preparaba para decir *no hace falta que me vuelvas a llevar al Lidl* cuando Nélson apareció camino del Pão de Açúcar. Se hizo notar tirando una bolsa de la compra al suelo. «Ah, ahora entiendo—nos dijo desde muy cerca—. Ya sé por qué no andas con los amigos». Y lo sabía hasta el punto de explicárnoslo: «Por culpa del amor».

En ese momento, quizá Alisa sintió que las radiaciones de la antena eran más reales que esa cosa a la que Nélson llamaba amor. Para calmarla, y con dudas sobre qué hacer, tiré de ella por los brazos hasta quedarnos casi pegados. Improvisé: «Conmigo bien juntitos, las radiaciones se las piran», y le estampé un beso en la boca.

Al mismo tiempo, intenté ver la reacción de Nélson. Él me guiñó el ojo, cogió la bolsa y la abrió a espaldas de Alisa para enseñarme el contenido, como si fuera contrabando. Era un paquete de pasta.

Antes de bajar por la travesía hacia el Pão de Açúcar dijo: «Has de volver, cabronazo, que a mí me gusta más aquella mierda si estás tú».

Y le gustaba más aquella mierda si estaba yo porque yo lo frenaba, siempre atento a las muecas de rechazo y a la tensión por la proximidad de Gi. Ya dispuesto, sin admitirlo, a romper el trato.

Alisa y yo nos sentamos en el suelo apoyados en una pared. Ella seguía desconfiando de la antena, pero el beso y el sol la habían reconfortado. De nuevo, su mano buscó la mía como diciendo *no me ha importado que pienses que tengo demasiadas opiniones*, y nos quedamos un rato con los ojos cerrados para aprovechar antes de que las nubes se llevasen el calor.

El sol nos unía en una única sensación de bienestar. Todavía con los ojos cerrados le pregunté:

—¿Un día volverás conmigo al otro lado del río?

Ella consideró fragilidades y respondió:

—Sí, un día.

34

Dispuestas de lado, las mesas de madera de la cantina hacían de escenario para teatros íntimos a los que había aprendido a asistir.

El crío que se guardaba guisantes para comérselos al día siguiente como si fueran chuches. El amigo que mira desde arriba la montaña de guisantes mientras se guarda en el bolsillo un pedazo de pan para dárselo a la chica de la escuela, a la que no le ha contado que vive en la Oficina. El mismo Fábio rascándose el mapa de la calva y comiendo despacio, tal vez porque un día su madre le dijo: «Pórtate bien en la mesa». La conversación del siguiente grupo, cuatro tíos discutiendo que al final de la cena todo iba a cambiar y después de la digestión serían otros, más nobles, menos de allí.

Cuando la contrataron, la cocinera ponía margaritas en las mesas. Ahora ni siquiera miraba a los chicos, y decía: «¡Sigue!» sin reducir la ración de los gordos ni doblar la de los flacos.

El comedor se aguantaba de milagro y hasta la estructura del mundo se podía deshacer en cualquier momento, tropezar, y con ella, las mesas y los bancos corridos, las paredes maestras del edificio, todos nosotros. Y no harían falta acontecimientos catastróficos para acabar con nosotros, bastaba con que alguien rompiera un vaso para desatar una bronca. Entrechocábamos los tenedores y gritábamos: «¡Paga, paga, paga!», para acabar aplaudiendo y riendo.

Samuel se mostraba indiferente ante aquellas trifulcas. Seguía comiendo y de vez en cuando me miraba como diciendo *estoy rodeado de idiotas*, lo que me parecía una demostración de superioridad, sobre todo en los días en los que por dentro luchaba por Gi.

Aunque ya estuviera decidido, retardaba el regreso al sótano. No es que necesitase la autorización de Samuel para eso, pero me hubiera gustado oír de su boca un mensaje de Gi. Cualquier cosa menos la indiferencia o el gesto obsceno de Nélson al enseñarme el paquete de pasta dentro de la bolsa, como si fuera un mapa clandestino.

Comíamos una carne recocida sin ningún parecido a un bistec cuando Nélson dijo: «Suerte que Grilo se emborrachó en serio el otro día». Suerte, porque se olvidó de nuestra respuesta y no volvió a preguntar por el Pão de Açúcar.

Hablaba con tanta naturalidad (cuando de hecho, se estaba refiriendo a algo sagrado) que me dio envidia su inocencia. Allí había un tipo que sería feliz donde fuera, tanto si acababa de cajero, como de funcionario público. No sé qué se ha hecho de él, pero, si nos reencontrásemos, me diría que tiene saudade de la infancia que pasamos juntos.

Encima del bufé había un cuadro descolorido de *La última cena*, en el que Jesús casi se había borrado, con la leyenda «*Estou à porta e bato*» ['Estoy en la puerta y llamo']. La mesa de madera se parecía a las nuestras, pero en aquella cena seguro que se hablaba más bajo.

Nosotros apenas conseguíamos entendernos. La mala acústica nos obligaba a aumentar el tono de las conversaciones y llegaba un punto en el que lo que decíamos lo oían los demás. Y las conversaciones de otros nos llegaban a nosotros. El prefecto tocaba una campanita para que nos calmásemos, el comedor se serenaba y, minutos después, volvíamos al punto de partida.

Samuel aprovechó una de esas pausas para decirme, bajito:

—Sabes que Gi te echa en falta, ¿verdad?

Yo asentí, pero me hubiera gustado decirle que él no pasaba de ser un cabrón y que yo conocía bien a Gi, que sabía que me echaba en falta y que no necesitaba que me lo dijera.

—Pregunta todos los días—dijo Nélson—. Qué tía tan pesada.

Después de eso, petamos las burbujas más oscuras de la crema quemada. Olía bien. Sorprendido por el postre, Nélson intentó meter el dedo en el azúcar caramelizado y Samuel le explicó que debía usar la parte cóncava de la cuchara. El prefecto no tuvo que tocar la campanilla, el comedor se había callado de golpe para comer las natillas. Pequeñas burbujas punteaban la parte de encima, mientras por debajo la crema se enfriaba. Nunca nos habían servido un postre tan bueno.

Así la vida parecía más segura. No nos iba a arrastrar ningún vendaval si de vez en cuando nos comíamos una buena crema. La cocinera espiaba para certificar que el postre, hecho en un rapto de benevolencia, surtía efecto. Pero no le hacía falta, bastaba con escuchar nuestro silencio.

Salíamos del comedor cuando Samuel me llamó aparte para entregarme una hoja doblada. «Guárdatelo en el bolsillo para verlo después». La abrí en la cama. Era el dibujo que he mostrado en la página trece: la figura desdibujada de Gi que al final siempre me llamaba.

Me puse contento y decidí visitarla aquella misma noche. Antes de salir del dormitorio aún sentí el sabor de la crema extendido entre la lengua y el paladar.

35

A pocos metros de la rampa de acceso las farolas de la calle de la Póvoa se apagaron. De noche, el Pão de Açúcar era una llaga aún mayor, más metida en la ciudad. Extendí los brazos y avancé con los ojos muy abiertos y arrastrando los pies. La luz del aparcamiento en el piso de arriba apenas llegaba para detectar los obstáculos del sótano.

Casi no quedaban ya restos de la historia del Pão de Açúcar. Sin embargo, en medio de la noche, cuando la imaginación fluye con facilidad, conseguí oír los murmullos y el estruendo típicos de un lugar todavía vivo que recordaba a los primeros habitantes, los que habían sido expulsados de los edificios expropiados del siglo xix o la gente que invadió el complejo embargado y allí se instaló y acabó expulsada por la Policía.

Avancé a tientas tocando el frío de los pilares, indiferente a la herencia del Pão de Açúcar y seguro de que iba a ser bueno volver a ver a Gi, reconciliarnos. Volver a cocinar para ella, escuchar sus gemidos de bicho mientras comía mi pan, mi pasta. Ayudarla otra vez y comprender, por fin, que los lugares seguros en la vida son los lugares equivocados. Como en aquel subterráneo, al lado de Gi.

Al final de la rampa ya conseguía ver un poco de luz y color. Era la barraca iluminada por una hoguera. Los grafitis de Samuel saltaban en intervalos de claros y oscuros a causa de las llamas.

Avancé rodeando el pozo y me senté en la puerta sin llamar. Aquello era vivir, lo sabía. Aquello hacía que la vida fuera mejor. Sin embargo, esperé mientras la angustia me dividía entre despertarla, pedirle perdón por haberla insultado y huir para no volver nunca más. Todo se estrechaba en aquel momento; lo bueno y lo malo, dos perros que en mí se mordían.

Minutos después, una música festiva que llegaba de la terraza del Vila Galé le dio al sótano una banda sonora absurda, señal de que era el momento de avanzar.

Grité: «¡Despiértate! Quiero hablar contigo».

Ella tosió dentro de la barraca y después la música del Vila Galé me impidió oír sus movimientos.

Me acerqué y volví a llamarla. Ella preguntó: «*Menino*, ¿eres tú?». Le dije que sí, que era yo y que quería disculparme. Por un momento temí que me echase como la otra vez, con accesos de tos y, lo peor, llamando a Samuel. Pero dijo: «Qué bien, mi niño, te echaba en falta. Espera, que ya voy».

Oírla moverse dentro de la barraca me inquietó, quería que se diera prisa para decirle a la cara y de una vez por todas que yo había obrado mal y que, de ahora en adelante, las cosas serían más sencillas.

Como no salía, acerqué el oído a la puerta para intentar entender qué pasaba. Distinguí el sonido de un cepillo que peinaba con gestos apresurados, el repiquetear de las pequeñas cosas propias de las mujeres (espejitos de bolso, pintalabios) y finalmente, el recorrido de una larga cremallera.

—*Menino*, ahora apártate unos pasos—dijo, dando palmas—. ¿Ya te has apartado?

—Puedes salir—respondí, a unos metros de distancia.

La puerta se abrió.

Pero no era ella. Era la otra, la que las amigas envidiaban por pisar muy bien el escenario. Llevaba un vestido verde de lentejuelas que brillaban a la luz de la hoguera. Se le había hinchado el pelo, más pelirrojo, y la cara ya no parecía una conjunción de facciones discordantes. Sonreía.

Era una mujer y se me acercaba.

Daba un paso detrás de otro, de manera estudiada, para aumentar mi expectativa. Sorprendido por el cambio, no me hubiera extrañado si me hubiera dicho *una botella más, ¿sí?* o si se hubiera soltado con un *playback* de la música del Vila Galé.

El *show* era tan perfecto y tan equivocado. Chocaba con el sitio y con mis intenciones. Yo sólo quería decirle que estaba arrepentido, quedarme a solas con ella y volver a disfrutar de la rutina que habíamos descubierto cuando nos conocimos. Pero ella quiso recibirme como a un extraño, con una manifestación de cariño que yo no deseaba pero que me atraía, revelándome a la mujer que hubiera querido ser.

De aquella manera, ella no era la persona a la que yo había ayudado ni la persona a la que yo había insultado: era alguien que se dedicaba a mí del todo y demostraba aceptarme con una pureza que no coincidía con aquella mierda de sitio. «Mira solamente—dijo—. ¿Te gusta?».

No me moví, estupefacto, y dejé que ella se acercase poco a poco mientras decía: «He sentido saudade de ti, *menino*, me hacías mucha falta», haciéndome creer que su vida no era la misma sin mí. Y que todos los *shows* habían sido ensayos para llegar a ser la mujer que ahora se presentaba frente a mí, en el sótano del Pão de Açúcar.

La música continuaba.

Detrás, la barraca decorada por Samuel simulaba el decorado de lo que estaba pasando, pero a mí no me interesaba nada de todo aquello; ni Samuel, ni Nélson, ni Alisa. Me interesaba Gi, pero empezaba a pensar que aquel espectáculo tenía que terminar, corría el riesgo de que ella se me pegase y que yo tuviera que romper el hechizo, decirle *aparta, que no soy de ésos.*

Joder, hubiera sido más fácil que ella me recibiera como

una persona normal, sin haberse arreglado, y si en vez de aquello hubiésemos hablado sobre la comida del día siguiente.

Por el contrario, ya la tenía demasiado cerca. Incluso allí mismo, seguía siendo mujer: el pintalabios, el pelo un poco ondulado y el perfume que se superponía al mal olor. Ni se le veían las marcas de las jeringas en los brazos.

No la aparté.

Ella quería darme a entender que me perdonaba, los últimos días no contaban. Quería sellar nuestra amistad sin interrupciones entre el momento en el que la había encontrado junto a mi bicicleta y le dije «Tú no la toques» y aquel en el que el perfume a fresas ocupó el poco espacio que había entre nosotros. Nos estrechó.

«Estás perdonado, *menino*—me dijo, cogiéndome las manos—. Ya estás aquí y yo todavía siento saudade». Le iba a decir *no sé qué me ha pasado*, cuando ella me puso los brazos por encima de los hombros en un principio de abrazo que no conseguí evitar.

Sólo me quería demostrar que estaba perdonado, pero después siguió. El abrazo creció y ella repitió: «Saudade», y me susurró al oído que sí, que a partir de ahora las cosas mejorarían. Se encontraba mejor y quizá podríamos pasear por la calle.

Cohibido, dejé que me abrazase como si aquella proximidad con una mujer mayor, que en realidad era un travesti como los que se ofrecían en la Gonçalo Cristóvão, fuese la actitud natural del que perdona.

Entonces, me dio un beso en la frente, otro en la mejilla y, descendiendo, el último en el cuello. Temblando de amistad y de rabia, casi febril, aún no me había apartado cuando sentí, levantándose poco a poco y presionándome los pantalones contra ella, la sorpresa de una erección.

La empujé con fuerza. Cuando cayó ya no era la Gi que hacía poco había aparecido por la puerta de la barraca transfigurada en una mujer hermosa. Era un tío con tetas que ni siquiera era capaz de disfrazarse bien y que decía, confuso: «¿Qué es eso, niño?».

Eso era yo poniéndola en su sitio, que no volviera a besarme. Era yo saliendo de allí corriendo. Yo dejando atrás la música del Vila Galé, los dibujos de la barraca y el abrazo excesivo y descarrilado.

36

Las estadías en Goelas de Pau ayudaban durante unas semanas,[1] pero cuando volvía a la pensión no conseguía pedir «con cuidado, con cuidado» por culpa de la tos. Se sentía estrangulada por una cuerda invisible, no sabía por qué olía a Betadine, y de ahí a toser sangre fue un paso.

Los clientes salían del cuarto con la sensación de haber recibido más de lo que habían dado: hasta les costaba ajustarse los pantalones mientras bajaban las escaleras. Y a Gi le costaba despedirse de ellos por la puerta entreabierta sabiendo que no volverían por asco o por enfermedad.

Enseguida se tendía de lado. Si miraba las sábanas con un ojo cerrado veía montañas que no se parecían en nada a la cama gastada donde se repetía la actividad. Y la reconfortaba saber que no se hundía más de lo que permitían los duros muelles.

Las compañeras se hartaron. Les bastó la suciedad de las alfombras, la empleada de la limpieza cada quince días, las exigencias de los clientes; se negaban a cargar con las infecciones del travesti. Discutieron el caso en la habitación 102 y votaron la mejor solución.

Un día, después de terminar con el último cliente, Gi se las encontró en fila en la puerta del cuarto. Una meneaba el zapato de tacón en la mano, otra había llenado las me-

[1] Goelas de Pau es el nombre popular que recibe el hospital de infecciosos Joaquim Urbano, edificado en el siglo XIX en una colina de una antigua finca con ese nombre. Fue durante muchos años el centro de referencia de tratamiento del SIDA en Portugal.

dias de piedras y tierra. Y todas tenían los brazos cruzados.

Le dijeron: «Tú te vas de aquí, desaparece», y Gi intentó explicar que necesitaba el dinero. «También nosotras, ¡hombre!». Las medias se movían como un péndulo y el tacón del zapato pegaba lentamente en la pared.

Gi corrió a encerrarse en la habitación con miedo a que le cortaran el pelo. Había visto en una película cómo las mujeres se juntaban para cortarles el pelo a las adúlteras, y no se quería quedar calva, sin vitalidad. Imaginó los mechones caídos como peces saltando fuera del agua.

Se sentó a los pies de la cama y escuchaba los insultos de *caralho* para arriba, al estilo de Oporto, y acabó por dormirse.

Cuando se despertó, metió la ropa en una bolsa mientras murmuraba: «Que no se crean ellas más limpias, que esperen unos años y verán». Estuvo a punto de destrozar el cuarto a puñetazos y a patadas, pero no se dejó dominar por el lado macho. En vez de eso, abrió el cajón de la mesita de noche y depositó un beso en la *Holy Bible* (así estaba escrito en la cubierta).

Al bajar las escaleras oyó a las compañeras decir por las ranuras de las puertas: «Es que no hay manera de que desaparezca». Se detuvo varios segundos en cada escalón para provocarlas y para reflexionar sobre lo que le iba a pasar de ahí en adelante. Las fotocopias enmarcadas a modo de cuadros mostraban la misma imagen: unos ángeles de la guarda muy blancos, las alas hechas de luz, protegían a los niños de los hoyos del camino.

Ya estaba en casa cuando se dio cuenta de que había olvidado lo más importante. Contenta por estar a tiempo de arreglarlo—pero un poco angustiada por ser la última oportunidad—hizo el camino de vuelta.

Me contó esto con frases entrecortadas por miedo a herirme. «No era exactamente lo más importante». Aun así, me contó el episodio con una indecisión medio irritante. Yo no necesitaba que me contara los cuentos hasta la mitad, como a los críos de la pensión.

«¡Será caradura!», dijo una excompañera cuando la vio entrar con la cabeza escondida dentro del abrigo. Gi la ignoró y siguió hacia los sofás donde estaban los niños. El tonto ni la vio, entretenido en sacar el relleno. Los demás la recibieron con las cabezas alineadas que le llegaban por la cintura. Silenciosos y nunca demasiado próximos, siguiendo las instrucciones de las madres, los niños se fueron sentando con las piernas cruzadas, como de costumbre.

«¡Hoy sólo he venido a decir adiós!», dijo mientras buscaba la cabecita entre las cabecitas. Los críos siguieron sentados sin comprender que *adiós* no era el título de un cuento. «Empieza», le pidió el tonto, y ella acabó por sentarse frente a ellos porque, por lo visto, había perdido la oportunidad.

La mujer que había dicho «¡Será caradura!» había subido para alertar a las demás. En los pisos de arriba las medias volvían a girar y el tacón a rayar la pared en señal de aviso. «¡Vete, que te vayas!», gritaban desde los cuartos. Los clientes no debían de entender nada, y también debían de sentirse insultados, porque no necesitaban aquel incentivo.

Los niños se removían y exigían los cuentos, cuando Gi sintió una mano sobre su hombro. Dio un respingo y entonces oyó: «¿Para siempre?». Samuel era el único que había entendido que no era la hora del cuento.

—¿Te vas para siempre?

—Creo que sí, *menino*.

Un crío de seis años entendía qué era para siempre. Ni yo, a los doce, comprendí que, en cierto modo, Gi se quedaría para siempre conmigo.

Y entonces, sin unirse a la burla de los demás ni al griterío que crecía en los pisos de arriba, el niño la abrazó con fuerza para evitar aquel cerco que se cerraba.

37

—¿Sabes de lo que hablo?

No lo sabía, pero le dije que sí.

—Me siento aliviada, porque lo sientes—continuó Alisa.

Yo pensaba que la ansiedad y el deseo de descubrir algo de lo que había oído hablar más como cosa de dominio que como cosa de amor debían de ser recíprocos. Pero ¿ella qué edad tenía? Quince, dieciséis, diecisiete. Y yo, varios años más joven, me removía en el asiento del autobús, nervioso por lo que pasaría cuando llegásemos a la última parada, sin pensar que, probablemente, aquello para ella era rutina.

Mientras el autobús cruzaba el puente, Alisa me dijo:

—No es verdad lo que dicen. —Tentativa de garantizar que nada la había ensuciado. Lo que ofrecía era para mí. Por mucho que aceptase que ella podía dormir con todo dios desde allí a Espinho, yo ya la veía como mía.

—Creo en ti—le dije.

Y ella, aliviada como la niña que escapa del castigo, se entretuvo dibujando corazones en el cristal lleno de vaho. A modo de leyenda, escribió nuestras iniciales, que más parecían un epitafio, y sonrió ante el trabajo bien hecho. Comparados con los dibujos de Samuel, los corazones de Alisa eran torpes, pero evité pensar en eso porque nos merecíamos estar a solas.

Ella comentaba que el corazón era para mostrarlo: para dejarlo a la vista. Como la frase TE AMO CICCIOLINA, que alguien había escrito con letras de metro y medio en el viaducto del otro lado del ponte da Arrábida.

—No entiendo…—dije.

—Me gustaría ser como esa Cicciolina.

La parada del autobús estaba en la parte alta de la ribera y tuvimos que bajar. Por el camino ella se me agarró y yo me agarré a ella, primer paso para comenzar a tocarnos. El tatuaje del beso creció, invadió el cuello y se instaló en la boca. Yo debía restituirlo a su lugar con la lengua, pero sin morder con fuerza como la otra vez.

Las zarzas que flanqueaban el camino de tierra se nos enganchaban a la ropa. Ella me pedía que la protegiera, que fuera delante. A mitad del camino, al ver mis manos arañadas, me preguntó: «¿Te duele?», y yo respondí: «Ni me entero», pero hubiera preferido que fuera ella la que se hubiese hecho daño en mi lugar.

En cuanto llegamos a la orilla, me lavé las manos en el río y la sangre se cortó. Pequeñas algas crecían en el limo y los peces nadaban unos alrededor de otros buscando porquerías. Al escarbar en el fondo, les brillaba la piel.

Entonces pude pensar en Gi. Oler la peste que se me había pegado con su abrazo. Recordar el asco que me recorrió entero como el estallido de un látigo.

Me saqué la sudadera y la camiseta, me lavé más, me lavé mucho, para borrar a Gi con el agua sucia del río. Alisa me miraba sin entender qué pasaba. Decía: «Tan flacucho».

Después de la escena del sótano, cuando llegué al Campo 24 de Agosto, sin viejos que jugasen a cartas y apenas iluminado por los faros de los coches, me senté en el suelo con la cabeza entre las piernas para controlar el vómito.

Aquella erección, una entre las miles que un hombre tiene en la vida, desvió algo en mí: me puso en el lado de los anormales que se excitan con hombres. Pero aún era más hondo. Al reaccionar ante Gi como un hombre reacciona ante una mujer, le había faltado al respeto. Sus besos eran de madre desbordada por un exceso de cariño. A pesar de la ternura, a pesar de que hubiera querido demostrar que me perdonaba, acabó en el suelo preguntando: «¿Qué es eso, niño?».

El reflujo de vómito me subía por la garganta sin que el frescor de la noche lo calmara. A falta de mejor opción—y la mejor hubiera sido correr sin parar hasta que ya no pudiese más—, decidí volver al río con Alisa.

Y allí estábamos, muy juntos, en la arena. Hacía frío, pero creo que no lo sentíamos porque la expectativa nos calentaba. Yo la necesitaba mucho.

Minutos después seguíamos mirando el río, los barcos *rabelo*, que transportaban turistas, y los trenes en dirección a Campanhã. Éramos testigos a distancia de la vida de la ciudad. «Joder, mira que eres crío», dijo antes de tirarme del brazo. Yo no entendía que una chavala de su fama esperase que yo llevara la iniciativa y hasta me parecía ridículo que necesitase garantías de mi deseo.

Me llevó de la mano hacia los pinos, al mismo lugar donde Samuel se había escondido con Rute. Era como si, más cerca de la orilla, Nélson todavía preguntase: «¿Queréis bailar, es eso, queréis bailar?» y, desde el otro lado del río, Gi aún confesara: «Saudade de ti, *menino*, me hacías falta».

Me concentré en Alisa, que se reclinaba sobre el tronco de un pino, e hice lo que ella me decía.

«Apóyate aquí».

Me apoyé allí.

«Bésame aquí».

La besé allí.

«Tócame aquí».

La toqué allí.

Entonces, temblando de ardor, nos tendimos en la arena.

Guiado por su voz, mi cuerpo descubría nuevos alcances

y yo aprendía a dar para recibir, pero me sentía distante, en una ciudad grande, extranjera. Quizá Helsinki, donde, según Norberto, había espacio para meditar, o Nueva York, que había visto en las películas, pero desconfiaba de su tamaño. Nueva York en una tarde de lluvia y nosotros, empapados y seguros de que la única manera de vivir era vivir el uno para el otro. Eso sí sería bonito, como en las películas.

Aunque mereciéramos una habitación en Nueva York, había que aprender en aquel sitio, echados entre los pinos y restos de magia negra, como cera seca y piedras marcadas con números.

Alisa me recibió sumisa, fingía que no mandaba y yo me preparé, comprendía que no debía usar solamente el cuerpo: mejor usarla toda entera.

Así era más fácil matar a Gi, librarme de su abrazo y del beso en el cuello, donde temía que se quedase para el resto de mi vida. Librarme de su imagen saliendo de la barraca iluminada por la hoguera, del vestido que brillaba, de la cara pintada como una mujer de verdad. Hasta hermosa. Y esconder la erección en las muchas erecciones que Alisa me iba a dar.

Con su ayuda rectificaba los movimientos, descubría las caricias exactas e iba dejando atrás al niño. Los cuerpos reaccionaban a lo que les pedíamos. Las revistas y la sala de los ordenadores mostraban violencia en vez de placer, algo muy diferente a lo que Alisa me enseñaba. Quise decirle que no me esperaba todo lo que estaba pasando y que no aguantaría mucho más. Ella me agarró con fuerza y dijo: «¡Venga, fóllame bien!».

Sólo una mujer podía ofrecer aquello a un hombre, por mucho que Gi pensase lo contrario.

Miré hacia abajo, a la unión entre nosotros. Me acuerdo de las tetas duras y de las manchas de nacimiento en la barriga, una suciedad que nunca salía y era tierna. Ella no debía de pensar en nada—¿cómo que Nueva York?, ¿cómo que el sitio más bonito?, ¿cómo que el más alejado de la miseria?—, tiraba de mí, mordía, besaba, gemía.

El viento me enfriaba la espalda y el culo, pero entre nosotros había calor y sudor.

Cuando acabé me entró frío y la abracé para calentarme. Ella se ruborizó, sólo entonces la sangre le debió de subir desde las ingles a las mejillas. Nos tapamos deprisa con la ropa.

Aquello sí era de adulto, del todo, no como lo de Gi, que no pasaba de una búsqueda infantil de afecto. Sólo por eso ya tenía que estar agradecido a Alisa, aunque no se lo pudiera explicar.

Los barcos pasaban y hacían sonar la sirena, los coches estaban parados en el embotellamiento del ponte do Freixo. Imagino que en esas ciudades extranjeras como Nueva York también había barcos y tránsito y gente que pierde la virginidad. Daba igual, y el olor a hojas de pino mojadas hasta era agradable.

Alisa parecía triste, tal vez con la expectativa de que le dijera alguna cosa. Yo no sabía cómo explicar lo obvio (el placer que me había dado), pero comprendí que no convenía quedarse callado. La abracé con más fuerza, sintiendo que, poco a poco, todo se perdía; puse un dedo sobre el tatuaje y le dije: «Te amo, Cicciolina».

38

A pesar de la angustia, era bonito ver la ropa planeando al viento en formas nuevas que recordaban a aves apareándose en pleno vuelo.

Un par de bragas rojas aterrizó en la esquina de la Ruial. Los sostenes se posaron en la puerta de la Associação dos Empregados de Mesa. Las piezas mayores, como los abrigos de invierno y los pantalones vaqueros, cayeron bajo la ventana. En pocos minutos, la travessa do Poço das Patas se había transformado en un gran tendedero. La biografía de Gi se mostraba como la de las viudas que colgaban la ropa en las torres del Aleixo.

Desde la ventana abierta, el casero gritaba: «Aquí, nunca más», mientras lanzaba las últimas blusas y Gi le explicaba que era un malentendido: una enorme confusión. Tenía dinero, iba pagando.

Las ventanas de los edificios de alrededor se abrieron para ver el espectáculo, pero sólo vieron a la mujer de siempre y sus súplicas poco convincentes.

Después de recoger la ropa en una bolsa, volvió al portal y miró la antigua ventana, antes tan pequeña y ahora más grande que nunca.

—¡Me da la santa! ¿Me oye? ¡La Virgen!—dijo.

Sin aparecer por la ventana, el casero respondió:

—El resto se queda aquí para saldar la deuda. Y tienes suerte de que no te obligue a limpiar toda esta mierda.

Gi se sentó en la Ruial con la bolsa sobre las piernas. Dispuso sobre la mesa el resto de las cosas: anillos, pendientes y fotografías guardadas en cajas de plástico, donde también había conseguido meter la ropa interior lavada a mano en el fregadero; por lo demás, ni con el teléfono móvil se había podido quedar.

El camarero, que había presenciado la escena, le sirvió un aromático café doble y un sándwich. «Hoy invita la casa». Gi estaba tan trastornada por lo del piso y por la ansiedad de una nueva dosis—aunque ahora ya no tenía cómo—que ni se lo agradeció.

Caminó sin destino con la bolsa a la espalda. Hasta que se sentó entre unos coches aparcados en el lateral del Campo 24 de Agosto. Quería aliviarse del ataque de miedo, pero fue incapaz de llorar. Al otro lado de la calle vio a gente con el pelo mojado que salía de los baños públicos de la Câmara. Deseó poder asearse también.

En la entrada, dos máquinas dispensaban pasta de dientes y preservativos. Los botones estaban gastados. El funcionario registraba las entradas en un cuaderno arrugado por la humedad. Gi le pagó un euro que sacó del fondo del bolsillo y se dirigió a las taquillas.

Escogió las duchas de la izquierda, pero sólo se desnudó del todo después de correr la cortina de plástico. El sol pasaba de cubículo en cubículo y destacaba las siluetas. Juntas, componían una mujer con varias piernas, brazos y cabezas que se duchaba con agua caliente que se le escurría desde la nuca a los pies por todas las cavidades. Así, más o menos limpia del todo, respiraba mejor, aunque vigilaba la cortina para que nadie la viera. Pero tampoco consiguió llorar.

Después, esperó a que las taquillas estuvieran vacías para cambiarse de ropa. Se puso el sostén y las bragas del recipiente de plástico. Salió de allí tan limpia como los demás, sintiendo la ropa interior lavada y fresca que le rozaba en los sitios pertinentes.

Más adelante ya se veía el Vila Galé, un pilar demasiado alto que señalaba el Pão de Açúcar. Tal vez porque la hacía sentir muy pequeña, la torre siempre la había intimidado.

Cruzó el Campo 24 de Agosto y fue observando las puertas abiertas con la esperanza de que alguien la invitase a entrar. En vez de eso, descubrió islas donde había hombres que serraban muebles de madera y mujeres que daban el pecho con la teta al aire.

Y se cruzó con gente parecida a ella. Algunos, con la bolsa a la espalda; otros, empujando carros de supermercado llenos de trastos como hilos de cobre y periódicos.

Siguió adelante hasta encontrar la entrada del aparcamiento. El torreón parecía una arcada inmensa. Agarró la bolsa con más fuerza y pasó entre los coches hasta decir «Buenas tardes» al vigilante. Éste alzó los ojos del crucigrama, se giró hacia ella y la saludó con el periódico.

En el descenso al subterráneo, al que llegó por el método de prueba y error, el ruido de la ciudad iba disminuyendo poco a poco, y al llegar al fondo, más allá del pozo, ya ni se oía.

Unos palos de madera, planchas de metal y de plástico, un montón de ladrillos y mucha porquería de las antiguas barracas cubrían el suelo. Qué suerte haber prestado atención al trabajo de su padre en el taller. Podía construir un refugio y hasta estar bien protegida: para una noche no estaba tan mal.

39

Tumbado en la litera de arriba, Samuel apenas hundía los muelles. La curva del cuerpo casi no existía, él casi no existía. La voz llegaba de la nada. Si la litera no se hubiera movido cuando cambiaba de posición, me hubiese costado creer que estuviéramos hablando un sábado por la tarde en mi dormitorio sin que hubiera nadie por allí. Con gestos delicados—pero también contundentes, sin disculpas—las manos asomaban una y otra vez por los lados del colchón.

Era totalmente él.

Yo todavía sentía el cuerpo de Alisa en el mío, especialmente cuando me despertaba en medio de la noche y necesitaba más de ella. Quería contarle a Samuel que ella era tan buena como decían, no me había negado nada (para mí era un misterio lo que faltaba por ofrecer), y quería describirle el movimiento del tatuaje, los pechos, las marcas de nacimiento que le ensuciaban el vientre. Pero quizás él, después de escucharme con atención, se colgase hacia mi cama para decirme desde arriba: *ya lo sé*.

Si lo sabía con Rute, también podía saberlo con Alisa y con cualquier chica que quisiera. A las chicas les gusta ese tipo de gestos delicados: incluso siendo semejantes a los de ellas, les sorprenden. Un poco como dormir con mujeres.

—¿Qué tiene Alisa?—me preguntó.

—No tiene nada—le dije—. Me parece que da para todos.

La imaginé tendida sobre la hojarasca, al otro lado del río, esperándome. Sola. Ya podía esperar, porque yo no era capaz de ofrecerle los gestos delicados de Samuel. Nunca la satisfaría ni escribiría su nombre en el viaducto de acceso al ponte da Arrábida.

Habían pasado algunos días desde lo del río, sobre todo habían pasado algunos días desde que Gi me había restregado su boca. También me hubiera gustado contárselo a Samuel. Pero no para compartir chismes de otra mujer. Respecto a Gi, no tenía miedo de que me dijera *ya lo sé*. Si le confesase *Gi abusó de mí*, tal vez se le despertase el interés de golpe y también, un poco, los celos. A él, Gi eso no se lo hacía.

Resultaba que ya me sentía limpio y apto para retomar nuestra convivencia con Gi como en los primeros tiempos, pero no iba a poder si Samuel sabía que estaba dispuesto a regresar después de que Gi me hubiera besado.

Ni siquiera llegué a preguntarle: *¿sabes lo que me hizo el otro día?*, porque él se avanzó con:

—Gi está peor, tose mucho y duerme poco. Deberías ir a verla.

—Estoy harto de ella—le dije—. Además, me he hartado de aquello, de él.

—No es una cuestión de hartarse. Gi nos necesita.

—A mí, no.

—Yo creo que no se abandona a los amigos—dijo, como en la ocasión en la que le aconsejé huir. Necesitaba librarse de Gi, de la Oficina, de la Pires de Lima, de toda aquella gran mierda, de nosotros.

—No es mi amiga—le dije.

—Creo que sí—contestó él como si pensase en voz alta.

Me callé y presté atención al dormitorio. Los cabeceros de las camas, debajo de las almohadas, escondían paquetes de tabaco y de chicles, revistas y cajas de condones. La almohada de Fábio era la que abultaba más. Siempre por hacer, la cama guardaba objetos diversos: una radio, unos auriculares, revistas de coches y cuchillas de afeitar. Lo dejaba todo a la vista porque nadie se atrevía a tocar sus cosas. Me di cuenta de que esperaba encontrar algo demasiado íntimo para que estuviera a la vista, como una carta (nosotros no teníamos *e-mail*), el cigarro que se guardaba en la oreja o un peine para quitar piojos.

Samuel aguantó bien el silencio y no le importó quedarse quieto en su rincón varios minutos. La acción pasaba en otro sitio, en algún punto de una cadena de razonamientos incomprensibles. Me di cuenta de que la red metálica que sostenía el colchón había descendido, como si él hubiera aumentado de peso desde el inicio de la conversación.

Yo sabía que no había saltado de la cama, veía bien la forma cóncava, pero pregunté:

—¿Estás ahí?

—Se ha vuelto loca—insistió—. Ayer por la tarde, por ejemplo.

En retrospectiva, éste fue el mejor momento. Faltaba que me contase el resto: el futuro seguía abierto y yo estaba en suspenso, preparado para dar lo mejor de mí.

Pero el hijo de puta siguió:

—¿Sabes?, la vida llega a ser algo tan bonito que yo a veces lloro de ternura. No me entero de lo que dicen ni de lo que puedas pensar de mí. —Abrió los brazos. Una mano a cada lado de la cama, dijo—: Es bonito, esto.

Esto no era ni el dormitorio ni la Oficina, aún menos el Pão de Açúcar. Quizás hablaba de espacios abiertos, de grandes paisajes, de lugares donde el hombre puede ser más hombre, más puro, y respirar de verdad. Allí no.

—Yo no pienso nada de ti—le dije.

Podría haber añadido *también lloro*, pero Samuel me interrumpió:

—¡Aquel paisaje!—Y después se calló.

Hubiera estado bien poder lanzar una pelota de tenis contra la pared, cogerla y lanzarla de nuevo; mantener las manos ocupadas para disipar la adrenalina que de golpe me corría por la sangre. Debería haberle preguntado *¿de qué hablas?*, pero preferí sentarme en la cama e imaginar, con furia, el golpe de la pelota contra la pared y cómo se rompía un cuadro que representaba una carpintería.

Al verme inquieto, se giró hacia abajo y siguió, medio sonriendo, medio en serio:

—Cuando veo un paisaje de ésos, pienso más en personas que en cosas.

—¿Qué paisaje?—dije.

Me ignoró.

—Es decir, pienso en los amigos, en ti y en Nélson, y pienso que lo único que vale la pena es dibujar cosas como ese paisaje para mostrarlo. Para mostrar cómo veo las cosas.

Aquello de que los demás viesen como él, en el fondo, es lo que quiere todo el mundo: que los demás nos comprendan. Pero unos pueden y otros no. Mientras tanto, la pelota imaginaria pegaba contra la pared con más fuerza; tanta, que no me hubiera sorprendido que uno de los prefectos protestase.

—He guardado tu dibujo—le dije, y él me lo agradeció y me dio a entender que era una gran cosa lo que había hecho, guardar un dibujo suyo. Añadí—: Lo guardaré siempre.

Sin embargo, Samuel tardaba en soltarlo. Insistí:

—Pero ¿qué paisaje? ¡¿De qué hablas?, joder!

Siguió mi ejemplo y también se sentó en la cama. Los pies descalzos me llegaban a los hombros. Movía los dedos despacio, como para activar la circulación. Continuó:

—El hotel hacía sombra, pero yo conseguí ver el sol de lleno sobre la ciudad entera. Ayer fue un día bonito. Hasta se veía el río de lejos. —Ahora sus pies se movían más deprisa en una danza sólo de ellos, y mi pelota imaginaria había rodado debajo de un armario.

Aquel cabrón, callado, y yo, con el latido del corazón en algún lugar entre el cuello y las palmas de las manos.

—A Gi le gustó. Ése era el paisaje bonito. La arrastré hacia arriba como pude, pero la tía subía con dificultad. Tardamos una hora en llegar al quinto piso. Ella respiraba mal. Ya te lo he dicho, Rafa. Ha empeorado mucho, ni se aguantaba. Pero ¡qué paisaje! Un día hago un dibujo para que lo guardes con el otro.

Cuando terminó, me tendí y me tapé con las mantas para proteger un dolor cuyo origen no conseguía determinar. El torreón perdía consistencia, el propio cemento desaparecía, y con él, Gi y el sótano, y hasta mi bicicleta; habría hecho mucho mejor en abandonar aquella mierda del todo.

Entretanto, Samuel canturreaba, contento consigo mismo e indiferente a mi reacción. Al cabo de un rato preguntó: «¿Me prometes que volverás?», y yo, buscando a mi alrededor alguna escapatoria, acabé por responder que podía contar conmigo. Seguro que volvería. Lo había prometido.

40

La cama de Samuel aún chirriaba, los muelles volvían a su sitio, uno o dos saltaron, descontrolados, libres de la presión, al final era más pesado de lo que pensaba.

Tendido en la litera de abajo, sentía los ojos de Gi y de Samuel cruzar calles y paredes para posarse dentro de mí. Allí me miraban sin advertir mis buenas intenciones, mis ganas de ser mejor. Se parecían al Vila Galé: eran de cemento y observaban desde lo alto.

Yo olía a ropa vieja y a amoniaco y no había nacido con el privilegio de tener una madre puta como Samuel, que aun así le cantaba «A Treze de Maio» después del baño. Ni talentos ni excesos que me hicieran destacar, ni siquiera las cualidades de tipos como Nélson, puro, de tan bronco como era.

En estas, oí un silbido que se aproximaba por la puerta. No era Samuel, porque él silbaba mucho mejor y, además, ya no iba a volver al dormitorio para decirme: *era broma, ¿te crees que íbamos a subir al torreón sin ti?*

Me tapé con las mantas antes de que entrase el silbido. Distinguí los pasos y ruido de trastos. Para huir de la mirada de Gi y de Samuel, fantaseé con que no debía temer a nadie, eran los demás quienes debían tenerme miedo a mí.

Aunque los demás fuesen Fábio ordenando sus pertenencias y silbando algo de Rui Veloso. Al mismo tiempo, se tocaba el mapa de la cabeza con los dedos y hacía gestos que recordaban a los de las mujeres cuando se arreglan el peinado. Al observarlo entre el tejido de las mantas, no me sentía acechado por Gi y por Samuel.

Después de colocarse el cigarro en la oreja y de organizar las cosas (en realidad, esparcirlas un poco más), Fábio se miró en un espejo de bolsillo y se gustó, a saber por qué. Salió silbando como había entrado.

Conseguí alcanzarlo al final de la calle. Iba solo y tocando los timbres como los críos, pero sin salir corriendo. Alguna gente se asomaba a las ventanas, pero él no hacía caso, aunque, unos metros atrás, oyese cómo renegaban de la juventud y del resto de los males que contaminan el mundo. Después cerraban las ventanas con violencia, la única revolución de la que eran capaces.

Me mantuve a distancia, en un equilibrio entre cerca y lejos que me permitía ver sin ser visto.

Pasamos por el ponte do Infante y seguimos de frente recorriendo bares, tiendas y encontrando a gente que se reunía en las esquinas para hablar de fútbol. Fábio fisgaba, se metía en las conversaciones, contaba chistes y se tocaba el cigarro.

Pasamos por callejuelas donde abordaba a chavalas con un «Ven aquí, preciosa» y las perseguía hasta hacerlas escapar. Se reía y les decía: «No sabes lo que te pierdes». Unos metros atrás, ellas me esquivaban, jadeantes, con los ojos en la punta de los pies, no fuera a ser que yo también quisiera de aquello. Una se tocaba la medalla de plata, que contrastaba con el cuello muy enrojecido y palpitante.

Pasamos por el Abrigo dos Pequeninos y todavía estaba allí el contenedor donde encontré la bicicleta. Evidentemente, el sitio había perdido el encanto del descubrimiento, y ahora era una basura como cualquier otra, delante de una zona sucia.

Pasamos junto a niños que querían soltarse de la mano de sus padres. De las calles de alrededor aparecían grupos de adolescentes con mucho mejor aspecto que el nuestro, pero movidos por la misma búsqueda, por ímpetus y retrocesos casi sexuales: ellas, metiéndose con ellos; ellos, tirando de ellas. Y se iban a lugares secretos.

Fábio nunca miraba atrás, seguro de que nadie lo seguía. Yo tanto me aproximaba a la distancia de un brazo, como lo dejaba llegar hasta el final de la calle antes de retomar el paso. Aquel control me daba tanta libertad y confianza que deseé seguirlo el resto de mi vida. Hasta me atrevía a imitarle el silbido.

Entró en los Bilhares Triunfo. Me senté al otro lado de la callejuela. Estaba claro que el sitio era digno de Fábio: servían sándwiches de jamón y queso, tapas, pinchos con una aceituna en la punta, y había mesas de billar, vitrinas con botellas a medias y camareras que limpiaban las mesas.

Aunque no consiguiese verlo desde la calle, sus gritos salían del bar junto con el golpe de las tacadas, el ruido de los cubiertos sobre los platos y hasta, no puedo entender cómo, el roce del yeso en la punta de los tacos.

Mientras esperaba a que saliera, sin saber qué hacer y sin admitir el motivo que me había llevado a seguirlo, sentí que Gi era muy pequeña y necesitaba ayuda más que nunca. La idea me entusiasmó y se me antojó socorrerla. A lo mejor también en su caso, como la cama de Samuel, los muelles volvían a recuperar su lugar.

Poco después, una mujer que berreaba al teléfono «¡Tú no tienes ni idea!» me hizo señales para que me apartara y siguió su camino. Entonces se detuvo delante de mí una niña de seis o siete años. Allí se quedó, con la respiración agitada, exhausta, como descansando conmigo. Llevaba a la espalda una mochila pequeña de Hello Kitty.

—¿A qué esperas?—me preguntó.

—No sé—contesté yo.

Se sentó sobre la mochila con poco equilibrio y me dijo

que ahora se quedaba conmigo. «Con-ti-go». Estaba harta de su madre, que le gritaba, puede que ni siquiera supiera que existía. En vez de decirle *largo de aquí*, le di una flor que crecía en una grieta de la acera. Por lo visto, en febrero nacen las primeras flores silvestres. Ella la cogió con la punta de los dedos y se preparaba para olerla cuando la mujer volvió atrás mientras se guardaba el teléfono en el bolso.

—¡Y tú no te apartes de mi lado!—gritó.

La niña se levantó, se encogió de hombros y me dijo:

—Lo dejamos para la próxima, no me llames.

Antes de doblar la esquina, la madre la obligó a tirar mi regalo.

Me olvidé de Fábio y rescaté la flor, ya mustia y sucia. En pocos días moriría, pero no me importó, me la guardé en el bolsillo.

Después me dominó el impulso de ver a Nélson, de hablar con Samuel, hasta de hacerle el silbido de las mujeres guapas a la señora Palmira o refugiarme en el desván durante el resto del día.

Intenté volver a la Oficina. De camino, los coches que pitaban, la charla de los viejos en los pasos de peatones y el arranque de los autobuses me iban aconsejando. Me marcaban el paso, como diciéndome *sigue de frente, no vuelvas atrás*.

Había avanzado cien metros cuando me di cuenta de que la vida era más combate que espera. Tenía lógica haber seguido a Fábio. Volví y me quedé de nuevo frente a los Bilhares Triunfo.

En aquel momento las luces de aquel antro se encendieron y aquello se iluminó como una feria, se llenó de brillos, reflejos y segundas intenciones.

Me encontré con Fábio a dos pasos de la puerta. Con media sonrisa y rascándose la calva con timidez, me preguntó:

—¿También te gusta esto?

Con un movimiento rápido le saqué el cigarro de la oreja. No reaccionó. Entre el ruido de las tacadas, intentando que la voz me saliese gruesa y sabiendo que, una vez fuera, perdería el control de las palabras, le dije, con otra media sonrisa:

—¿Quieres ver a un tío con tetas?

41

El suelo de madera de la Oficina dejaba oír cada movimiento. Muebles que se arrastraban, pasos dispersos que subían, agua que corría por las tuberías, la televisión de la sala de reuniones, la coral de la iglesia de al lado y hasta los autobuses que frenaban en la parada próxima a la LiderNor.

Pasamos la tarde del domingo en el desván. Samuel y yo tumbados en la manta mientras Nélson toqueteaba las colecciones y tosía por culpa del polvo.

Samuel estaba contento porque íbamos a volver juntos al subterráneo. Atento a la conversación, Nélson nos preguntó: «¿Todavía con eso?». Samuel lo miraba de reojo y repetía «Contento» más para dentro que para fuera, y tenía una expresión parecida a la de los testigos de Jehová, tan crédula y tan boba.

Por la claraboya del tejado, el sol iluminaba la cara de Nélson y las partículas de polvo. Fue como verlo por primera vez: sólo entonces reparé en la cicatriz de la mejilla izquierda, en el bigotillo y en los ojos más grises que azules. Media hora después, el sol llegó a la cara de Samuel y ocurrió lo mismo. No tenía cicatrices. Ni el pelo castaño ni la piel morena, nada lo distinguía: lo que él guardaba no era para que se viese.

Nélson se sentó a nuestro lado y nos ofreció un cilindro de Pringles. Las comí mientras observaba cómo el sol recorría el suelo, realzaba los muebles y se me acercaba. Como a propósito, desapareció a pocos centímetros de mis pies, antes de llegar al paquete de tabaco tirado en el suelo.

Lleno de esperanza, mientras comía pensaba en lo diferentes que iban a ser las cosas ahora que había corrido la noticia de Gi. El arroz sería más arroz; la bicicleta, más bicicleta; el sótano, más sótano. Y nuestra amistad sería un salvavidas al que ella tendría que agarrarse. Estaba dispuesto a olvidar los últimos días, la forma en la que había sido tratado, para ser un verdadero Príncipe Feliz, libre de todo lo que no era esencial. Ella comprendería el tamaño de mi amistad, vería lo bueno que yo era y cómo conseguía ayudarla.

«¿Quieres la última?», preguntó Samuel. Me pareció pequeño, más que yo al sentirme obligado a cederle la patata, como se hace con los niños. La masticó sin darse cuenta de que despertaba compasión.

A media tarde, la manta se había llenado de migas y los sonidos de la Oficina se habían transformado en descargas de cisternas seguidas de tapas de váter que se cerraban con fuerza. Nos llegaba un olor difuso a canuto.

Samuel repitió que estaba contento, incluso aliviado, por volver los tres al Pão de Açúcar. ¿Podía ser a la hora de comer? Sí, podía ser.

—Calla ya con eso—le dijo Nélson—. ¿Estás enamorado de ella o qué?

Samuel se incorporó para soltarle un golpe en el hombro y decir:

—O qué.

Y yo, que no me reía desde hacía tiempo, me reí de los dos.

Nélson se puso la capucha y me preguntó:

—¿Te estás riendo de él o de mí?

Seguí el ejemplo de Samuel y le di un sopapo antes de tirarle la llave. Entonces empezamos a jugar a pasárnosla por encima de su cabeza, para hacerlo rabiar como si fuera un niño.

—Al final, ¿cómo pillaste las llaves?—le preguntaba yo.

Y Samuel añadía:

—De mala manera, seguro, porque si no, se hubiera hecho el chulo.

A mí me parecía que Nélson se las había encontrado por casualidad, por ejemplo, en el armario de la cocina, pero no había tenido suficiente imaginación como para inventarse una buena historia, motivo suficiente para avergonzarse.

Allí estábamos, despreciando su tótem, cabreándolo cada vez más, demostrándole que, por culpa de Gi, la llave no tenía importancia. El desván no interesaba.

Finalmente, desistió de intentar cogerla, nos llamó cabrones del puto coño y le pegó una patada al recipiente de Maria José. El vidrio estalló contra la pared y los huesos se esparcieron. Hicieron el ruido esperado: castañuelas que chocaban unas con otras. Fueron a parar debajo de la cómoda, entre los barómetros, cerca del cocodrilo y junto al macaco sentado en el banco. En cada hueco, trocitos de Maria José.

Mientras los recogíamos, Samuel le pedía a Nélson: «Calma, hombre». Yo busqué la calavera, pero a pesar del cabreo, Nélson ya se la había puesto bajo el brazo y le susurraba: «Disculpe las malas maneras, señora mía...».

Después de amontonar a Maria José en una mesa, nos sentamos de lado a contemplar el vacío, como solíamos hacer en el edificio norte. Cada uno dio media docena de caladas al mismo cigarro, muy hermanados y seguros de que ya no había nada que aplazar.

42

Samuel, aliviado. Casi liviano, diría: tanto conversaba con Gi frente a la barraca como me informaba de cosas inútiles, como el sistema que habían usado para arreglar la cubierta de plástico y lo que había pasado el día anterior, cuando descubrieron a Leandro rondando por el Campo 24 de Agosto frente al Pingo Doce. Nélson lo puso a jugar con los jubilados y el tío se fue sin fijarse en el torreón.

Siempre que Samuel se distraía, Gi me miraba. Los brazos descubiertos mostraban manchas enrojecidas que atribuí a la enfermedad, pero a lo mejor eran marcas del Aleixo, cuando la droga le daba la ilusión de que era un bicho como los demás.

Nélson se mantenía distante. Si hubiera estado girado hacia el este aún habría saltado por encima del pozo con la agilidad de siempre. No se daba cuenta de que Samuel estaba más ansioso que yo.

Por debajo de nosotros, lo sé porque lo había visto en las noticias, corría un torrente que la ciudad había intentado canalizar en el siglo XIX. Los ingenieros habían hecho la vista gorda o quizá ignoraban que el agua todavía empapaba el suelo. De ahí que goteara dentro del pozo incluso cuando no llovía.

Apoyado en un pilar, le dije a Nélson:

—¿Qué ha pasado con la pasta?

Él se encogió de hombros. Gi interrumpió, dudosa:

—Hoy sólo hay pan y agua.

Samuel, como era artista, debía de pensar que los travestis se alimentaban de espectáculo, de fuegos artificiales.

Saqué un paquete de arroz de la mochila, como el primer día, y le dije a Gi:

—¿Te acuerdas de la magia?

Ella sonrió, confortada, y respondió:

—Sí que me acuerdo…

Minutos después, cuando se metió en la boca un poco de arroz mal cocido, la atacó una tos húmeda de sangre que la obligó a escupir lo que tenía en la boca.

—¡¿Estás tonta o qué?!—le grité.

Tosía y desperdiciaba el arroz, la magia. Nélson daba vueltas a nuestro alrededor, a ver si había llegado el momento, y Samuel decía:

—Calma, tío, no ves que no puede respirar…

Pero Gi consiguió parar la tos y los esputos. La consecuencia fue que aquel día se quedó sin comer.

A media tarde seguíamos en el sótano. De vez en cuando, si me veía lejos de Samuel, me hacía señas para que hablásemos. Yo bajaba los ojos por el peso de aquella solicitud mansa, con miedo a que me dijera *ya me olvidé, déjalo estar*, o incluso *me perdonas los besos, abusé*.

Ahora no tenía remedio. Alejarme de ella era un mal necesario si no quería que todo se volviera más difícil. Solamente nos podríamos reconciliar cuando ella reconociera mi valor. Entonces sí, dejaría de sentir sus ojos sobre mí.

—Joder, qué frío—dijo Nélson.

—¿Tú quieres una manta?—le preguntó Gi.

Bonito espectáculo era ver a Nélson calentándose con la manta. Tan pronto la tiraba lejos, cabreado por la peste y los restos de suciedad, como se cubría hasta el cuello. A Gi no le hicieron gracia aquellos gestos. Le quitó la manta y la guardó mientras mascullaba: «Pfff, desagradecido».

Eran las cinco de la tarde y ya nos preparábamos para

volver a la Oficina cuando Gi dijo: «¡Shhh!», y se quedó inmóvil con los brazos cruzados.

En el piso de arriba se oía cómo aparcaban los coches y algún grito de mujer. Nélson, para quien callarse era un castigo, le preguntó:

—¿Qué pasa?

—¿No oyen?

Sí, los coches, el rumor de la ciudad, el bullicio de siempre. Nélson murmuraba: «Está mal de la cabeza...», y Samuel se esforzaba por percibir a qué se refería Gi. Hasta hacía el gesto infantil de ponerse la mano en forma de concha junto a la oreja.

Le preguntamos a Gi varias veces: «¿Qué pasa?», pero ella se limitaba a repetir: «¿No oyen?».

Y entonces oímos.

El eco de un silbido saltaba por encima del ruido de fondo y andaba de pared en pared, de pilar en pilar. De pronto estábamos dentro de la garganta de un pájaro. Al principio no conseguíamos identificar la melodía. Después, todos a la vez, comprendimos que se trataba de la cantinela que tarareábamos cuando los que se habían meado se levantaban para secar el pijama.

Y al eco lo acompañaban pasos y una conversación imperceptible que iba aumentando de volumen.

—Debe de venir gente—dijo Gi.

La recuerdo con el pelo suelto, la cazadora tejana muy abotonada, con una mirada de anticipación, y eso me llenó de piedad.

—Es mejor que te escondas en la barraca—añadí.

El Pão de Açúcar parecía más grande, había crecido para incluir a quien se aproximaba. Nélson iniciaba una de sus peroratas habituales, cualquier cosa sobre el subterráneo, cuando Fábio apareció todo entero frente a nosotros. Digo entero porque nunca lo había visto tan completo. Dejó de silbar. A juzgar por la camisa planchada, el cigarrillo perfecto en la oreja y el olor intenso a jabón parecía que fuera a ir directo a catequesis. Tras él, medio intimidados, Leandro y Grilo.

Nélson apenas consiguió decir: «Hay que joderse», seguro de que el sótano era el mejor de los refugios, y Samuel se quedó quieto, con los ojos muy abiertos, también sorprendido con la aparición de Fábio. Ni pestañeaba.

—Este sitio es nuestro—dije yo.

Fábio se sacó el cigarro de la oreja, lo olió y me lo ofreció en la palma de la mano. «¿Es vuestro y no invitan a los amigos?». Dos pasos por detrás, Grilo dijo: «Cabrones», y Leandro: «¿Valemos menos que vosotros?».

Al pasarme por delante, Fábio me guiñó el ojo como si nos entendiéramos sin palabras: los Bilhares Triunfo eran algo entre nosotros.

Después se dedicó a analizar los detalles: las macetas, la barraca, el cubo de mierda allá atrás, el fondo del cazo humeante, el arroz esparcido por el suelo, la cantidad de porquería que había por el suelo. Observaba con desconfianza la grandeza del lugar, mucho más digno que nosotros.

A lo mejor esperaba que aquella machota saliese de detrás de un pilar o de cualquier otro escondrijo. Tal vez de la propia barraca, hogar de aspecto tan limpio, tan brillante gracias a la pintura de Samuel, que no parecía malo del todo para cobijar a un maricón con tetas.

Abstraído y ansioso por si quería husmear dentro de la barraca, ni me di cuenta de que había roto el cigarrillo. No había imaginación suficiente en el mundo para inventar a alguien como Gi. Fábio tenía que verla, tenía que hablar con ella.

Se acercó al pozo—«¡Cuidado!», le dijo Nélson—, observó el agua y soltó un escupitajo al vacío. El sonido del fondo tardó unos segundos en llegar.

Después, pasó entre nosotros despacio, analizando nuestras caras; me guiñó de nuevo el ojo y también puso el brazo por encima del hombro de Samuel, que mantenía los ojos muy abiertos y le dejaba que le acariciase la barriga.

Todos en silencio, hasta Leandro y Grilo.

Se entretuvo en dar patadas a las brasas de la hoguera. Las zapatillas se le ensuciaron y se las limpió con las malas hierbas. Seguía limpio, impregnado de jabón y presentable ante cualquier circunstancia, incluso en nuestro sótano, auténtica catedral.

—¡Queríais esto sólo para vosotros!—dijo.

Después se dirigió a la barraca.

—Está mal—repitieron Leandro y Grilo, y le siguieron.

Primero tumbaron las macetas, después le dieron una patada a los platos y los cubiertos de plástico que usábamos para comer. Gi, callada.

Momentos antes del descubrimiento destruían lo que habíamos construido. No sé por qué, asistir al último estrago del Pão de Açúcar me dio placer.

—Entonces, ¿todo es vuestro? ¿Hasta la barraca?—preguntó Fábio.

Asfixiado y con miedo a delatar a Gi, Samuel respondió:

—La barraca es más nuestra todavía.

Importó poco.

—Ah, pues esto es obra tuya, seguro—dijo Fábio, y avanzó con pasos exagerados para provocarnos.

Samuel no aguantó y le amenazó:

—Tú abre la puerta, hijo de puta.

—Yo pensaba que veníamos a ver una cosa rara—Fábio saboreaba con gusto—, pero esto es un museo. Qué bonitos estos dibujos, ¿verdad?

Finalmente abrió la puerta.

Desde donde estábamos apenas conseguíamos verle la espalda doblada, la cabeza dentro de la barraca, el culo hacia fuera. Grilo y Leandro adoptaron la misma posición, sin caber por la entrada. Veíamos los tres culos.

Yo aproveché la distracción para correr hacia mi bicicleta. Las ruedas chirriaban, los neumáticos de manguera rodaban con dificultad, el calcetín de Gi seguía en el sillín. La llevé hacia el hueco de las escaleras. Allí, protegido por la oscuridad, toqué el manillar, sentí un ligero olor a pintura. Palpaba el cuadro cuando noté una especie de canuto de papel. Eran *post-its* metidos en el tubo inferior. Se me pegaron a los dedos antes de metérmelos en el bolsillo de los pantalones.

Cuando regresé al subterráneo, Fábio preguntaba dentro de la barraca:

—¿Y qué especie de animal eres tú?

—Tú y yo, de la misma especie, chico—respondía Gi con una voz demasiado fina, tal vez intentando esconderse en su propio cuerpo

Fábio se tomó unos largos segundos antes de decir:

—No lo creo, tú eres un bicho aparte. —Con aquella voz teatral, las respuestas parecían realmente de mujer. Hasta yo me sentí confundido.

Samuel contenía un llanto seco. Nélson, ése, rodeaba la barraca e imitaba los gestos de Fábio como si ya sintiese las ganas de pegar.

43

Alisa se apoyaba en la vitrina de la LiderNor por debajo de los neones intermitentes—ventiladores, aire acondicionado, piezas, accesorios—, y la luz la rodeaba de aureolas que no merecía. Era temprano por la mañana. Nunca le había contado nada de la Oficina, pero ella me había descubierto allí. Antes de cruzar la calle, noté el aire cansado y la voz ronca. Me dijo enseguida: «No hagas eso». Estaba tan vestida, abotonada casi hasta los ojos, que no me dejaba ver el tatuaje por última vez.

Lo que ella tenía que hacer era complacerme, pero aquellos días llenos de acontecimientos yo no toleraba que alguien exigiese más: alguien que humillaba a Gi al ser tan hembra. Y ¿para qué esa privación, si el tatuaje y el cuerpo desnudo pertenecían a la orilla del río, donde la cosa había estado hasta bien?

Cuando me aproximé, Alisa acercó su boca a la mía. «¿No le das un beso a tu Cicciolina?», preguntó mientras le daba la vuelta a un colgante contra el mal de ojo. Sostenida por un brazalete, la mano dorada era tan pequeña que apenas se veían los dedos de la higa. Explicó: «Es para dar suerte e hijos», y yo pensé que, entre aquellas opciones, apenas le tocaría una.

Si no se hubiese ofrecido a otros antes que a mí, me daría vergüenza que me buscase. Entendería que estaba dejando a una chica colgada. Ella, que se fuese a dormir con todos los que encontrase de aquí a Espinho, a Aveiro, a Lisboa… «No me hagas esto…», continuó, mientras me seguía camino del Bonfim.

Yo iba pensando que ella también me proporcionaría otra etapa del crecimiento como es cortar con una chica. Ella, por el contrario, avanzaba tranquila, pero con la misma determinación de cuando me dijo: «Pero qué haces, joder».

El chándal, lleno de manchas de aceite, rozaba mis tejanos. Hasta la ropa nos quería unir, contra todo pronóstico. Y ella olía a cuarto cerrado con mucha ropa de mujer allí dentro.

Pasamos las calles por las que había seguido a Fábio: los mismos bares, papelerías, tiendas y esquinas en las que continuaban las conversaciones sobre fútbol. En una portada de periódico se publicitaba: EL AMOR ES UN SURTIDO CUÉTARA, y yo, tenso, temía que Alisa me pidiera *¿me compras un surtido y una flor?*

Hay mujeres que engullen hombres, los atraen con feromonas y otras secreciones, como las hembras del rape. Alisa no era de ésas. Cuanto más insistía, más insignificante se volvía: niña en vez de mujer.

Nos detuvimos delante de los Bilhares Triunfo. Se oían los mismos sonidos de tacadas y de bolas que corrían sobre el tapete, pero ese episodio había ocurrido en otra vida. Y en la vida de otra persona.

Parados en medio de la calle, Alisa preguntó:

—¿Quieres entrar?

—Seguimos—dije, y avancé sin rumbo, sólo para que se cansase de mí.

Pero ella no desistía. Unas veces decía: «Por ti, aprendo a andar en bicicleta», lo que me llevaba, no sé por qué, a imaginarla más gorda, derramada por la cintura y por los muslos, incapaz de aguantar el equilibrio sobre la bicicleta; otras, me cogía de la mano con tal necesidad de cariño que yo se lo daba. El amuleto golpeaba su mano y después la mía.

Un poco como el día anterior, cuando Fábio golpeaba la chapa y después el plástico de la barraca. Primero suavemente, como el amuleto, después con fuerza y gritos: «¡Enseña las tetas, enseña las tetas!».

Samuel me pidió: «Rafa, vámonos». Me parecía mal dejar a Gi, pero sabía que no debíamos enfrentarnos a Fábio. Nélson, además, ya espiaba dentro de la barraca buscando un travesti en lugar de a Gi.

Pero volvimos juntos a la Oficina. Leandro, Grilo y Fábio incluidos. «Hoy sólo ha sido una inspección—decía—. Le miráis las faldas desde hace mucho tiempo, ¿verdad? Qué pollón tiene».

Por la noche Samuel aún seguía en su llanto seco. Nos quedamos sentados en el pasillo, pensábamos en Gi. A pesar de lo sucedido, me sentía contento por compartir con él una mujer, por estar los dos empeñados en ayudarla. Ahora ya no me hacía daño que a ella le gustase más Samuel.

Lo acompañé a la cama. Se tumbó sin una palabra y se encogió con fuerza para desaparecer. Se envolvía en las mantas como un niño de verdad. Le dije al crío de la litera de arriba: «Hoy nos cambiamos, vete a mi dormitorio», y éste, bajo amenazas de un buen tortazo, se fue, protestando y a regañadientes. «No quiero estar cerca de Fábio...». Durante la noche, traté a Samuel como a un enfermo.

Siempre que miraba hacia abajo, lo encontraba con los ojos abiertos y metido en rumias íntimas que me hubiera gustado conocer. Seguro que se lamentaba por no haber conseguido ocultar a Gi, protegerla.

Sólo entonces me acordé de los *post-its*. Los saqué del bolsillo de los pantalones que había colgado en la litera y se me volvieron a pegar en los dedos aunque estuvieran marchitos como pétalos. Los alisé en la palma de la mano. La letra de Gi me hablaba de Samuel, de Nélson, de la enfermedad, de la comida, de querer recuperarse, de sentir el sol en la cara. Un mensaje por cada día en que no la había visitado. Había escrito frases cortas, como en el primer encuentro: «Qué bonita está». «Felicidades». Las notas terminaban con «*obrigada*». Incluso la que hablaba del episodio de los besos.

Sin querer, se me cayó uno. Planeó antes de aterrizar en la cama de Samuel. Salió un momento de su letargo y me lo devolvió con el brazo estirado, sin leerlo.

Pero ahora, la que interesa es Alisa. Al final, nos sentamos en un banco del parque.

Un viejo echaba migas de pan a las palomas. Se le subían a las manos y picoteaban como si previesen un futuro hambriento. El viejo se enderezaba la boina mientras murmuraba: «Mis lindas *meninas*», aunque espantaba a las de plumas más largas y con muñones en las patas. «Tú, no. Tú, fuera de aquí».

Alisa se recostó sobre mí. En el fondo, a pesar del calor del cuerpo, era más estatuilla de barro que otra cosa. Barro maleable, por cocer.

Yo debía ser franco como el viejo, evitar las migas de pan y decirle: *tú, fuera de aquí*, pero ella me metió la mano por debajo de la camiseta y me sopló suavemente en la oreja. Me dejé. Olía a mentol, igual que los campos recién abonados. Siempre me ha gustado ese olor. «Sabía que no me harías eso», dijo.

Había gente sola que se aproximaba a los bancos, miraba a su alrededor y se sentaba con las manos en las rodillas. Había perros que paseaban y dueños que ignoraban la mierda depositada en el paseo. Había críos que jugaban con teléfonos móviles. Poco después, los que se habían sentado seguían solos, incluso aunque en el banco siguiente hubiera otro en las mismas circunstancias.

Alisa me acariciaba el pecho y me esperaba. Cualquier cosa. Aquél era un buen sitio para esperar, y a mí hasta me habría gustado hacerla feliz, pero no sabía cómo. «Que no harías eso, que no me dejarías», dijo con un soplo de voz parecido a las respuestas de Gi del día anterior.

El viejo se levantó, se sacudió las migas del abrigo y de los pantalones. «¡Ahora, todas a volar!». Habituadas a la rutina, las palomas volaban rasantes sobre la cabeza del viejo y sobre nuestro banco. «Detesto las palomas», dijo Alisa.

Después fue cuestión de minutos.

Más tranquila, siguió acariciándome. Le bajé la cremallera del chándal, dentro vi cómo subía y bajaba la piel. El tatuaje casi había desaparecido. Toqué con la punta de los dedos allí donde los pechos se juntaban, como si me metiera en una cama caliente. Ella se rio en voz baja de placer y de cosquillas. Yo quería en serio que me dejara en paz, pero aquello se me subía a la cabeza: me olvidaba de Gi, quería clavarme en el cuerpo de Alisa y morirme de la erección.

Proseguí, ahora le acariciaba el brazo hacia el pulso. Antes de sacarle el amuleto dije: «Déjame verlo». El oro falso brillaba de tanto uso y de tanta esperanza.

Con un gesto repentino me lo guardé en el bolsillo. Dos o tres palomas rezagadas por poco no le rozaron la cabeza, pero Alisa siguió sentada. Cuando empecé a andar, ni me llamó, ni gritó.

44

—La comida es una mierda—dijo Nélson.

Fábio avanzó dos pasos, se acercó a él por detrás y le dijo:

—En casa comías mejor, a que sí.

No solíamos cruzar el Campo 24 de Agosto cortando primero por la travesía que iba directa al Pão de Açúcar, pero decidimos seguir al grupo de Fábio para preservar algo de lo nuestro, no cederlo todo.

Es gracioso cómo a los doce años hasta unas circunstancias de mierda permiten la camaradería. Ahí íbamos, alimentados y soñolientos, camino del subterráneo. Pero parecía que volvíamos a la época del edificio norte, cuando no teníamos responsabilidades y compartíamos canutos: el sol sobre la ciudad, el paisaje extenso, el humo dulzón.

Cuando ya se veía el Vila Galé nos detuvimos en los baños de la Câmara***. Estaban en una casita antigua con florituras a los lados de la fachada. Las ventanas transpiraban, salía un vapor de agua por las rendijas que, por un instante, rompía el aire frío. La gente entraba sucia, medio avergonzada, y salía limpia, con el pelo mojado y bolsas debajo del brazo. Imaginé a Gi entrando, más avergonzada que los demás, y saliendo más limpia.

Grilo, Leandro y Fábio se inclinaron sobre los lavabos de mármol y se frotaron la cara, el cuello y los brazos, salpicando el espejo y el suelo. Al fondo estaban las duchas: mujeres a la izquierda, hombres a la derecha.

Samuel dejó que el agua se le escurriese por los dedos y se la echó con fuerza a la cara. Se le enrojecieron las mejillas, tenía los ojos húmedos. Mientras bebía, Nélson casi chupaba el grifo. Yo, por el contrario, no me lavé.

Después seguimos hacia el Piccolo.

El señor Xavier nos recibió en silencio mientras limpiaba la barra y se observaba en el reflejo que se hacía visible cada vez que pasaba la bayeta. Nos sirvió las cañas sin rechistar, sin decir, como hacía antes: «Mi establecimiento no fomenta eso», y me pregunté si adivinaba a lo que íbamos.

A cada trago de cerveza, a través de la espuma, yo vigilaba a Samuel. Era rara su calma, su atención a la entrada y salida de los coches en el aparcamiento.

Fábio decía en voz baja: «Hoy sí, hoy la jodemos viva», y, alentado por Leandro: «Esto va en serio».

Arrepentido por haber chutado contra Fábio, y todavía a la espera de castigo, Grilo estaba de acuerdo en todo. Nélson parecía contento, hasta aliviado, por no ser él ahora quien lidiaba con Gi.

Antes de que saliéramos, el señor Xavier cedió del todo: dejó que Fábio comprase una litrona.

El techo del sótano estaba hecho de hendiduras parecidas a cajas moldeadas en el cemento. En alguna se veían marcas de la antigua construcción, señales diversas que yo no sabía identificar y que quizá fueran importantes, como cuando los heridos de guerra escribían ÉSTE NO en los miembros sanos.

Las hendiduras se extendían hasta la barraca. Los platos de plástico estaban apilados junto a la puerta y algunas macetas ya enderezadas. El cazo de arroz puesto al revés, como si se secara en el mármol de una cocina.

Aún lejos, por la puerta entreabierta, veíamos a Gi cubierta por la manta amarilla. Estaba tumbada con los brazos cruzados en una posición dura que parecía masculina. Los grafitis de Samuel habían perdido el color, ya no protegían la barraca con la misma intensidad: eran ya *throwups*, como los muchos que había por la ciudad.

El grupo de Fábio llegó antes que nosotros.

—¡No te quiero aquí!—le gritó a Gi—. ¡Andando!

Se entendía que ella se revolvía en el colchón y se agarraba al puñado de fotografías. Pero Fábio insistió:

—¡Fuera de aquí! Esto ahora es nuestro.

Grilo empezó a dar patadas en un lado de la barraca para ver si la ahuyentaba y para aliviar la contención. Ahora podía chutar con fuerza. Leandro se sentó en el suelo y reunía piedras, de la más pequeña a la mayor, las alineaba minuciosamente, en contraste con la prisa de todo aquello.

—¿Te lo tengo que decir otra vez, japuta?—continuó Fábio—. No me obligues a repetirlo. ¡Largo de aquí!

Gi no se atrevía a hablar, pero la fuerza de las patadas la obligó a salir para que no le cayeran encima partes de la barraca.

Después de decir «¡No tengo adónde ir!», ignoró al grupo de Fábio y nos sonrió, no sé si confundida al vernos envueltos en aquello o aliviada al pensar que la ayudaríamos. A mí me sonrió más, como si preguntase *¿viste los* post-its*?*

Samuel dio unos pasos hacia ella, pero no llegó a tiempo.

Retirada de la alineación, la piedra dibujó un arco perfecto, también minucioso, y pegó en la sien de Gi. La sangre salpicó la barraca y realzó los colores de los dibujos.

—Puta que te parió—gimió ella, encogida, mientras se dejaba caer cerca de las macetas. La mano se le mojó cuando intentó detener la hemorragia.

Nadie se le acercó, por el sida, ni Samuel.

Y ella, agachada en el suelo, se dividía entre cuidarse la herida y controlar la tos, que regresaba en el peor momento. Se apoyó en la barraca y allí se quedó.

—Wala, ha sonado como si se cascase un huevo—dijo Fábio enseguida, y se sentó en el suelo. Después añadió—: Vamos a dejarle descansar.

Nos sentamos en círculo, Samuel y yo tensos, y nos pasamos entre nosotros la cerveza fresca. Samuel sostenía con dificultad la botella, temblaba y gastaba el gas al beber demasiado.

—No es sólo para ti—le dijo Leandro.

Yo miraba a Gi de reojo, esperando que pudiera apañárselas. Minutos después aún tosía, gemía, se tocaba la herida. Si el dolor era rápido (sabía que conseguiría ayudarla, al contrario que Samuel, dominado por la sensibilidad del artista), me parecía justo que hubiera recibido una pedrada, porque es típico que las mujeres reciban pedradas.

Fábio tanto bebía como observaba a Gi, contento de mostrarse superior: él era el amo y la había echado a la calle, pero la dejaba recuperarse antes de la siguiente embestida.

—Quiero comprar el álbum—dijo después de volcar la botella.

—¿Comprarlo?—preguntó Grilo.

—¡Sí! Y hacer la colección.

Desde que había aparecido en las papelerías, el álbum del Mundial era la obsesión de Fábio. Los jugadores alineados, la secuencia de los treinta y dos países, los grupos, el sonido del papel adhesivo al separarse, el logo de Panini. Querer ese orden era querer la vida un poco más ordenada, lo cual contrastaba con las circunstancias.

—Te ayudo—dijo Grilo, quizá porque se imaginaba retratado en uno de los cromos, fotos que siempre me recordaban a las fichas policiales.

—A mí sólo me gusta el balón, no me gustan los cromos—dijo Leandro.

—¡El álbum es impecable!—dijo Fábio rascándose la cabeza.

Sentado entre nosotros y ellos, Nélson murmuraba:

—Pues sí que lo es.

Tener un álbum representaba el ritual del intercambio, conseguir dinero para los cromos que faltaban, o robarlos en las papelerías. Después, enseñar el álbum ya completo, las páginas brillantes con las caras de Deco, de Figo, de Maniche, tipos con dones mucho más lucrativos que el dibujo.

Samuel despertó por un instante. Con los ojos en el suelo para evitar ver a Gi, dijo:

—El álbum lo regalan...

Y Fábio, enfadado, le respondió:

—¡Pero yo quiero comprarlo!

En cuanto a mí, me parecía más bonito coleccionar *post-its*. Intentaba escuchar la conversación, participar de aquella camaradería entre tragos de cerveza, pero me concentraba en ella, a ver si conseguía detener la sangre.

Gi lo intentó mientras hablábamos. Se frotó con fuerza, después se tocó despacio con el dedo, y luego, medio aturdida, cogió la piedra que la había herido y la tiró lejos. Era como una muñeca de trapo y la sangre no dejaba de brotar. Finalmente la detuvo con puñados de tierra, a modo de tapón.

Se levantó con esfuerzo e iba a regresar a la barraca cuando Leandro señaló hacia ella y alertó a Grilo. Fábio asintió y Grilo se levantó, corrió hacia Gi y la hizo tropezar. Y nosotros, quietos mirando.

—¡No hagas eso!—gritó Gi tapándose la cara y el cuello con los brazos.

Pero él ya lo hacía: patadas en las piernas, en las nalgas, donde cayeran.

Después Fábio se levantó, y detrás de él, Leandro y Nélson, que ni siquiera nos miró, llevado por un impulso de borracho.

—¡Parad con esa mierda!—dije yo.

—¡Parad con esa mierda!—dijo Samuel.

Pero seguimos sentados.

Mientras recibía por todos los lados, Gi decía: «No hagas eso...», pero en voz tan baja que parecía preocupada con la posibilidad de que también recibiéramos nosotros. Quizá no quería que Samuel y yo estuviéramos envueltos en aquella putada, tal vez se había olvidado de cómo gritar de verdad, sin forzar el falsete.

—Bájale las bragas para que veamos si es tío o tía—decía Fábio.

Me acuerdo de la cara de Nélson mientras la rodeaba, sin pegarle todavía. Parecía que se liberaba de algo, que por fin relajaba el brazo que le había retorcido el día que le enseñé a Gi. Calculó la jugada, le puso el pie en la barriga y dijo:

—¡Es tío!

Sólo entonces ella gritó con los dos pulmones. Se los sacó de encima de una vez y simultáneamente: fue un eco nuevo en el Pão de Açúcar.

Fábio fue el primero en huir. Lo seguimos en grupo hacia la rampa de la calle de la Póvoa, incluido Samuel.

Antes de salir del sótano miré atrás. Encogida, con la mano embarrada que le tapaba la cara, Gi parecía una niña. Desproporcionada y fea, pero una niña.

45

De niño, Gi no se interesaba por la Casa Verde, donde la intimidad estaba a la vista: ropa tendida, sillas viejas de asiento barnizado y cajas de cartón que escondían juguetes. Ni le interesaban los nombres de las calles, casi todos de mujer—Amélia, Adelaide, Dulcelina, Gilda, Elza (aun así, mejores que Gisberto)—, o las avionetas que aterrizaban en el aeropuerto cada cinco minutos.

Prefería bajar las escaleras de caracol que iban al patio vigilado por las urubúes, y esconderse en el tercer taller de la izquierda.

Era un espacio repleto de restos de naufragios, recortes de prensa, pósteres de ballenas blancas, anotaciones, herramientas de carpintero, sierras eléctricas, destornilladores, decenas de cajas con cientos de tornillos y miles de clavos, mapas del tiempo que representaban las fases de la luna, maniquís de mujer robados en almacenes y un cartel de cuando el circo Stankowich estuvo por los alrededores de São Paulo. En una de las paredes crecía cada mes la procesión de jubilados: martillos de varias formas y tamaños; unos, viejos y otros, todavía más viejos.

—¿Era de tu padre?—preguntaba yo.

—Sí, de don Gisberto. Un hombre bastante duro.

Yo creo que quien toca madera, por estar en contacto con la esencia de las cosas, sólo puede ser bueno. En la Oficina se dedicaban a la encuadernación; faltaban carpinteros decentes que nos pasasen el oficio, y yo nunca aprendí.

Para no dejarla sola en eso de tener un padre duro, le decía: «El mío ponía buena a mi madre». Gi no sabía qué era *poner buena* y yo se lo enseñaba con el puño bien cerrado y con cara de malo.

A los cinco años, Gi pensaba que su padre era tan bicho como mago, alguien que se escondía en el taller varias horas al día y ahí mostraba su verdadera naturaleza. Ella también necesitaba un sitio así.

Era un hombre respetable—en aquel barrio ser respetable iba de conserje para arriba—que escondía un ser ancestral muy apegado a cosas salvajes, como pelar animales atropellados. Al no poder pagar abrigos de piel como en Europa, ofrecía a la mujer lomos curtidos de *jaguapitanga*.[1] Gi se acordaba de su madre paseando los domingos con aquello puesto. Y se había acostumbrado tanto a las pieles que ya ni notaba el calor, ni siquiera el mal olor de los preparados químicos para encurtir. Años después, cuando fue a Portugal, no se olvidó de ellas.

En un viaje a Praia Grande, el padre encontró los restos de un delfín pequeño, le arrancó los dientes y los insertó en un listón de madera, a modo de peine. El esmalte brillaba como perlas en el fondo del mar. Después se lo ofreció a su hija mayor, pero ella nunca llegó a usarlo.

Escondida detrás de los maniquís, Gi observaba a su padre atareado, con la camisa arremangada y las venas de las manos hinchadas. Maldecía la falta de colaboración por parte del material, forzaba las herramientas y a veces hasta se hacía sangre. Gi quería ayudarlo, pero seguía escondida para aprender mirando.

Los hombres se hacían en los talleres, en los dientes de delfines, en el curtido de las pieles, no se hacían sólo de nombre: y ella tenía miedo de no llegar a ser un hombre porque su padre no le dejaba entrar en el taller. «¡Largo! Esto

[1] En lengua tupí, 'zorro' o 'raposo de campo'.

no es para niños», le decía para ahuyentarla y que se fuera al patio.

Entonces ella caminaba por la parte de atrás de la casa, frente a los talleres, sin prestar atención a los vecinos, ni siquiera a las urubúes, dos viejas que vivían juntas, dedicadas al chismorreo. Pensaba en la suerte de sus dos hermanas mayores y lo injusto que era que se escondiesen en la habitación hasta que ya era imposible ignorar las exigencias del padre.

«¡Cómo me molestaba todo aquello!», me contaba. Aquello era el padre llamando a las hijas para que lo ayudaran a montar las cajas y los cestos que vendían en el mercado. Todas las tardes corrían atemorizadas al taller, sin olvidarse de la caricia en el pelo ensortijado de Gi.

Incluso cuando el trabajo les había salido perfecto, el padre les gritaba: «¡Qué mal hecho está esto!». Después, buscaba un formón para trabajar bien las juntas. «Faltaba el toque maestro», explicaba.

Gi me decía: «Yo sé que ellas le iban a mi madre con que don Gisberto se creía el amo», pero a los cinco años deseaba que el padre le pidiese ayuda, le gritase y le enseñara a usar los formones.

Y un día la llamó.

Ella se le sentó en el regazo y le dio unas palmaditas en la cara para sacarle el serrín de la barba y el bigote. Cuando lo abrazó, sintió intenso el olor a agua de colonia Mamãe e Bebê que él guardaba en la nevera.

Con los ojos en la lámina que cortaba cerca de los dedos de Gi, el padre le enseñó a serrar barrotes, a atornillar, a usar la lima fina para perfeccionar remates y a manipular el torno mecánico que hacía redondeles de los contrachapados.

Fue tan bueno que pasó rápido. Juntaron todas las piezas y ella recibió un carrito de juguete. Finalmente, el padre ató un cordel entre las ruedas de delante y dijo: «Ya puedes tirar de él».

Gi arrastró el carrito, las ruedas de madera lo deslizaban sin resistencia, y deseó con fuerza ser más pequeña para caber en él y conducirlo por el taller para siempre. Pero no, el padre le dijo: «Vete a jugar al sol con los otros niños», y ni siquiera le dio el toque maestro.

Anduvo por el patio para que el padre oyera rodar el carrito por el cemento. Cuando pasaban los vecinos, les decía: «Miren lo que me ha hecho papá». Hasta se fue a la ventana de las urubúes, ansiosa por decir *papá lo ha hecho*. Ellas corrieron las cortinas con rapidez, seguras de que el fin del mundo se aproximaba a bordo de un carrito de juguete.

«Gisberto, ven aquí, déjate de niñerías», le gritó la madre desde la puerta de la cocina. Padre e hija respondieron a la llamada: ella se apartó de la ventana de las vecinas y él salió del taller. Pero la llamada contenía un tono dulce, de madre a hija.

Gi subió las escaleras con el carrito a rastras, que fue pegando en los escalones, y el padre volvió al taller medio molesto porque el hijo no jugaba con los otros niños. Antes de que la madre cerrara la puerta, Gi todavía oyó la Black & Decker en plena furia constructora.

—¿Necesitas ayuda?—le preguntó Samuel.

Tendida de lado en el colchón, Gi intentaba girarse, pero el dolor se lo impedía. Sin abrir apenas la boca y sin saber quiénes éramos, dijo:

—Me dejan en paz.

Nos miramos y la empujamos hacia nosotros al mismo tiempo. Samuel la cogía por los hombros y yo, por la cadera y las piernas. Se quejó un poco, pero boca arriba respiraba mejor y los ojos se le movían.

—Ah, no sabía quién era.

Después le limpiamos las manos y los pantalones.

—Necesitas ayuda... ¿Qué hacemos?—preguntó Samuel.

—Sólo quiero paz—dijo—. Paz y un cigarrillo. —Se le había secado la sangre de la cabeza, ahora era una mancha como de nacimiento—. Me dejan descansar.

Samuel disimulaba el llanto porque sabía que nunca debemos llorar al lado de un enfermo, y yo intentaba entender qué era eso de paz y cómo resolver aquellas circunstancias.

Gi se concentró en respirar. Sólo había recibido una pedrada, nada demasiado grave. Seguro que se recuperaría en pocas horas.

Samuel la arropó con la manta y sacó un cigarro. La llama del encendedor iluminó la barraca y avivó los ojos medio secos de Gi. El humo subió hasta el techo. Entonces le acercó el cigarro a la boca con el brazo y los dedos estirados. Ella frunció los labios e intentó sostenerlo simulando un beso, pero perdió la fuerza y lo dejó caer. De no estar impregnado de humedad, el colchón se hubiese quemado. La misma humedad se escurrió por la cara de Gi después de que se apagase el cigarrillo.

Volvía a llover. Ráfagas de viento metían el agua en el subterráneo por el vestíbulo.

«Dame uno», le pedí a Samuel.

Dejé que el encendedor quemase bien la punta e inhalé hasta llenar los pulmones. Ella observaba, deseosa, y por un momento pensé en fumármelo hasta el final, pero me arrodillé junto al colchón.

A pocos centímetros de su cara, desde donde veía con detalle sus ojos azules y el pelo rojizo y sentía la intensidad de su olor, soplé poco a poco hacia su boca, como Alisa había soplado en mi oreja. El humo pasó por nuestros pulmones, por nuestras gargantas, por nuestras bocas. Gi respiró hondo y así le di de fumar hasta la colilla.

Desordenadas por allí, sus pertenencias se conservaban limpias, de alguna manera apartadas de aquella miseria. La camiseta de malla, la cazadora tejana peluda por dentro, los guantes, las páginas de periódico que usaba para calentarse. No me acuerdo de los titulares, pero debían de hablar de las lluvias y de las temperaturas bajo cero de aquellos días.

Samuel lo juntó todo en un rincón y yo cubrí a Gi con la cazadora, la camiseta de malla y los periódicos arrugados. Poco después se adormiló.

Durante las clases de aquella tarde, Samuel insistió en que teníamos que volver, acompañarla hasta que se restableciera. Y hacer algo. El qué, no lo sabía.

Cada dos por tres, el profesor le decía: «Esto no es la calle, ¡estate callado!». Algunas sillas más atrás, Nélson lo reforzaba con un: «¡Calladito, joputa!», porque quería saber qué le pasaba a aquel francés. El profesor estaba ya harto de decirle «Calma, ya llegaremos a esa parte», pero Nélson insistía en que eran asuntos demasiado importantes para tener que esperarse.

Y yo pensaba que el episodio de los Bilhares Triunfo no había ocurrido en la vida de otro y concluía que no podía tardar mucho en ayudar a Gi, librarla del peligro. Que sería bueno sacarla del sótano, llamar a una ambulancia: casi tan bueno como haberla llevado al torreón.

Pero Samuel no desistía, repetía: «¿Qué hacemos? ¿Qué hacemos?», y no me dejaba a solas con ella.

Volvimos al Pão de Açúcar después de las clases.

Nélson fue el primero en oír el coro de voces por encima de la voz aguda que gritaba: «¡Me dejan!». Me gusta imaginarla rodeada de voces, cosas sin cuerpo que no le podían hacer daño.

Samuel dijo: «¡Date prisa, joder! ¡Date prisa!». Cuando llegamos, Grilo y Leandro ya no hablaban. Ni Fábio, que sostenía una vara delgada, asustado por el efecto.

Entre ellos, Gi decía: «¡No hagas eso, canallas!».

Pero lo habían hecho: ella todavía se encogía, todavía intentaba defenderse, pero ahora ya sólo quedaba gemir; los brazos y las piernas estaban marcados de patadas y de cortes finos que sangraban despacio.

En todos vi la misma cara de alivio y sorpresa, al modo de quien se arrepiente de algo. Se habían ensañado con ella, los tres, en una orgía de brazos y piernas en movimiento, con mucho sudor. Y ahora les espantaba, porque había sido más sexo que paliza.

Fábio se sentó en el suelo y miró hacia arriba en busca de otros paisajes, pero el techo del mundo había disminuido, estaba por debajo del techo del sótano.

Grilo lanzó lejos una piedra.

Leandro se agarró la barriga para controlar los accesos de vómito.

Y Gi intentaba arrastrarse hasta la barraca.

Cuando llegamos allí, Nélson ni abrió la boca. Samuel balbuceó cualquier cosa.

Al vernos, Fábio dijo, enfadado: «¿Ahora aparecéis?». Y se rascó la calva antes de continuar: «¡Os habéis perdido la diversión! Vosotros, hijos de puta, tenéis que participar a tope, todos tenemos que arrearle». Los otros asintieron, dijeron a la vez: «Aquí pegamos todos».

Samuel hizo ademán de huir, pero yo lo agarré por el brazo y le dije bien alto a Fábio, para que todos lo oyesen: «Tú pegas como las tías, no te enteras de nada».

Y corrí hacia Gi. Ella se encogió esperando la patada y pidió: «Por favor», en el momento en el que me desvié hacia la barraca. Mis patadas derrumbaron las placas de plástico y de metal, los dibujos de Samuel. Y a cada golpe se esparcían todas las cosas de Gi.

Samuel se unió a mí. Mejor destrozar la barraca que pegar a Gi. Pero ella decía: «No hacer eso», como si la destrozáramos a ella, y como si la estuviéramos decepcionando.

Estaba bien romper cosas con Samuel, ver que no le importaba que destruyéramos sus dibujos.

Cuando paramos, quedaba un montón de basura donde Gi no se podía refugiar, pero, al menos, Fábio había dejado de insistir en que todos debíamos pegarle. Y Gi estiraba los brazos intentando recuperar alguna cosa, las guías de tratamientos del hospital, la ropa, o las fotografías que habían quedado debajo del palo de casi dos metros que antes sustentaba el techo de la barraca.

47

Desde la habitación de las hermanas, que daba al patio, Gi oía la Black & Decker y los martillazos, una especie de melodía que no le afectaba. Aunque quería volver al taller y esconderse en el centro de la vida de su padre, sabía que de ahí a nada sus hermanas se iban a desnudar.

Intentaba recordar si perdía el aire por culpa de la expectativa o del calor. «Creo que era de la emoción—me decía—. Pero ellas cerraban las ventanas».

Dos camas, un armario hecho por el padre donde las hermanas guardaban la ropa, una estantería con muñecas. Por lo demás, el cuarto se parecía a una tela en blanco en la que los cuerpos sobresalían.

Antes de desnudarse, las hermanas se agachaban delante de Gi y le decían: «¿Quién es nuestra muñequita?». Ya no tenían edad para jugar con las otras muñecas, pero Gi era diferente: podían cambiarla de arriba abajo, maquillarla, vestirla, transformarla en una niña de porcelana. Gi se dejaba, dividida entre querer verlas desnudas y envidiarlas porque el padre las prefería.

Ellas acababan cansándose y la metían en la cama, desde donde Gi observaba cada gesto. Qué bueno era formar parte de un misterio, poder ver sin ser vista.

Me contaba esto con tal detalle, describiendo el color de la piel de las hermanas, el pelo oscuro, los vestidos, las medicinas en los estantes del armario, y también yo las observaba. También yo quería desnudarlas.

—Pero ¿era todos los días?—le preguntaba.

—Pena que no lo fuera. Sólo a veces.

Sentada en la cama, Gi se agarraba a las colchas esperando que las hermanas quisieran dormir. Sentadas en el suelo, charlaban y balanceaban la cabeza de sueño, a propósito, para confundirla.

A veces, la madre llamaba a la puerta y decía: «*Meninas*, me devuelven a Gi», y ellas respondían: «Él es nuestro». En esas ocasiones, Gi se metía debajo de las sábanas para no ser descubierta.

Enseguida, soñolientas, y mucho más despacio de lo que se podía suponer, las hermanas se sacaban la ropa mientras Gi espiaba entre el encaje de las sábanas.

Las veía sacarse las blusas con aquel gesto hermoso de las mujeres, lento y al vaivén de la cabeza, más provocador que indiferente.

Veía cómo caían los pantalones desabotonados. Las bragas blancas conservaban la forma del vello púbico, envoltorio perfecto de una cosa nueva que ella deseaba conocer, poseer.

Y veía cómo se desprendía el sujetador. Los pechos colgaban a su voluntad, libres y dispuestos a ser tocados.

Finalmente, con el corazón en la garganta, las veía desnudas del todo. Eran bellos aquellos cuerpos. Los culos se tocaban levemente cuando pasaban una junto a otra para coger el pijama, los cepillos de dientes y las cremas.

Frente a frente, una en cada cama, se demoraban en el siguiente paso.

Primero se observaban las piernas en busca de cualquier pequeña imperfección. Si la piel les parecía irritada, metían el dedo en el frasco de crema y ocultaban la manchita con gestos suaves y a la vez estimulantes. E iban palpando hasta cubrir con crema todos los granos e inflamaciones.

A Gi le fascinaba aquella corrección del cuerpo. Después se ponían el pijama y tapaban la visión de todo aquello tan hermoso.

Excepto la noche en la que el calor de São Paulo las obligó a continuar desnudas.

«¿Aún aquí?», le dijeron a Gi cuando apartaron las sábanas. Medio encogida, les pidió que la dejaran quedarse. «A mamá no le gusta», respondieron, pero después una se tumbó en la cama de enfrente y la otra se acurrucó al lado de Gi. Se abrazó a ella, a la muñeca, y se durmió.

Gi se quedó despierta, oía la respiración suave, sentía las formas de su hermana, el sudor que la iba cubriendo, el calor entre las piernas, y pensaba en lo mucho que todavía tendría que esperar para que su cuerpo alcanzara aquella perfección.

48

Al día siguiente, sábado, al fin solos ella y yo. Mientras la pasta se acababa de cocer, me decía, con un hilo de voz: «*Menino*, quiero paz. No pegues, por favor, no pegues». Yo lo sabía, aquello también me costaba, pero teníamos que ganar fuerzas para salir de allí.

Tendida con la mitad del cuerpo en el colchón, se veía que había gastado todas sus energías en sacarlo de debajo de los escombros de la barraca. Había conseguido ponerse un jersey azul que era nuevo para mí, afelpado y totalmente fuera de lugar. Era más adecuado para una tarde de sofá frente a la televisión.

En el esfuerzo de echarse, el pantalón se le había desabotonado y se le había escurrido por las piernas hasta quedarse prendido en uno de los pies. Es decir, estaba desnuda de cintura para abajo. Aunque magulladas, las piernas eran finas y aún se advertían restos de laca en las uñas.

Así, a la vista, no engañaba a nadie. Me dio mucha pena y quise ayudarla más que nunca. Removí la pasta deprisa para salir de allí cuanto antes.

El vapor subía por la entrada y desaparecía en el aire. Las cosas de Gi, dispersas por allí, me parecía que estaban más juntas, como si se hubiesen acercado durante la noche. Cogí una fotografía y observé a Gi recostada en un muro con dos perros en la falda. *¿Ves lo bonitos que eran?*, debió de decirle a Samuel. Pero ahora decía: «No tengo hambre, sólo necesito dormir».

En cierto modo, habíamos vuelto a los primeros días, juntos en el subterráneo, sin nadie más. Faltaba la bicicleta, pero era más prudente mantenerla en el hueco de la escalera. De pronto, me reprendí a mí mismo por no estar concentrado en alimentarla antes de que saliéramos del sótano.

La pasta estaba lista. Me agaché junto a Gi para darle de comer con un tenedor de plástico. Dos tentativas después, frustrada por no ser capaz de abrir bien la boca, me dijo: «Desiste, me dejas en paz. No lo merezco».

Aquello me emocionó y quise abrazarla, pero la posición no lo permitía. Seguía atravesada en el colchón.

Suspendí un espagueti caliente sobre su boca. Al sentirlo, Gi lo chupó en silencio. Ni siquiera tenía fuerza para levantar los brazos. Los mechones de pelo se le resbalaban por la frente, seguían hacia la nariz y algún pelo se pegaba a la pasta. Ella lo chupaba igualmente porque tenía hambre. «Despacio, no te atragantes», le dije, intentando apartar el pelo. Sabía que no era bueno comer mucho después de un largo ayuno.

Después le di sorbos de agua. Le hubiera podido acercar a la boca el gollete de la botella, pero se la di con las manos en concha. El agua goteaba entre mis dedos y la que no conseguía beber se le escurría por el mentón.

(Diez años después, Gi se ha transformado en una fiebre leve. Me despierto y sigo con la rutina, como si ella no hubiese existido, pero al final de la mañana, cuando el trapo ya no limpia la grasa de las manos, se me acumula un cansancio que no es exactamente físico. Antes de cenar, la boca se me seca, la frente me late y quiero meterme en la cama hasta que pase el trastorno. Muchas veces no se calma hasta la madrugada. Otras, las peores, paso varios días sin la nostalgia por alimentarla. En esos casos me quedo solo, lejos de ella, y me parece que todo fue en vano. Por eso me sorprende que uno de nosotros haya dicho: «Llega un momento en que uno ya no piensa», y sospecho que ha de estar muy solo sin que nunca le dé la fiebre).

Cuando dejó de beber, le dije finalmente:

—Voy a sacarte de aquí.

—¿Qué, *menino?*—preguntó ella, y después de una pausa en la que miró a su alrededor buscándome, aunque yo estuviera justo allí a su lado, de nuevo—: *Menino*, ¿qué?

—¡Sacarte de aquí!

—¿Sacar de dónde?

—A la calle.

Me sonrió como si yo sólo dijese tonterías. La misma idea de huir era absurda, porque el mundo acababa en los alrededores del Pão de Açúcar.

Tiré despacio de ella por un brazo, pero gritó de dolor enseguida: que la dejase en paz.

«Pero has de salir de aquí», le decía, y ella se reía otra vez, otra vez daba a entender, *qué raro es este garoto*. Y, lo peor, daba a entender, con aquella furia por negar, que me toleraba porque necesitaba la comida, pero que sabía muy bien que yo le había destrozado la barraca entera.

El brazo caía en cuanto se lo soltaba, y llegó un momento en que ya me enfadé porque Gi no entendía que tenía que salir de allí. «¡Joder, colabora! Ya has comido, ¿no tienes fuerzas? ¡Me cago en todo! Apóyate en mí. ¡Venga!».

Por primera vez hasta aquel momento, me sentí demasiado pequeño, el sótano enorme, Gi leve y sin embargo demasiado pesada para cargar con ella. Sin poder esconderla como había hecho con la bicicleta.

Le dije, zarandeándola: «¿No oyes cuando te hablo? ¿No te mueves cuando te lo pido? ¿No obedeces cuando te mando?».

Conseguí arrastrarla unos metros hasta que el pantalón se le desprendió del pie. Antes blancas, las piernas se le ensuciaron de barro y se le llenaron de pequeñas heridas por culpa de la arena.

Me senté a su lado intentando controlar el llanto. Sabía, como Samuel, que no se debe llorar junto a un enfermo.

Ella murmuró:

—Vete, me dejas.

—Falta poco—dije yo—. Apóyate en mí, te llevo al hospital.

La agarré por debajo de los brazos para conseguir una mayor tracción y empezaba a arrastrarla cuando empleó sus últimas fuerzas para gritar:

—¡Suelta! ¡Ésta es mi casa y me quedo!

Me traicionaba, no quería lo que le ofrecía. Era egoísta hasta el punto de no reconocer que todo quedaba en nada sin aquel esfuerzo adicional. La solté.

—¡Vamos, Gi!

—¡Fuera, ya lo he dicho!—repetía, y pataleaba para que no la cogiera por las piernas.

Qué mierda de tío, incapaz de ayudar a quien lo necesita. Qué puta historia; ellos pegaban, ella impedía que me la llevara, yo necesitaba que ella se salvase.

Todavía le dije: «Por favor, ven conmigo, déjame sacarte de aquí», pero ella se arrastró poco a poco hasta el colchón, donde se echó de espaldas a mí.

Yo no quería despedirme así, sin más. No podía dejarla así. La giré con la esperanza de que cambiase de idea al mirarme. Pero se le cerraron los ojos de tanto cansancio y trastorno mental.

Entonces, con cuidado para no despertarla, le puse en la muñeca—para darle suerte—el amuleto de Alisa.

49

El maestro Pinho nos enseñaba encuadernación los lunes por la mañana, antes de que nos fuéramos a las clases de la Pires de Lima. Incluso trabajando duro durante el resto del día, se levantaba muy temprano, se ponía la bata azul y se acercaba despacio a las mesas sin que ninguno de nosotros le prestase atención. Despacio, porque cojeaba de la pierna derecha.

Por norma, nos calmábamos después de que soltase un librote sobre la mesa, aunque el murmullo volvía a empezar mientras abría los libros en una especie de *striptease* de tapas duras, cuadernillos, guardas, lomos y telas.

Para mí, el maestro Pinho dejaba caer en la mesa una cosa muerta: papeles cosidos a capas. Sin embargo, a juzgar por el entusiasmo del viejo, se parecían más a seres que aún respiraban.

Cada cual se entrega a las ilusiones que más le gustan, pero aquella mañana no conseguí fingir ningún interés cuando nos dijo: «El otro día os hablé de los diferentes tipos de encuadernación. Hoy os quiero hablar de escoger la encuadernación adecuada». Aquí se reía, anticipándose al ejemplo disparatado. «Nunca se me pasaría por la cabeza hacer una encuadernación toda entera de pergamino con grabados dorados, y mucho menos de estilo mudéjar, para estos libros de bolsillo que andan por ahí...».

Me dio pena que, con aquel acento extranjero, intentase inculcarnos un oficio que no le importaba a nadie una puta mierda. Y menos a nosotros, y aún menos en aquellos días.

«Ustedes, chavales, no lo creerán —continuó—, pero

una vez encuaderné varios libros con los títulos equivocados para demostrar que el dueño no leía». Después se limpió las manos en la bata, en la que se veían letras desvaídas. Por descuido, solía grabarse los caracteres en las mangas. «Claro que el tipo nunca se dio cuenta».

Las bellas artes del papel eran muy adecuadas para Samuel, deriva lógica del dibujo. Hasta entonces, daba gusto verlo dorar los lomos con un brillo que no venía del pan de oro. Venía de él. Al doblar las páginas, las manos en aquel papel rugoso hacían un ruido suave de piel sin durezas. Nélson se burlaba, le decía: «¿Le estás haciendo mimos al libro?».

Samuel se encogía de hombros.

Pero aquellos días Samuel se cerró. Ya ni prestaba atención a las herramientas ni a los papeles de colores que el maestro Pinho escogía como guardas.

Sin fuerzas, sólo por el hábito de preocuparse por Gi, me preguntaba: «¿Qué vamos a hacer?». Se deslizaba poco a poco hacia un lugar de donde emergía con esfuerzo solamente cuando yo le respondía: «Tranquilo, tengo un plan». Había dejado de hablarle a Nélson, porque había sido muy rápido en empezar a pegar: ni un segundo era capaz de resistirse a la vorágine. Todos a pegar, todos a pegar, como decía Fábio.

Temiendo descontrolarse, constantemente Samuel reprimía los gestos para detener la violencia acumulada. Tan pequeño y acorralado, aun así, tan amigo mío, en la puerta del aula me preguntó: «Al final, ¿cuál es el plan?», y sólo se calmó cuando le respondí: «Pasamos por allí hoy a la hora de comer». Así, contenido, lo creía capaz de grandes brutalidades.

En cuanto a mí, pensaba en qué hacer después de que Gi me hubiera expulsado. Aunque aún quisiera ayudarla, consideraba que ella y Samuel eran iguales, ajenos a todo, y merecían lo mismo.

En el aula, en los bancos de atrás, Fábio abría y cerraba algo con fuerza para hacerse oír.

El maestro Pinho sabía que no tenía sentido pedirle silencio. «¡Un cliente hasta me entregó un incunable para que le cambiara las cubiertas porque estaban viejas!—prosiguió mientras ignoraba las interrupciones de Fábio—. La vida es espectacular…».

Era un viejo decente, tenía la bondad del que no se entera de lo que pasa a su alrededor, pero desentonaba en lo que estábamos viviendo, en lo que pasaba en el sótano. ¿Cómo era posible reírse con un incunable mientras Gi sufría?

Cuando ya había desistido de molestar, Fábio silbó hacia los asientos de delante mientras se colocaba un cigarro en la oreja. Grilo y Leandro se giraron hacia atrás, y él se levantó y les dijo: «Estoy harto de esta mierda». Los tres salieron con mucho alboroto.

Ya no los oíamos cuando Nélson, inquieto desde el inicio de la clase, los siguió corriendo.

El maestro Pinho apretó un libro con las dos manos y cojeó tras él hasta la puerta. «¡Hacéis lo que os da la gana!».

Más delicado que nunca e indiferente al alboroto, Samuel doblaba un lomo del revés.

50

A la hora de comer la luz llegaba del lado del mar, en dirección al Vila Galé y al veterinario que estaba al lado, y entraba en el sótano por el vestíbulo. Es decir, llegaba de sitios bonitos, pero también de sitios donde los perros ladran. Y era blanca como un velo que cae lentamente.

Iluminaba la barraca toda entera, debía de ser la única hora del día en que Gi podía ver el sol. Las chapas de metal y plástico, ahora tiradas por el suelo, reflejaban rayos de luz en la rampa; por eso Samuel y yo no conseguimos verla enseguida ni retorcerse mientras recibía la luz blanca, y dos o tres patadas también. El efecto óptico mezclaba las piernas de Leandro y de Grilo con las de Nélson y Fábio.

Éste se reía, ofuscado con pegarle con los puños y con los pies, envuelto en ella aun sabiendo que las salpicaduras de sangre infectaban. «Cuidado, que esa mierda mata», decía Leandro con un palo en la mano con la que había golpeado las piernas de Gi.

Ella intentaba decir algo, pedir por favor, gritar socorro, suplicar que acabasen con aquello. Pero le salía un gemido de perro abandonado parecido a los que se oían en la zona del veterinario.

Samuel se detuvo en medio del sótano y se tapó la cara con las manos para esconder las lágrimas. Llorar ahora era cosa de maricón: o hacíamos algo o no lo hacíamos. No nos podíamos quedar a medias.

Le dije: «Esto pasa», y lo abracé. Él decía: «Pero ¿por qué no llamamos a la pasma?», olvidando que no había que chivarse.

Yo también quería ceder, también quería un amigo que me abrazase, pero sabía que la sensibilidad para el dibujo, esa cosa de épocas sosegadas, no nos protegía a la hora de las hostias y del caos. Y cuántos días no pasan de ser caos y hostias.

Le dije: «Aguántate, miedica. Ahí vamos nosotros».

Con el pie izquierdo a pocos centímetros de la cabeza de Gi, Fábio les decía a los otros: «¡Esto hoy va fuerte! Jódete, como tú sabes bien». Y todos estaban de acuerdo, incluido Nélson, que al mismo tiempo se avergonzaba al mirarnos de frente.

Yo pensaba en lo anestesiada que debía de estar Gi, lejos de lo que le estaba ocurriendo. Medio desnuda y enroscada en posición fetal, con el culo al aire, cada vez más una niña, la misma que espiaba a su padre en el taller y quería el cuerpo perfecto de las hermanas. Ahora ya nunca lo conseguiría: le sobraba aquella cosa híbrida que la protegía de las patadas traducidas en hematomas negros y cortes en el cuello, en los brazos y en las piernas.

Ahora era más joven que yo, pura niña si se comparaba con el grupo que la rodeaba, pero hermosa como una centella que reluce en el carbón.

—¿Gi, estás bien?—le pregunté.

No me respondió, una vez más, decidida a aguantar ella sola.

—¿Que si está bien?—dijo Nélson—. ¡Qué puta pregunta!

Fábio se le unió con:

—¡Está muy bien! Ahora mismo se pone a bailar. —E imitó unos pasos de vals—. Mírala qué espabilada. —Después le levantó el brazo con un dedo. Cuando lo soltó, la mano cayó de lado, desamparada pero firme.

El amuleto de Alise le había desaparecido de la muñeca.

Estaba a punto de decirles *vámonos*, cuando Grilo interrumpió:

—Eh, que aquellos dos continúan fuera. Yo pensaba que éramos todos o ninguno.

Fábio y Leandro asintieron; Nélson, tal vez para salvar la cara, dijo:

—Yo soy de su grupo, pero fui de los primeros en ir a por ella.

Samuel volvía a llorar, esta vez sin vergüenza o control, delante de todos. Ellos se rieron mucho y yo los imité. Gi reaccionó a las lágrimas—oasis en el Pão de Açúcar—y miró hacia arriba con dificultad. Buscaba el rostro de Samuel e intentaba levantarse en vano. Antes de alcanzarlo, su mirada pasó por mí sin detenerse.

Esto me dio tanta rabia que dije en un arrebato:

—Samuel conoce a este travestorro desde pequeño, eran muy amigos.

Sé que tenía que haberme quedado callado, pero reconozco que sentí cierta satisfacción, como los que pegan para sentir placer.

El grupo se encaró con él: él lloraba más, Gi lo miraba—casi le decía, *¿te acuerdas del pastel de chocolate?*—y yo añadí:

—Se gustaban. A lo mejor, el travesti también se lo hacía con niños.

De pronto, guardián de la justicia, Fábio gritó:

—¡Ah, eso sí que no!—Y le pateó con fuerza la barriga a Gi.

Los ojos se le desviaron inmediatamente de Samuel.

—Oye, ¿y tú te dejabas?—le preguntó Nélson.

Samuel movía la cabeza en un gesto que tanto podía ser *no me dejaba* o *ella nunca me tocó*.

—¡Pues claro que no se dejaba!—dijo Grilo, y siguió

el ejemplo de Fábio, acertando otro puntapié en la barriga de Gi.

El aire le entró en los pulmones por una garganta tan estrangulada que tuvo que inspirar con fuerza, como con un trombón. Esto provocó un chillido sofocado que nos dejó sin aire. Dicen que cuando alguien bosteza contagia el bostezo a los demás, pero también cuando alguien deja de respirar dejan todos de respirar.

Por eso tardé en decir:

—Demuestra que no te dejabas.

Samuel se apartó de mí para disimular las facciones alteradas por aquello, que interpreté como sorpresa y decepción.

Cada vez más congestionado, cada vez más solo y claramente sin amigos, parecía estar cautivo de la emoción. Nélson se reía como si hubiera oído un chiste obsceno, y yo aprendía a aceptar lo que conllevan las situaciones.

—Ay, que nuestro Samuel es un poco amariconado—nos dijo Fábio—. Pero no le gustaba lo que el travesti le hacía.

—Y después añadió—: Si no te gustaba, ¿a qué esperas?

Entre tanto, Gi había recuperado el aliento para decir: «Me dejan en paz», pero sólo yo la oí porque los otros estaban atentos a la reacción de Samuel.

Después de repetir «Me dejan en paz», Gi se enroscó en la puerta de lo que antes había sido la barraca y se abrazó al palo que antes la había sustentado. Se le debían de estar clavando pequeñas astillas en los brazos, pero ella ni se daba cuenta, sin duda reconfortada por el abrazo a aquel madero.

Fábio propinaba collejas a Samuel y éste seguía inmóvil, pero expresivo y mirándome como preguntando, *pero ¿qué te ha hecho?*

Para evitar problemas, dije:

—Está visto, estos dos… Por eso nos pedía que nos quedásemos. —Y después de una pausa, corrí hacia Gi mientras le gritaba a Samuel—: ¿No sabes hacer esto?

Ella se encogió y yo le solté una patada en las piernas. Después fue como un reflujo. Mientras le pegaba, decía:

—¡Para que aprendas a no tocar a los niños!—Y miraba a Samuel, que estaba agachado en el suelo. Cómo se parecía a un niño de seis años desamparado, y qué necesitad tuve de volver a abrazarlo para que se tranquilizase.

Entonces, oí al fondo una voz ronca que decía:

—¡Para! ¡Basta, joder!

La voz resonaba como un silbido. Era Fábio, que de pronto veía a Gi demasiado molida para que le siguiéramos pegando. Sin darme cuenta, los otros se habían unido a mí. A mi izquierda, Nélson jadeaba y reía nervioso; a la derecha, Grilo y Leandro escupían hacia los lados; de frente, Fábio se daba friegas en el muslo para evitar calambres y dolores en las articulaciones.

Samuel seguía quieto a unos metros de distancia, entre los restos de la barraca y el pozo. Ahora a todos nos irritaba que no se nos uniera por sentirse superior.

A nuestros pies, Gi se abrazaba aún más al madero. Lo besaba despacio, lo acariciaba para abstraerse de lo que le estaba pasado.

—¡Esto, así, no!—le dijo Fábio a Samuel—. Ven aquí, tío, demuestra que eres un hombre. —Ser un hombre era huir, llamar a la Policía.

Pero entonces, Samuel se levantó, ignoró los gritos de Gi, se secó los ojos con la manga de la camiseta y avanzó hacia nosotros.

Al identificarlo, Gi intentó decir algo que se convirtió en un nuevo gemido. Después aflojó el brazo del palo para tirar besos al aire. Quería dárselos a un amante que no existía o quizá a Samuel.

—Da besos, da—se reía Leandro.

Samuel se agachó junto a ella. Después de pasarle la mano por los mechones de pelo, se giró hacia mí y preguntó:

—¿Era esto lo que querías?

Yo pensaba en lo triste que era en la vida real que el arte no salvara, porque las obras de verdad se hacen de personas y de circunstancias.

—Te vas a la puta mierda—le respondí.

Siguió acariciando el pelo de Gi, que volvió a dar besos al aire, y la ayudó a soltar el madero. Actuaba con precisión y delicadeza, como si hiciera un dibujo o sedujera a una chica. Gi ni debió de sentir la diferencia entre la piel de él y la suya, ambas tersas y blancas.

—Si es esto lo que quieres, ¡tómalo!—me gritó, levantando el palo.

En aquel instante me encogí para recibir el impacto y creí de verdad que me daba porque hacía nada que Gi todavía lo abrazaba.

Pero no sentí dolor después de que la madera diera contra el suelo y sobre algo blando. Cuando abrí los ojos, el palo todavía se balanceaba entre la grava y el abdomen de Gi, y sonaba como si algo grande se desmoronase.

Samuel se erguía sobre ella, más alto que el Vila Galé. Se preparaba para pegarle otra vez, pero yo lo agarré, torciéndole el palo o el brazo, acercándolo. Intentó librarse de mí y sólo se detuvo cuando oyó: «¡Canalla, canalla!». Se quedó mirando su obra sin comprender lo que había hecho. Al tercer *canalla*, salió corriendo hacia la calle, pasando entre Fábio y Nélson a empujones.

51

Las luces fosforescentes parpadearon varias veces antes de encenderse. Los maniquís se movían con el juego de luces y los martillos parecían llagas de hierro en la pared. Gi tenía diecisiete años, pero el taller seguía siendo el refugio donde el padre trabajaba y ella se escondía, o eso le parecía. «Coge la motosierra», le dijo.

Gi todavía se recuperaba de haberse levantado de madrugada, con la urgencia de ir ya con retraso a saber para qué. El padre la había destapado por sorpresa, pero ella pudo esconder a tiempo el hilo dental debajo de las sábanas. Ahora se suponía que tenía que coger la motosierra, una máquina de treinta y cinco cilindros que comía madera y bebía una mezcla de gasolina y aceite. Fingiendo que era ligera y que los dientes no herían sólo de verlos, la cargó con torpeza en el maletero del coche. El padre se encargó de la máscara y los guantes.

«Mi padre no me dejaba ni tocarla—me decía ella, todavía intimidada pasados treinta años—. Pero qué cosa tan bonita». La cosa bonita fue que el padre se la llevó a los alrededores de São Paulo en un coche prestado por un vecino. Era la primera vez que paseaban juntos, así, improvisadamente y a solas.

A aquella hora el tráfico todavía no paralizaba la ciudad. Cuarenta minutos de viaje y el cemento daba paso a la sierra de la Cantareira. Gi intentaba refrescarse con el aire de la mañana, pero la cara le ardía por sentirse aún demasiado pequeña al lado de su padre (como minúscula se sentía frente al Vila Galé), e insignificante, si se piensa en cómo aquel hombre esculpía la madera.

Las ráfagas que entraban por la ventana le secaban los ojos. Intentó aprovechar la oportunidad, ella con el padre, sin las hermanas, la madre, el patio o el taller, para decirle lo que todo el mundo ya sabía, menos él. Pero se quedó callada: ¿qué especie de animal de carpintería no entiende o decide ignorar?

Se sobresaltó cuando le dijo: «De hoy no pasa», pero después de una pausa el padre continuó: «Le tengo echado el ojo a ese árbol desde hace tiempo. Y hoy me vas a ayudar».

La motosierra olía a gasolina, goteaba aceite y era un reclamo a las cosas que el padre consideraba de hombres. Y ella empezaba a sentir aversión por aquel bicho de metal. «Yo te explico. Primero vamos a hacer la tala de la boca, después, el corte final atrás. Yo me encargo del último». Después se quedó callado y miró a Gi, que se enderezó en el asiento. «Tú talarás la boca».

Esto la entusiasmó. El corte sería de hombre, según las instrucciones del padre, el árbol caería en dirección correcta y astillaría las ramas con fuerza. Pero también pensaba que era triste tener que esconderse en ocasiones imprevistas como la tala de un árbol.

Antes de girar hacia una carretera secundaria, el padre aún vio cómo se ruborizaba el hijo. No preguntó por qué.

Minutos después se encontraron una colina de frente. Desnuda excepto por el jacarandá de la cima. Las ramas se extendían como raíces, las vainas arrugadas seguían presas a los tallos y las hojas se secaban por el suelo. Había sido un gran árbol y ahora era mucha leña.

Claro que ellos no tenían chimenea, pero a Gi le pareció natural que el padre lo quisiera echar abajo. De la madera haría lo que quisiera: cajas, cestos, armarios, empuñaduras de cuchillos, llaveros.

Aparcaron al pie de la colina y subieron; el padre llevaba

la motosierra y Gi la máscara y los guantes. Cuando llegaron a la cima, con dificultad para respirar por culpa del esfuerzo, soltó un «¡Ay, uy!» que levantó las cejas del padre.

Después de recuperar el aliento, sintió mucho placer al notar la ropa entre las nalgas y saber que dos realidades opuestas—padre e hilo dental—estaban a un paso de distancia.

«Pon en marcha la motosierra», dijo él. Tiró de la cuerda con sacudidas rápidas, pero se había olvidado de poner el interruptor en la posición de arranque. A pesar de intentar esconderse detrás del tronco, el padre le dijo: «No lo consigues ¿eh?», e hizo funcionar la motosierra en dos tirones.

Gi siguió las instrucciones para cortar una cuña en el lado de la caída, pero los dientes de la sierra se engancharon por culpa de la inclinación del tronco. Ambos tiraron del agarre varias veces; Gi decía: «Uy, uy, uy», y el padre se esforzaba en silencio. La sierra acabó por liberarse, proyectando astillas y soltando un humo denso.

—¿No tuviste miedo de hacerte daño?—le pregunté cuando me contó esto.

—Mucho, pero me daba más miedo mi padre.

Ella quería dejarlo. No conseguía sacar la cuña, la sierra soltaba más humo, el olor a aceite quemado aumentaba y el ruido del motor se hacía insoportable. Dentro del tronco, las fibras de la madera empezaban a ceder, pero el árbol se mantenía en pie.

Ya no aguantaba más: le dolían los brazos, la cuña aún no estaba hecha y el padre observaba con los brazos cruzados. «Déjate de tonterías, dame eso», le dijo, y poco después la cuña estaba en el tronco.

La herida hizo sangre: una savia amarronada, casi roja, se escurrió por la corteza, prueba de que al final había algo de vida en el árbol seco. El padre dijo: «¡Qué maravilla, eso!», y se agachó para beber. La savia le goteó por las mejillas y por el mentón.

Para no quedar mal, Gi también se agachó y dejó que el líquido diluido, pero también granuloso, con sabor a madera, le corriese por la lengua y por la garganta.

Antes de atacar el corte final, el padre gritó: «¡Esto es vida!». Los omóplatos le sobresalían y los brazos se le arqueaban. Gi intentó decirle: «¡Despacio, no fuerces mucho!», pero el padre no lo oyó por culpa del ruido. La máscara y los guantes lo protegían de las astillas que la sierra proyectaba en todas direcciones.

Entonces, un sentimiento de urgencia dominó a Gi. Antes de que el padre tirase el árbol abajo se lo dijo todo, le habló de la nueva hija, renegó de las cosas del taller y lo culpó por no haberse dado cuenta. Por no querer darse cuenta. Y esto la liberó por dentro, como al árbol que estaba a punto de ceder.

Evidentemente, el padre no oyó nada.

Instantes después, los estallidos del tronco se juntaron con el ruido de la motosierra. El padre saltó hacia un lado y la apartó del árbol.

Se quedaron muy juntos, casi abrazados, mientras las ramas chocaban entre ellas y se rompían con su propio peso. Y se abrazaron más cuando el árbol empezó a resbalar por la colina.

52

Las imágenes evocadas por el palo lo perseguían. Él, tan sensible a las imágenes. Desde el Pão de Açúcar a la Oficina no consiguió detenerse; imposible librarse del abdomen lacerado de Gi, de mí cuando lo agarré para que no le pegara más, de él retrocediendo dos o tres pasos cuando ella, tras un gemido profundo, lo llamó: «¡Canalla, canalla!».

Hoy pienso que los gritos fueron un regalo de Gi, como si le dijera, *estoy bien, no me destrozaste*. Un regalo, aunque Samuel se quedó sin saber si la agresión había sido definitiva. Le faltó confirmar si Gi había desaparecido. Poco después ella entró en un deslizamiento suave de mucho sueño o de mucho dolor, y en ese estado la encontré al día siguiente.

Incluso así, que él le pegara y ella lo insultara fue algo tremendo. Tal vez él nunca consiga liberarse de la oscilación como de balancín eterno de aquel madero: peor que un tatuaje fuera de lugar, muy por debajo de la piel.

Creo que Samuel intentó esconderse por las calles, pero los acontecimientos le habían robado cosas bonitas, como el arte, la mirada única hacia las cosas, la amistad pura.

Durante la fuga debió de necesitar a un amigo, pero yo ni siquiera fui tras él. También yo pensaba en las patadas que había propinado en la barriga de Gi, pero ella no me había gritado «¡Canalla!». Ni siquiera había gemido como Dios manda.

Tal vez Samuel se detuvo en el parque de São Lázaro para protegerse de la lluvia bajo las magnolias. Los pétalos blancos y rosados se desprendían de las ramas y cubrían el suelo de una capa resbaladiza. También pudo haberse protegido en el quiosco de música o en el chiringuito próximo a la biblioteca.

Pero no debió de entretenerse.

Lo imagino deambulando por las calles, vigilando las esquinas para no encontrarse con tipos como Fábio. Después de tanta paliza, tipos como Fábio podían ser cualquiera de la Pires de Lima o de la Oficina.

Lo imagino queriendo regresar a la época del edificio norte, a la zona de la Prelada, cada vez más distante de la Fernão de Magalhães.

Lo imagino con las manos en los bolsillos para evitar el riesgo de que se le descontrolasen.

Lo imagino sentado en la acera del paseo viendo pasar la vida: los gritos de los taxistas, las viejas desconfiadas que cruzaban los pasos de peatones, el resoplido hidráulico de los autobuses, las gaviotas, las palomas y las conversaciones discordantes de los transeúntes.

Lo imagino, afligido, de regreso a la Oficina para guardar en la mochila sus pocas pertenencias, junto con los dibujos. Y enseguida, salir corriendo hacia las Fontaínhas, donde las casas en ruinas le debieron de recordar el subterráneo.

Lo imagino ojeando los dibujos. Ya no conseguía mirar los retratos de Gi sin la marca de agua que era ella retorcida en el suelo.

Lo imagino más tarde junto al río, a menos de un kilómetro de la Oficina, en el parque de la STCP.[1] Estacionados en batería, decenas de autobuses escondidos y viejos ofrecían un buen refugio a quien no sabía de qué huía.

Digo imagino porque, después de pegarle a Gi, Samuel desapareció.

---

[1] Sociedade de Transportes Colectivos do Porto.

En cuanto salió corriendo, Fábio dijo: «El pringado ese no respeta nada, se debe de pensar que es más que nosotros», y gritó bien alto, para que lo pudiera oír: «¡No aparezcas otra vez por aquí, cabronazo!». Los demás aún jadeaban, indecisos entre sentirse aliviados porque Samuel se había ido o por lo que había que hacer con Gi, que se asfixiaba y se tocaba el pecho y el cuello para ver si se le pasaba la angustia.

Se calmó un poco después, cuando le bajó la adrenalina, y se quedó en un desaliento que tanto era de sueño como de falta de aire, cansancio y unos temblores que le recorrían las piernas. A veces le venían punzadas fuertes, pero acabó por cerrar los ojos.

Con el pie y de cualquier manera, Fábio le echó encima la manta y ella quedó medio tapada. Entonces dije: «Nos piramos de aquí...».

Nos fuimos en silencio y en fila. Fábio y yo íbamos delante. Grilo y Leandro detrás de Nélson. Nadie decía nada.

Durante las clases de la tarde Nélson no paró de hacer ruido con las piernas hasta que lo expulsaron por contestar a la profesora: «Cállate tú antes de que te parta la boca...».

Me esperó a la puerta de la escuela, quizá porque no soportaba ir solo hasta la Oficina. No preguntó: *¿sabes dónde se ha metido Samuel?*, sino que empezó a hablar de dónde podíamos conseguirle el álbum de cromos a Fábio.

Cuando llegamos a la Oficina era casi la hora de cenar. En el comedor, el espacio entre Nélson y yo, antes ocupado por Samuel, se quedó vacío. Para no pensar en él, deseé que el postre fuese aquella crema tan buena que obligaba a usar la cuchara para partir el caramelo.

Después de recoger, la cama de Samuel siguió vacía, demasiado recta, como si fuera evidente que nadie dormía allí. Sus cosas habían desaparecido y, aún más que eso, todo lo que él solía tocar (el mando de la televisión, el tablero de la mesa del comedor, los pomos de las puertas del lavabo, los hierros de la litera, las sábanas de la cama) estaba inmaculado.

Callado desde que volvimos a la Pires de Lima, Nélson seguía sin preguntar por él, y yo tampoco le dije: *¿has visto a Samuel?*, por miedo a que me respondiera: *¿quién?*

Me fui a mi dormitorio y el sueño tardó en llegar. Esperaba que en cualquier momento alguien—los monitores, los prefectos, quien fuera—se diese cuenta de la ausencia de Samuel. Ya había recorrido los *post-its* de Gi del último al primero cuando me convencí de que tardarían en advertir que no estaba, y eso me sorprendió. ¿Cómo podía pasar desapercibido alguien como Samuel?

Cada dos por tres espiaba el dormitorio de los meones, los pasillos y el recibidor de la entrada con la esperanza de que hubiera vuelto. Releí varias veces las instrucciones que los monitores colgaban en los tablones: obligatorio lavarse las manos, prohibidos los objetos punzantes, estupefacientes, tabaco y teléfonos móviles.

Aunque estaba preocupado, no quería dar muestras de debilidad. O que Nélson o cualquier otro se chivase a los monitores. Y al mismo tiempo, estaba cabreado porque Samuel le había robado el protagonismo a Gi: en medio de aquella ansiedad todavía no pensaba en el estado en que la encontraría al día siguiente.

53

Por una vez agobiado, Fábio decía: «¿Qué cojones hacemos ahora?». El párpado derecho le palpitaba y el mapa de la calva mostraba manchas coloradas de haberse rascado. El cigarro permanecía intacto en la oreja, excepto por una gota de sangre sobre el filtro.

La cara de Nélson estaba más tensa, el bigotillo marcado y la cicatriz desaparecida. Respiraba con dificultad.

Grilo y Leandro conversaban mientras hacían guardia en la rampa sin que lograra oírlos.

Miré a Gi con atención.

Continuaba tendida frente a la barraca destruida. La ropa esparcida, el colchón rajado y las macetas rotas la rodeaban. Todavía desnuda de cintura para abajo, había estirado uno de los brazos y la punta de los dedos tocaba el palo. Los ojos no se movían, pero estaban abiertos en una línea estrecha y un poco opaca.

Y no respiraba.

—Tío, inténtalo otra vez—me dijo Fábio.

Encendí de nuevo el mechero y lo puse delante de su boca. La llama le calentó la punta de la nariz con una inmovilidad por la que no pasaba ningún aliento.

Nélson se apartó de nosotros y dijo:

—Hay que puto joderse.

Yo pensaba que era triste que Gi hubiera acabado así, entre gente como Fábio, Leandro y Grilo, para quienes aquella vida era poco más que unas tetas y una polla. Había sido mucho más grande: tuvo amigos como yo y como Samuel.

Dejamos de hablar de él. Incluso cuando aquella mañana le dije a Nélson que teníamos que volver al Pão de Açúcar para ver a Gi, se me escapó un plural en el que cabía Samuel, pero no toqué aquel asunto. Él ahora era tabú y tal vez llevaba una vida mejor, que nosotros no íbamos a perjudicar.

Ni siquiera tuvo que deshacerse del cuerpo.

—¿Cómo es esto?—dijo Fábio tirando el cigarro al suelo.

—¿Me hablas a mí?—le pregunté.

—¿Con quién he de hablar si no? Esta mierda la hiciste tú, ahora te las apañas.

Grilo silbó desde lo alto de la rampa y Leandro corrió a decirnos que era mejor que nos fuéramos. Fábio nos siguió.

Entretanto, Gi se resbaló hacia la derecha y yo le enderecé el cuerpo: boca arriba y con las piernas estiradas, era lo adecuado. Al contrario que Samuel, yo sabía que ella todavía necesitaba mi ayuda. Había que aguantar.

En silencio, tal vez con miedo a decir: *a mí al final me gustaba*, Nélson le tapó la cara con la manta amarilla.

Nos sentamos para descansar antes de decidir qué hacer. Unos minutos después, me preguntó:

—¿La dejamos aquí?

—Al menos tiene derecho a un funeral—respondí.

Yo nunca había organizado uno y Nélson ni sabía lo que era aquello.

—¿Cómo lo hacemos?—me preguntó.

—La enterramos.

—Aquí sólo hay cucharas de plástico y el suelo es de cemento.

—La quemamos.

—El humo atraerá al segurata o a la pasma o a alguien.

Y así, en este proceso de ensayo y error, yo avanzando una hipótesis y él rebatiéndola, llegamos a la única opción.

Nos ocuparíamos de lo de Gi al día siguiente, antes de las clases.

Mientras limpiábamos toda aquella basura de su alrededor, Nélson decía: «te acuerdas de esto, te acuerdas de aquello», y yo respondía «sí, de esto y de aquello», más ocupado en que ella no estuviese rodeada de mierda.

Encontré la pulsera de Alisa debajo de una plancha de plástico. La higa de oro falso seguía brillando. Con cuidado, volví a poner aquel amuleto en la muñeca de Gi y aproveché para cruzarle las manos sobre el pecho. Ofrecieron un poco de resistencia y estaban blancas.

Después abrí la mochila de donde saqué los *post-its* y la nota. Qué bonita está. Felicidades. Los dispuse a su lado. Finalmente, fui a buscar la bicicleta y la apoyé en una columna próxima, como homenaje.

Nélson deambulaba por el sótano sin saber cómo ayudar. Acabó por colocarse a mi lado para mirar el cuerpo de Gi. Minutos después, me puso la mano sobre el hombro antes de decir: «Hasta está guapa».

54

El alarido, parecido a cuando a alguien se le caía una bandeja en el comedor, me despertó a las tres de la madrugada. Clavadas entre las mantas, las cabezas decían: «¿Qué pasa? ¿Qué es eso?». Salimos todos al pasillo.

Los prefectos decían: «¡No hay nada que ver! ¡Vuelvan a la cama!», pero nosotros, que no éramos sordos, habíamos oído de lejos las sirenas y los bocinazos, también los gritos de: «¡Apártense, fuera de aquí!».

Alguien dijo: «¡Me cago en todo, vamos!». Avanzamos en grupo por el pasillo, empujamos las puertas y salimos con los prefectos detrás y algún otro funcionario, que apareció medio dormido y rezongando: «Putos críos que se las dan de *cowboys…*».

En la calle, me metí entre los de la Oficina para llegar delante. Fábio y Nélson y los otros ya veían lo que pasaba. Advertí primero los coches detenidos en ambos sentidos y después la gente en las ventanas. Mujeres que tosían, hombres que gritaban y perros que se agachaban con el rabo entre las patas.

Sólo entonces miré hacia donde había que mirar: atravesado en medio de la calle, con el motor en marcha y el parabrisas a medio metro del LiderNor había un autobús. «¿Pero qué mierda es ésta?», dijo Nélson.

La pregunta corrió de boca en boca. Desde los más pequeños a los mayores, allí en pijama, preguntamos: «¿Qué coño pasa?». Algunos todavía se frotaban los ojos de sueño.

Los funcionarios comentaban entre ellos que la cosa era grave, Dios quiera que no hayan sido los pequeños. A pesar de la curiosidad, nadie se acercaba al autobús. De alguna manera sabían, como yo lo sabía, que era sagrado, demasiado bueno para que lo tocáramos.

Más que un autobús, era un autobús abandonado en medio de la calle, sin conductor, en punto muerto y con los intermitentes enloquecidos. Por todas partes seguía la pregunta: «Pero, al final, ¿qué ha pasado?».

Y yo observaba, concentrado de tal manera que me parecía estar solo entre la multitud. En vez de gente, veía sombras a mi alrededor.

Entonces me di cuenta. Además de los cristales rotos y del interior destrozado, la chapa del autobús estaba recién pintada.

Aunque fuera de noche, advertí poco a poco que en uno de los lados se veían perros que corrían hacia una figura. Algunos, a punto de morder, enseñaban los dientes y proyectaban las patas en el aire; otros ya le alcanzaban las piernas. La figura se protegía inútilmente, ya tenía dentelladas marcadas.

Las sirenas sonaban en la distancia y nos inquietaban, como si estuviéramos asistiendo a algo equivocado.

No creo que Nélson lo entendiese de inmediato, casi al mismo tiempo que yo. Hasta Fábio, más atento a la circulación que al autobús, debió de llegar a la conclusión de que aquello, mezcla de belleza y violencia, era obra de Samuel.

Sentí un gran orgullo por mi amigo, quise volver a verlo. En cierto modo, también me sentí orgulloso de mí, por haber participado en los hechos que habían culminado en aquel resultado grandioso, tan de película.

Sobre todo me entusiasmaba que Samuel se despidiera tan en serio, con tanta fuerza, señal de que no volvería nunca más, de que se había librado para siempre de unos hijos de puta como nosotros.

Las sirenas aumentaron, la Policía estaba a punto de llegar.

Entonces, una columna de humo salió por el parabrisas. Colocada sobre el salpicadero, una mochila empezaba a arder. El fuego hizo volar tiras de papel encendidas que se fueron posando en los bancos, en las cortinas y en los toldos.

La gente de las ventanas fue la primera en decir: «¡Fuera de ahí!», pero nosotros ya nos habíamos retirado. Los coches chocaron los unos contra los otros al intentar salir marcha atrás.

Enseguida, el autobús se iluminó por dentro, brilló simultáneamente en varios puntos. Las llamas subieron por las cortinas, rompieron los cristales que quedaban y se enroscaron sobre el salpicadero. Los asientos se retorcían, perdían la forma y se deshacían en el suelo. El olor a plástico derretido apestaba la calle. Podíamos ver el humo que subía más de diez metros por encima del techo del autobús.

En pocos minutos, los perros y la figura femenina desaparecieron.

Los de la Oficina aplaudían, casi lloraban de entusiasmo ante aquel increíble espectáculo. A mí también me parecía increíble y también aplaudía: al final, bellas cosas hacen bellas llamas.

55

Al otro lado de la plaza los jubilados hicieron señas a Nélson, que los ignoró. Unos protestaron porque había dejado de ayudarlos con los resultados y otros gritaban: «No vuelvas por aquí, que nos estropeas nuestros amaños».

El parque seguía igual, los baños municipales expulsaban vapor, los coches paraban en los semáforos camino del aparcamiento del Pão de Açúcar y por todas partes, temprano aquella mañana, la vida se hacía con la misma vitalidad, los mismos avances y retrocesos, debajo del mismo cielo y sobre la misma tierra.

Sólo destacaba la herida del gran complejo abandonado.

Después de la escena del autobús apenas dormí, incluso habiendo buscado refugio en la cama de Samuel. Moldeado por él, el colchón no se adaptaba a mi cuerpo. Antes de dormirme, repasé las últimas semanas como si fueran fotografías, como hacía antes de conocer a Gi.

Todavía excitado por el fuego, pensé que la muerte de Gi no había sido en vano, que, de alguna manera, ella se había sacrificado por mí, y todavía más, por Samuel.

A él lo había librado de una vida encadenada a tipos como yo. A mí, por mucho que me costase admitirlo, me había hecho un hombre: en algún lugar de un subterráneo yo había consolado a quien sentía aflicción, había alimentado a quien tenía hambre, amparado a quien había enfermado, escuchado a quien quería hablar.

Entre estos pensamientos agitados, me sentía orgulloso de ser igual a los demás: en mí había de todo. Y había guardado conmigo—guardo todavía—un poco de lo que ella me prestó. Por eso también me sentía algo mujer, y sin embargo, seguía siendo un niño, inocente hasta el punto de pensar que ella aún podía estar viva.

Me dormí reconfortado por ser más humano que Samuel, que se había convertido en una leyenda.

En el Piccolo, el señor Xavier no habló con nosotros ni protestó cuando le pedimos dos aguardientes. Después de metérselo de un trago, Nélson arrugó la cara y dijo en voz baja: «He traído unos guantes porque no la quiero tocar».

Eran las ocho de la mañana y el aparcamiento estaba casi vacío.

Antes de pasar entre los coches en dirección a la rampa, miramos hacia abajo desde el vestíbulo. Empapada, la arena del sótano se había convertido en un barro espeso. Se me ocurrió cubrir a Gi de aquel modo, aunque hubiésemos encontrado una alternativa mejor, e hice esfuerzos por reprimir unas ganas súbitas de subir al torreón.

Gi se mantenía en la posición del día anterior y cuando le toqué el hombro me pareció más dura y fría. No valía la pena acercarle otra vez el encendedor a la boca.

Preocupado, Nélson me preguntó: «¿Cómo lo hacemos?», mientras daba vueltas alrededor del cuerpo.

Yo intentaba pensar en el mejor recorrido para evitar obstáculos como despojos, piedras grandes y basura. El Tribunal después dijo que la habíamos arrastrado unos cien metros, y yo no contesté, pero antes estudiamos bien el camino.

Nélson se puso el guante derecho y yo el izquierdo.

Agarramos a Gi por los brazos y fuimos tirando de ella. El pecho se le realzaba y apuntaba hacia arriba, y las piernas desnudas se llenaban de barro.

—Qué puta mierda, hostias—decía Nélson.

—Jódete, que pesa menos de lo que esperaba—decía yo.

Y así, encallándonos aquí y allí, la arrastramos hasta el borde del pozo.

El agua corría por todas partes hacia aquella brecha triangular, como si fuera el gollete del sótano.

Los músculos de mi brazo temblaban de tensión. Nélson se sentó en el barro junto al cuerpo.

—¿Decimos unas palabras?—preguntó, jadeante.

—Es la costumbre—respondí.

Pero nos quedamos en silencio porque no sabíamos rezar.

Había que seguir.

La observé durante unos segundos (el pelo embarrado, los ojos semiabiertos, el jersey afelpado sin el que habría estado desnuda del todo) y dije: «Creo que es el momento».

La empujamos juntos sin esfuerzo y el cuerpo desapareció.

No describo el sonido de los golpes en las paredes irregulares del pozo, ni cómo quedó colgada de un gancho antes de caer al agua. Oscuro hasta aquel momento, el fondo parecía que brillaba con la presencia de la nueva habitante.

El agua todavía burbujeaba cuando Nélson dijo: «Tío, he hecho mi parte, me voy a clase». Y yo se lo agradecí, aliviado por quedarme a solas con Gi antes de abandonar el Pão de Açúcar.

El sótano se había aquietado. Ya nadie tocaría la ropa, las fotografías, las cuchillas de afeitar, los pintalabios y la manta amarilla. A partir de aquel momento, nada se movería de sitio, excepto mi bicicleta.

Me di cuenta de que los *post-its* y la nota del primer día habían volado hacia el vestíbulo y habían aterrizado junto a las marcas negras de las hogueras. Los recogí uno a uno, leí los mensajes y los arrugué. Después lo tiré todo al pozo: los papelitos parecían confeti lanzado al aire un día de fiesta.

56

Tal como la había arreglado, temía que la bicicleta se atascase al primer pedaleo, pero me acordé de que Gi había ido en ella con la ayuda de Samuel y de Nélson.

Arqueé el cuerpo e hice fuerza sobre el pedal derecho con la esperanza de que los primeros metros trajeran alguna novedad, tal vez hicieran olvidar. Pero el movimiento de los pedales resultó igual al de cualquier bicicleta, excepto porque ésta era mía: un palo de escoba atado a un manillar, un cuadro mal pintado y trozos de manguera por neumáticos.

Intentaba ganar velocidad para subir la rampa y abandonar el subterráneo lo más deprisa posible, cuando me di cuenta de que no conseguía avanzar. Por más que pedaleaba, progresaba despacio, tardaba en salir de allí.

Estropeadas, las ruedas temblaban en los ejes y amenazaban con desmontarse. «Cuando vuelvas trae seis metros de manguera de jardín». El final del palo de escoba pesaba sobre el manillar. «Y más arroz, por favor». La media hacía que el culo se resbalase por el sillín. «Yo traigo unas medias y tú, un calcetín grueso». Y el aceite de cocina se había secado en la cadena.

Si no hubiese sentido la marea de las semanas anteriores a la altura del pecho, hasta habría tenido gracia: yo, con gran esfuerzo y la bicicleta, resistente. El cambio de marchas estaba atascado en la quinta y eso me obligaba a pedalear como un loco.

Después de subir la rampa, donde las ruedas dejaron rastros de barro, tardé en llegar al final de la calle Abraços y, todavía más, al Campo 24 de Agosto. Cerca del Vila Galé quise despedirme del Pão de Açúcar, pero no podía pedalear con fuerza y mirar atrás por encima del hombro.

Aquel día decidí apuntar las cosas bonitas que la vida me fuera ofreciendo, como la canción silbada pronto por la mañana por el dueño del café, la camarera que sirve las mesas (aún somos jóvenes y podríamos hacer buena pareja), el viento que agita los espanta-espíritus, los críos reclamando atención, las discusiones de los novios que se separan o se besan, los neumáticos que giran por la carretera en los *rallies*, los dueños de perro que recogen mierda caliente y hasta el ruido de los motores reparados por mí.

Sin embargo, de momento había que darles a los pedales.

Mojado por la lluvia y el sudor, me metí despacio por las calles por las que habría huido Samuel. Una hora después acabé por ceder al cansancio en el parque de São Lázaro y tiré la bicicleta al suelo.

La media había desaparecido por el camino. La manguera se había salido de la rueda de delante, pero seguía girando y emitía un ruido reconfortante. Y mis pantalones estaban manchados de la pintura verde del cuadro.

Me senté en un banco bajo las magnolias en flor. El viento esparcía los pétalos por el suelo. A mi alrededor, la gente se protegía con los paraguas, otros corrían desprotegidos o esperaban en la puerta de los bares o entraban en la biblioteca. Temía que se fijasen en mí en cualquier momento, pero nadie me prestó atención por culpa de la lluvia.

Así, en aquella quietud, me sacudió una falta de aire que tanto era tristeza como exceso de amistad y mucha falta de cariño. Primero salieron sollozos de mi voz de doce años y después un llanto débil pero continuo. Me tapé la cara con las manos y me encogí de vergüenza por no poderme controlar.

Así estaba desde hacía unos minutos cuando sentí unos

dedos finos que me pasaban primero por el hombro, después por la cabeza y el pelo, en una caricia tan delicada como decidida. Por un momento pensé que era Gi, pero entonces comprendí que sólo podía ser Samuel. Y eso me llenó de alegría.

Más tranquilo, me destapé la cara. No encontré a nadie.

APUNTE FINAL

El parte del Instituto Português do Mar e da Atmosfera registra lluvias aquel día. Imagino que uno de los chicos debió de observar cómo se deslizaban las gotas por las ventanas durante la última clase de la mañana. Después del timbre, se debe de haber quedado atrás. La tutora del grupo le dijo que anduviera, y él, aislado entre las sillas vacías, se lo contó todo: así mismo, de un arrebato.

Acostumbrados al historial del Pão de Açúcar, los agentes de la Polícia de Segurança Pública no debían de esperar nada excepcional, porque aquella ruina se había calmado desde la inauguración del aparcamiento. Sorprendido por el despliegue, el guarda de seguridad levantó los ojos del crucigrama, condujo a la Policía al pozo y dijo: «Allí».

Los agentes apuntaron las linternas hacia el borde triangular, hacia los ganchos oxidados y hacia los niveles irregulares, hasta el fondo. Entre la maraña de plásticos, *post-its*, mucha porquería y agua turbia, fue todo un logro encontrar el cuerpo.

A las dieciocho cincuenta, los Bombeiros Sapadores do Porto instalaron un trípode y descendieron, equipados con arneses y máscaras respiratorias de tipo ARICA. Aseguraron el cuerpo con un arnés de rescate y lo izaron despacio. La operación duró cinco horas. Incluso a la luz de los focos, por equimosis, excoriaciones, infiltraciones hemorrágicas y por la delgadez, los bomberos se veían obligados a discutir si era hombre o mujer.

Al verla tan maltratada, se preguntaron cuál habría sido la causa de la muerte.

Una semana después, el médico forense concluía la autopsia. Escribió el informe con una caligrafía en absoluto destacable, muy certera y bien alineada, como si la secuencia de letras fuera un código de barras. Terminó con una frase parecida a ésta: los pulmones, además de presentar los nódulos característicos de la bacteria *M. tuberculosis*, denotan aspiración voluminosa de agua.

Es decir, aunque los chicos estuvieran convencidos de lo contrario, Gisberta Salce Júnior estaba viva cuando la tiraron al pozo.

Rafael Tiago, un tipo un poco más joven que yo, sigue cambiando neumáticos, arreglando motores y enderezando carrocerías. Cuando terminé de escribir, no nos volvimos a ver nunca más, pero todavía guardo la carpeta. En ella, entre todos aquellos papeles que él había reunido, puse la carta que me dio en la biblioteca de São Lázaro. El remitente sigue sucio de la dedada de grasa; si la miro de cerca consigo distinguir la huella dactilar.

Ordené los recortes de periódicos y revistas, encuaderné los papeles dispersos, grapé las anotaciones. En cierto modo, este libro se parece a la carpeta de Rafael. Antes de los agradecimientos, añado un anexo con las noticias más significativas.

El caso Gisberta generó una especie de revuelta nacional que acabó por morir sin grandes consecuencias, como todo lo portugués. Esto me sorprende, porque, en aquel momento, demostrando un excelente dominio de la lengua, un ministro declaró: «Creo que un acontecimiento de esta naturaleza desgraciadamente no es original, ni en Portugal ni en otras zonas del mundo, pero es algo que nos deja a todos trastornados. Vamos a dejar que la justicia aclare lo ocurrido; después de que la justicia haya aclarado lo que ha ocurrido, naturalmente nosotros vamos a evaluar todas las consecuencias de los resultados que devengan de esa aclaración».

En agosto de 2006, los chicos fueron condenados a medidas tutelares. Unos ingresaron en centros educativos en régimen semiabierto durante un período de once a trece meses. A otros se les impuso acompañamiento educativo durante un año.

Por manifiesto abandono de los menores y por rumores de pedofilia, la Oficina de São José cerró. Cuando paso por allí, la puerta siempre está atrancada, hay cristales rotos, las cortinas revolotean en las ventanas entreabiertas y ha desaparecido la placa de esmalte que decía «Hogar-Internado, escuela de tipografía, encuadernación, carpintería y ebanistería (manual y mecánica)».

El edificio abandonado siguió abandonado. En febrero de 2018, doce años después de lo sucedido, la constructora Lucios fijó un anuncio correspondiente al Albarán 29/18/DMU. Quieren levantar un edificio de ochenta metros de altura destinado a comercio, servicios y viviendas. Espero que les dé el furor constructivo: les queda menos de dos años. Tal vez la Fernão de Magalhães todavía consiga tener algo bonito.

Se hizo un poco de arte. Thiago Carvalhaes dedicó un documental de veinte minutos a Gisberta, Alberto Pimenta le escribió un poema a modo de elegía y hay dos tentativas teatrales, una portuguesa y otra brasileña. «Balada de Gisberta» es una hermosa canción de Pedro Abrunhosa, también interpretada por Maria Bethânia. La periodista Ana Cristina Pereira incluyó dos reportajes sobre el caso en el libro *Meninos de Ninguém* ['Niños de nadie'], uno de ellos un poco literario. Aunque no se trate de la misma historia, el cortometraje *Gisberta*, de la realizadora alemana Lisa Violetta Gaß, se pensó a modo de homenaje.

A veces, cojo sin querer el sobre de Rafael, marca real de alguien que ya es más personaje que persona. Un día quizá ascienda a carpintero, tal vez el serrín le absorba el tatuaje de grasa de la mano izquierda. Hasta entonces, releo la primera frase de la carta: «A veces, la vida es una cosa tan bella que lloro de ternura y no me entero de lo que me dicen».

Al tercer día, uno de los niños no resistió la presión y contó a la profesora que un grupo de doce niños de la Oficina de São José había agredido con piedras a un hombre de unos cuarenta años y lo había llevado en estado grave a un garaje del centro de Oporto. El segundo día verificaron que aún vivía. Ayer por la mañana constataron que estaba muerto y tiraron el cadáver a un pozo abierto en una construcción abandonada. *Público, 23/2/06*. La víctima, de sexo masculino, tenía cuarenta y cinco años, era drogodependiente y se dedicaba a la prostitución. Fue apaleado hasta la muerte y abandonado en el agua que cubre parte de una fosa de un edificio inacabado. RTP, *23/2/06*. Fue necesario llamar a los buzos de los *Sapadores do Porto* para rescatar el cuerpo de Gis, que estaba desnudo de cintura para abajo y tenía heridas en la cabeza, en las nalgas y en el cuello. *Sábado, 2/3/06*. Lo que ocurrió en el aparcamiento parcialmente abandonado del Campo de 24 de Agosto, en el inicio de la avenida de Fernão de Magalhães,

en el centro de Oporto, sigue lejos de haber quedado claro. Algunos relatan que eran frecuentes las discusiones con la víctima. El hecho de ser travesti, drogodependiente y de presentar una salud frágil lo convertía en un blanco fácil. Aun así, uno de ellos también dijo ser amigo suyo. *Público, 24/2/06*. Gisberta es recordada como una mujer bellísima, cordial y dócil. *Diário de Notícias, 25/2/06*. La Oficina de São José va a ser objeto de una inspección del Instituto da Segurança Social. *Diário de Notícias, 25/2/06*. Este crimen ha tenido una cobertura engañosa por parte de la prensa portuguesa. El poder judicial lo ha minimizado y el poder político lo ha ignorado. *Folheto, 8/6/06*. El juicio comenzará pronto, presidido por el juez Carlos Portela y con la participación de dos jueces sociales escogidos entre la sociedad civil. La intención del tribunal es tener el caso cerrado hacia el 15 de junio, faltando todavía decidir si las audiencias serán abiertas al público o no. Por indicación del *Ministério Público*, se escuchó ayer el testimonio del médico que realizó la autopsia de «Gisberta», quien confirmó la existencia de lesiones traumáticas en la víctima. *Jornal de Notícias, 8/7/06*. Las penas aplicadas varían entre los once y los trece meses de internamiento, en régimen abierto y semiabierto; dos de ellos, acusados sólo por no haber auxiliado a Gisberta cuando era continuamente agredida, van a recibir tutela educativa durante un año. Para el tribunal, los actos llevados a cabo por los jóvenes, que se prolongaron durante más de una semana, conforman los crímenes de ofensa a la integridad física acreditada, profanación de cadáver y omisión de auxilio. Resulta en puniciones más blandas de las solicitadas por el Ministério Público, que defendía un agravamiento de la pena por haber concluido en la muerte de la víctima. *Público, 2/8/06*. Al final, dirigiéndose a los trece menores, con edades entre los doce y los quince años, el juez dijo que no los quería ver de nuevo ante un tribunal y les recordó que «la sociedad no es una selva». Consideró también

que no eran «una banda», sino muchachos que se «juntan de forma infeliz y episódicamente». *Diário de Notícias, 2/8/06*. El caso Gisberta, por el que trece jóvenes asesinaron a un transexual, es un ejemplo de delincuencia juvenil. *Destak, 22/9/06*. El edificio donde fue encontrada muerta la transexual Gisberta, en el Campo 24 de Agosto, Oporto, será transformado en centro logístico para empresas, clínica y aseguradora médica. *Diário de Notícias, 16/12/06*. La materia de los hechos ya había sido probada en el Tribunal de Família e Menores de Oporto. Varios jóvenes contaron fríamente haber lanzado piedras y agredido a «Gi» con palos. Las lesiones, por sí mismas, podrían haber llevado a la muerte de Gisberta «en una semana», como volvió a subrayar el médico forense ante el tribunal. Según el Ministério Público, los menores se desafiaban a «pegar a Gi», pero dos años después ninguno de ellos recuerda quién la golpeaba. *Correio da Manhã, 8/2/08*. Hace dos años, Gisberta fue agredida y lanzada viva a un pozo de quince metros en una obra de Oporto. TVI, *23/2/08*. ¿A veces piensas en lo que pasó? «No, ya no». ¿Mantienes contacto con algunos de los chicos? «¡Claro!». ¿Habláis sobre aquello? «No». Cuando pasas por la calle junto a un sintecho, ¿te vienen a la memoria aquellas imágenes? «No». ¿No te sientes afligido? «No. Llega un momento en que no se piensa». *Público, 4/9/08*. Uno de los trece jóvenes condenados por el Caso Gisberta, marcado por la muerte de un transexual en febrero de 2006 en Oporto, fue detenido la noche del martes durante una operación de la Guarda Nacional Republicana en Penafiel. *Diário de Notícias, 5/2/09*. El Ministério Público ha abierto tres investigaciones, una por malos tratos y dos por abuso sexual. Uno de los delitos por abuso sexual, según todos los indicios, perpetrado entre los menores en la Oficina, fue abierto ya este año y la institución afirma que el suceso no es nuevo. *Diário de Notícias, 8/3/10*. Desde mediados de 2010, la Oficina de São José, que acogía a once de los menores implicados en el homicidio de Gisberta, está cerrada. Y la propia Diócesis de Oporto admite que el homicidio del transexual sintecho en febrero de 2006 marcó el principio del fin de aquella institución que, desde 1833, acogía a menores en riesgo de exclusión. *Público, 17/3/12*. Diez años después, ¿qué se ha hecho de aquellos jóvenes? ¿Y de la institución? ¿Y del edificio abandonado donde murió Gisberta? ¿Y de la familia de la inmigrante? ¿Quién era, finalmente, aquella mujer? ¿Y qué dejó su muerte? *Observador, 22/2/16*.

AGRADECIMIENTOS

Para escribir en soledad se necesita a mucha gente. *It takes a village*, dicen los americanos. He contado los habitantes de ese pueblo y quiero expresarles mi agradecimiento.

Primero, a Catarina Marques Rodrigues, cuyo reportaje *Gisberta 10 anos depois: a diva transexual no fundo do poço* ['Gisberta, 10 años después: la diva transexual en el fondo del pozo'] me despertó la inquietud por este tema.[1] En un momento dado Catarina afirma: «En esta historia se conoce el principio y se conoce el final. No se conoce lo de en medio». Pues bien, Catarina, ya puedes leer lo de en medio. Después, a mis padres, que me dijeron que la primera versión de todo esto estaba mal escrita. A Maria do Rosário Pedreira, que, a su debido tiempo, me aconsejó que no me apresurase en nada, y me acompañó durante el proceso de escritura. No le envidio la suerte: amistad y paciencia no compensan mis inseguridades. Sin Rute Bianca, que me concedió una entrevista como amiga de Gisberta y como transexual, este libro estaría cojo. La investigación se completó con la contribución de Roberto Figueirinhas, propietario del Invictus, que tuvo la amabilidad de describirme tanto la vida cotidiana de ese bar, como la de Gisberta, con quien se cruzó diversas veces. A António Barros, a quien conocí por casualidad en el café de la esquina que Gisberta frecuentaba, no sólo por mostrarse dispuesto a hablar de su vida, sino también por haberme llevado imprevistamente al último apartamento donde vivió Gisberta, en la travessa do Poço das Patas. Por suerte, llevaba consigo las llaves. A la SUB 954,[2] personificada por Tiago da

[1] Se puede escuchar en: https://observador.pt/especiais/gisberta-10-anos-diva-homofobia-atirou-fundo-do-poco/
[2] Establecimiento de venta, compraventa y restauración de bicicle-

Costa Pereira, al que no le extrañó que yo entrara en su tienda para saber con qué herramientas literarias se arregla una bicicleta, y que aguantó las sucesivas consultas telefónicas sobre cubos, cojinetes y cadenas. A António Sousa Leite y a José António Navio de Queiroz, que me acompañaron en las visitas ilegales al Pão de Açúcar. A Zé Maria Souto Moura, por haber aceptado el desafío de dibujar como Samuel para el primer capítulo. Vale la pena echar un vistazo al blog Ilustre Zé Maria. A Filipa Melo, que dirige el postgrado de *Escrita de Ficção* donde intenté purgar algunos de mis males. Los que mantengo no son culpa de ella. A Nino Ferreira, por haberme ayudado a que Gisberta hablase como una verdadera brasileña radicada en Portugal. A Espazo, en la persona de João Pedro Vala, no sólo por haberme cedido el despacho donde escribí el libro, sino porque trabajar con un crítico literario en la habitación de al lado fue peor que transgredir el código de circulación delante de la Policía. A Alexandra Azevedo, a quien pedí que fotografiase el Museu da Ciência de la Escola Secundária Rodrigues de Freitas y esas imágenes inspiraron el desván que aparece a partir del capítulo 15. A Deolindo Mendes Correia, conductor de la Carrís,[1] que me explicó que era difícil, pero posible, que un chaval de doce años robase y condujese un autobús. Al personal de la academia Kolmachine, en particular al entrenador Diogo Dinis, porque la práctica del boxeo me ayudó en la práctica de la literatura. De manera general, a todos los que han soportado mis estados de ánimo por culpa del libro, entre ellos, a Sara Nabais, Isabel de Campos Santos, Ana Bárbara Pedrosa, Diogo Morais Barbosa y Simão Lucas Pires. Por último, con saudade, a Ariana Mascarenhas. Algunos pasajes fueron la última cosa que leyó y me conforta pensar que le gustaron.

---

tas antiguas que se encuentra en la calle Oliveira Monteiro, 884, en Oporto.

[1] Empresa de transporte público fundada en 1872.

ESTA EDICIÓN, PRIMERA,
DE «GI», DE AFONSO REIS CABRAL,
SE TERMINÓ DE IMPRIMIR EN
CAPELLADES EN EL
MES DE JUNIO
DEL AÑO
2024

Colección Narrativa del Acantilado

Últimos títulos